SHY NOVELS

交渉人は休めない

榎田尤利

イラスト 奈良千春

CONTENTS

交渉人は休めない

序章

「ねぇ～社長ぉ～、ミミガーってなあに～？」

「豚の耳だよ、真鈴《まりん》ちゃん。コリコリしてうまいんだ」

「やっだぁ、耳ぃ？　こわーい。それじゃあ、ジーマミー豆腐ってぇ？」

「ピーナッツで作った豆腐。ちょっと甘いタレで食べる。これもうまい」

「豆腐なのにぃ？　へんなのぉー。……あ、那覇《なは》市に免税店あるっ。ねえねえ、行こうよ。今から行こうよ。国内唯一の路面免税店だって！」

「いやいや、真鈴ちゃん。俺たちこれから乗り継いで離島だから」

「やだあ、免税店に行く！　だって真鈴、サングラス忘れてきちゃったんだもん。ディオールのサングラス欲しいの！」

真鈴が身体を大きく揺すると、Ｆカップのバストがぶるんと揺れる。高越《たかごし》はサングラスに隠れてやにさがりつつ「大丈夫、サングラスならこれから行く島でも売ってるよ」と答えた。

「ええ～。だってちっちゃい離島なんでしょ～。真鈴、ダサいのはいやっ」

「わかってるわかってる。じゃあ、ちょっと調べさせるから」

高越はポロシャツのポケットから、携帯電話を取り出した。

九月上旬の那覇空港、大きな窓越しに見える空は青く、天気は上々だ。高越と真鈴は、離島へと乗り継ぐ便のゲートに向かう途中である。

「……あー、俺。お疲れお疲れ。そ、今那覇。寺岡《てらおか》ァ、おまえ、なんで普通席取ってんだよ。Jクラス確保しとけって言っといただろ？　……満席？　手配がおせーからそういうことになるんだろ、ったく……。そういや、例の件どうなった？　先方、まだ渋ってんの？　あのタコ部長にちょっと握らせとけよ。十万くらい。そしたら上に話通すだろ。ところでさ、調べてほしいことあんのよ。サングラス。サングラス屋探してほしいの。あ？　那覇じゃねーよ。俺らがこれから行く島。ちゃんとしたとこな。安っぽいグラサンとかじゃだめだぜ。ブランドもん置いてるとこ。ちゃちゃっとググって、こっちに転送しといて。おー、よろしくな」

通話を終えて、真鈴に「すぐ返事くっから」と言った。真鈴がエクステをたっぷりつけたまつげを瞬《また》かせ「ありがと、社長ぉ～」と腕に絡みついてくる。胸元の大きくあいた黒いタンクトップに、デニムのショートパンツ。ウェッジソールのサンダルは十センチのヒールだ。一方の高越は、襟を立てたポロシャツにくるぶし丈のパンツ、素足にブランドもののモカシンシューズである。腕時計はいつものロレックスではなく、南の島に相応《ふさわ》しいオメガのシーマスターにした。

「向こう、海キレイなんでしょ～？」

「もちろん。すっごい綺麗だぞ」

「ウミガメたん、見られるぅ～？」

「いるかもしれないな。ウミガメ見ると幸福になれるんだってさ」

「えー、真鈴、幸福になりたぁーい」

分厚い踵《かかと》を鳴らして真鈴ははしゃぎ、高越の腕を揺さぶる。ムニュリと押しつけられた柔らかい感触に、つい顔がにやけてしまう。

六本木《ろっぽんぎ》のクラブで真鈴を見初《みそ》めて約一年——やっと旅行に連れ出せるまでになった。ずいぶん金がかかったが、後悔はしていない。高越にとって、女はアクセサリーみたいなものだ。自分を飾るアクセサリー。若くて、可愛くて、グラマーがいいに決まってる。そういう女で自分を飾るのが、高越のモチベーションなのだ。

「すてきなホテル、取ってくれたぁ？」

「プライベートプールのついた部屋だぞ。高かったけど、真鈴ちゃんのためだからな」

「わぁい、さすが社長ぉ〜！」

「そこで、きわどいビキニ着てくれよ」

「やぁん、エッチ〜」

なにがエッチ〜だ。あたりまえだろうが。プライベートプールでなら、水の中でビキニを脱がせたり、ほかにもあれこれできるわけで、だからこそ高い金を払っているのである。

そう、金だ。

男は金がなけりゃだめだ。優しさ？　思いやり？　なんだそりゃ。

金がなくても優しい男がいいなんてのは、なにもわかってない女の戯言《たわごと》だ。金がないと人間は余裕をなくす。卑屈になり、疑《うたぐ》り深《ぶか》くなり、自棄《やけ》になる。そんなやつが優しくなれるもんか。

のほほんと優しい男が許されてるとしたら、そいつは顔がいいはずだ。顔さえよけりゃ、金がなくても女は寄ってくる。ラクなもんだ。だからこそスポイルされる。

色男、金と力はなかりけり――とはよく言ったものだ。

高越はハンサムではない。それは自覚している。パッとしない凡庸《ぼんよう》な容姿で、昔から女にはもてない。だが金ならある。三十代半ばに会社を興《おこ》し、数年で業績はずいぶん伸びた。南の島のバカンス費用くらいは出張費で落とせる。女の分まで。

「ゴルフの手配もしたし、海でシュノーケリングも……ん、寺岡からメールだ。サングラス屋が見つかっ……痛《いて》ッ」

携帯電話を見ながら歩いていたので、前方の人間とぶつかってしまった。

「おい、なにトロトロ歩い……」

文句の言葉がしゅるしゅると萎《しぼ》む。振り向いた男と目が合い、高越はゴクリと唾を飲む。

「すまん」

低く謝られ「いえっ」と即座に答える。声が裏返って「ひえっ」に近くなってしまった。それくらいびびった。パンツの中で自分のタマがキュウと縮むのを感じる。

南の島に相応《ふさわ》しくない、ダークスーツ。

ギラリと光る、シルバーフレームの眼鏡。その奥の物騒な眼差し。

明らかにその筋の人間である。ピカピカに磨かれた靴は……フェラガモか？　高越とさほど変わらない年齢に見えるが、身につけているもの、醸し出す雰囲気からいってチンピラではない。

相応の幹部だろう。スーツの生地はすこぶる上等、身体にぴたりと合っているところからすると、オーダーメイド……一般市民にはそうそう買えない一着だ。

「こっ……こちらこそ、すみませんでした……っ。ま、真鈴ちゃん、早く行こう」

ヘコヘコと頭を下げながら、真鈴の手を引いて幹部を大きく迂回しようとした高越だが、あろうことか真鈴はしげしげと男の顔を凝視している。

「あれぇ？」

「真鈴ちゃんっ、早くっ」

「兵頭《ひょうどう》さん……兵頭さんだぁ！　きゃあ！」

真鈴が高越の手を振りほどき、男に抱きつく。ドシン、と体当たりされて男が眉を寄せたが、動じた様子はなく、ポケットに手を突っ込んだままの姿勢で「ああ？」と真鈴を見下ろす。愛想のない怜悧《れいり》な顔だが、男前だ。

「あたしだよっ。ほらっ『とろとろバナナっ娘《こ》』のミコだよう！」

「ミコ……店で泥酔して、客にゲロぶっかけたあのミコか」

「そうそう！　あの時はごめんなさいでしたあ！　いやーん、兵頭さんにこんなとこで会えるなんて！」

は？　ミコ？　とろとろバナナっ娘……？

なにやらわけがわからないが、とにかく真鈴は嬉しそうだ。まるで久しぶりに飼い主に会った子犬のように、目をきらきらさせている。こんな真鈴の表情を、高越は初めて見る。

「おい、ちょっと放せ。左肩、まだ少し痛《いて》ぇんだ」

「えっ、ケガしたの？」

「まあな……おまえ、こんなとこでなにしてる」

男のほうはニコリともしないが、かといって迷惑そうということもなく、淡々と聞いた。

「あたし、今六本木のクラブにいるのっ。そこのお客さんがね、バカンスに連れてってくれるって言ってぇ……あ、社長、この人、あたしが錦糸町《きんしちょう》で働いてた頃お世話になってた兵頭さん！」

「あ、そ、そうですか。その節は真鈴ちゃんがいろいろと……」

勇気を振り絞って口を開けたというのに、真鈴が途中で「ねえねえ、みんなげんきー？　伯田《はくた》さんとか松本《まつもと》さんとかぁ」と話をぶった切る。

「ああ、元気だ。伯田さんはあとから来るぞ」

「えー、マジでぇ？　でもなんで、沖縄《おきなわ》？」

「……ちっと遅いが、夏休み、ってやつだな」

「うっそ」

目を丸くして真鈴が驚く。

「兵頭さんでも休むんだ？　ワーカホッ、ク、リ、の兵頭さんでも」

「ワーカホリックだ。相変わらず日本語が怪しいなおまえ……。まあ、ここんとこずっとバタバタしてたし、松本に留守番させて休み取ることにした……急遽《きゅうきょ》」

「きゅうきょ？　なんできゅうきょ？」

「……俺のコレがな」

　右手の小指を立てて、男が言う。

「俺に黙って旅行の予定を立てやがったんだ。一週間南の島でバカンスだぞ？　コソコソ隠しやがって……気にくわねえ」

　眉根を寄せる顔は本気で怒っていた。ずいぶん嫉妬深い男である。真鈴は「わお、兵頭さんいい人できたんだー」と感心したように言った。

「兵頭さんて、恋愛にキョーミないのかと思ってたよ」

「約一名だけ、興味の対象でな」

「ああん、一途な若頭って胸キュンだよう」

　……若頭？　今若頭って言ったか？　や、やっぱり本物なんだ。ああ、一刻も早くここを離れたい。高越は祈るばかりの気持ちだったが、真鈴はその場を動こうとしない。

「ねー、もしかして、ホントに急に追っかけてきたの？　だからなんの荷物もないの？」

「必要なもんは伯田さんが持ってきてくれる。俺は着の身着のままだ」

「ひゃあ、すごい愛されてんだね、その人……」

「あの野郎、どうせビーチで女のケツ見てニヤニヤしようって魂胆に決まってる」

　……え？　なんだか話がおかしくないか？　この若頭さんは、自分の女を追って南の島まで来たんじゃ……？　なんで女が女のケツ見てニヤニヤするんだ？

　高越がますます混乱しているうちに、どやどやと近づいてくる黒い一団があった。

「ああっ、いた！」

「あそこだ！」

「兵頭さんっ」

「兄貴っ」

「兵頭さんっ、向こうで海パン売ってるっス！」

これまたダークスーツで強面《こわもて》の一団である。五人がぞろぞろと寄ってきて、兵頭なる男の周囲をぐるりと取り囲む。おのずと、その輪の中に真鈴と高越も入ってしまい……もう生きた心地がしない。サファリパークで車から放り出された気分だ。

「……なんでおまえらまで来てんだ。おい、松本。てめえ事務所カラにしてんのか」

低く言った兵頭に、松本と呼ばれた年嵩《としかさ》の男が「いや、それがですね」と説明をする。

「兄貴が発《た》ってすぐ、たまたま組……社長がいらして……事情をご説明したら、そんなら事務所は一週間閉めて、全員で夏休みを取ってこいと……」

「親父《おやじ》が？」

「はい。俺たちがまったく有休を使ってないんで……以前から気になさってたみてえです……」

はあ、と兵頭が溜息をつき「親父が言うんなら仕方ねえ」とぼやく。その親父というのは、組長と書いてオヤジと読むというオヤジなのでは……ああ、やめよう。怖いことを考えるのはやめよう。

「お邪魔かとは思ったんですが……」

「兵頭さんが休んでる時しか、俺たちも休めないスから……」

「俺、絶対シーサー買って帰りますっ」

「俺は島らっきょう！」

「ところで兄貴、こちらのおふたりは？」

全員にじろりと見られて、高越はもはやちびりそうである。そりゃあ街中でそっち系の人を見かけることはあるが、こんなふうに囲まれた経験はないのだ。テレビでしか知らない猛獣に包囲されて、怖くないやつはいないだろう。

「その子、覚えてないか。『とろバナ』でいっとき働いてただろ」

松本と呼ばれていた男が「おう、ミコちゃんだな」と言った。

ミコは……じゃなくて真鈴は「そうそう！」と喜んでいる。

「偶然会った」

「そうでしたか。久しぶりだなあ、ミコちゃん、こっちはカレシか？　どこに行くんだ？」

「あたしたちこれから宮乃島《みやのじま》に行くんだよ～」

「なんだ、俺たちと同じじゃないか」

えっ、同じなのかっ……！

内心どころか、リアル汗がだらだらと高越の背中を伝う。ダークスーツの強面たちが「楽しみだな」「いい島らしいな」「ウミガメいるみたいだぞ」「俺シーサー買うっ」「よし、搭乗ゲートに向かうか」などと言い始め、なんだかもう、一緒に行かざるを得ない雰囲気だ。

「てめえら、そんなとこでぐちゃっと溜まってんな。邪魔になるだろうが」

兵頭の一声で、ダークスーツ軍団は「ウスッ」と軍隊さながらの縦二列を形成する。真鈴はまだ兵頭にべったりで、もう高越など眼中にない。

色男で、金もあれば力もある――そんな人間も、稀にはいるのだ。悔しいことに。

隊列の中央に否応《いやおう》なく組み込まれた高越は、ダークスーツ軍団と一緒に歩きながら、せめてこの連中が同じホテルに宿泊しないようにと祈るのみだった。

1

青い空。

輝く海。

そして女の子のビキニ。

青い空。輝く海。そして女の子のビキニ。大事なことなので二度言いました。

「なあ、キヨ。ここは天国か……？」

デッキチェアをリクライニングさせ、その上に寝そべって俺は聞いた。すぐ横の丸テーブルにはオリオンビールと亀の甲せんべい。シンプルな塩味がビールとベストマッチ。

「……うん……天国……」

俺の横のチェアでは、水着の上にパーカを羽織ったキヨが浜辺を眺めている。榛色《はしばみいろ》の目を細めて見つめる先は、浅瀬ではしゃぐ智紀《とものり》だ。小柄だが、現代っ子らしく手足の長い身体は海パンいっちょである。サーファーなんかがよく穿《は》いてる、膝上くらいまであるタイプで、オレンジを基調とした迷彩模様だった。

「すっげー！　こんな浅いとこでも魚いる！　なんかちっちゃいの泳いでる！」

ちっちゃいのはおまえだよ……と心の中で思った俺だが、むろん口には出さない。

「ほらほら、いっぱいいる！　キヨ！　来てみろよ、可愛いぜ！」

「……かわいい……」

ぼそり、とキヨが呟き、魔法にかかったようにふらふらと立ち上がる。きっと心中で（可愛いのはトモだ）と言っているはずだが、やはり口には出さない。相変わらず、小さいと可愛いは智紀の地雷なのだ。

のしのしと、身長一八八センチが海に向かう。後ろでひとつに括《くく》った髪が小さく揺れ、見えない尻尾《しっぽ》のほうはワッサワッサと盛大に揺れていた。キヨのサーフパンツは無地のブルーだ。波打ち際に辿りつくと、智紀に腕を引かれて海の中に入っていく。少し深いところまで行くと、智紀はキヨの首に腕を回し、子ガメさながらに乗っかった。智紀を乗せたまま、キヨはスイスイと泳いでいる。犬かき、だろうか。智紀の笑い声が南の空に高く昇る。いいなあ。青春だなあ。

「あー、泳いだあ、疲れたあ」

一方、ゴーグル片手に海水を滴らせてこっちに来るのはアヤカだ。

「芽吹《めぶき》さん、泳がないの？　水、すんごい綺麗だよ！」

「うん、泳ぎたいけど、ビール飲んじゃったからな。あれ、さゆりさんは？」

「まだ泳いでる。すんごいよさゆりさん。さすが週二でスポクラ行ってるだけあるよ」

御年七十三歳のさゆりさんが、週に二日はスポーツクラブで泳いでいることを俺も今回初めて知った。このあいだの人間ドックでは、肺活量測定で四十代の数値が出たそうだ。遠くない未来、俺のほうが数値を下回りそうな予感が満載である。

「あたしもビール飲もっかな～。よいしょ」

アヤカが上半身をくねらすようにして、ラッシュガードを脱ぐ。

おお……これだよ。これですよ。

はっきり言おう。正直に言おう。俺は最初、ちょっとがっかりしたんだ。だって、海に出てきたアヤカは、首から手の甲まで覆うラッシュガードを着てたんだ。足はともかく、上半身は絶対に焼きたくないそうだ。わかっている。時代は美白だ。沖縄《おきなわ》の紫外線は九月でも半端なく強い。それもわかっている。でもやっぱり、おじさんはがっかりしたわけだ。

だって、おじさんという生き物は、すべからく女の子のビキニが好きなのだ。

三角ビキニ、バンドゥビキニ、ホルタータイプも捨てがたい。あんまりきわどくなくていい。ある程度隠れているほうが、想像力が喚起される。模様は水玉とかボーダーとか、あとは南国っぽい花柄なんかもグッド。そういえば、横にヒモになってるビキニだけど、あれって実は飾りで、実際にはヒモが解《ほど》けないタイプが多いらしい。その事実を知った時の、俺のショックたるや……。いや、べつに解けるのを期待してるわけじゃないんだ。そんなアクシデントはないほうがいいに決まっている。でも、こう、なんていうか……万が一の可能性を夢見るというか……。

「タオルタオル……メイク取れちゃったかなあ？　どう？　芽吹さん」

上体を少し屈《かが》め、アヤカが俺の前にヒョイと顔を出す。顔より先に、ほんの0.2秒ほど谷間を見てしまった俺を誰が責められるだろう。ラッシュガードの下、アヤカが着ていたのはちょっとレトロな水玉が可愛い三角ビキニで、推定Eカップのバストをぴっちり包んでいるのだ。

「あっ、おっぱい見た」

「みみみみ見てないっ」

「嘘つきー。見たくせにー」

「みみみみ見ましたすみませんっ」

素直に謝った俺に「あははは、べつにいいよー減るもんじゃなし」とアヤカが笑う。

「見られたくなかったら、こういうの着ないしね」

タオルでポンポンと髪の水分を取るアヤカの言葉に俺は大きく頷いた。そうだよな……水着は見ていいんだ。下着と同じ形だけど、下着じゃないから見ていいんだ！　このビーチにいる女の子たちのビキニを眺め、必死に口元を引き締めながら、内心でニタニタしてもいいんだ！

天国。

まさしく天国。ビキニだけの話じゃなくて。

芽吹章《あきら》三十四歳、生まれて初めてこんなに綺麗な海を見ました。来てよかった、本当に。亀の甲せんべいを齧《かじ》りながら、俺はつくづくそう思う。

きっかけは、七五三野《しめの》だった。

——税金で持っていかれるより、福利厚生で使ったほうがいいんじゃないか？

七五三野登喜男《ときお》。漢字七文字、発音六文字。親友であり、弁護士である七五三野に税理士みたいなアドバイスをもらい、もっともだと思ったわけだ。

我が芽吹ネゴオフィスは基本的に金がない。

開業以来、採算はぎりぎり、場合によって赤字の月もあった。福利厚生にしても、本当に最低限のことしかできなかった。社員であるさゆりさんと、バイトのキヨにはずっと申し訳なく思っていた。

ところが、臨時収入が発生したのだ。臨時収入という言い方は変かな……期待していなかった依頼料が、期待以上に入ってきたと言うべきか。先だっての鵜沢万里雄《うざわまりお》の一件である。

当初は文字通り骨折り損のくたびれもうけ、になりそうだったのだが、のちに事情が変わった。亡くなった鵜沢繁久《しげひさ》……万里雄の父親の遺産を整理していたところ、趣味の古美術品のうち何点かに大変な値打ちがあったらしい。鵜沢繁久に遺産管理を一任されていた山本《やまもと》という男から、うちの事務所にちょっとびっくりするような入金があったのだ。依頼料だけではなく、俺への慰謝料も含まれていた。入院までする羽目になったのだから、もらっていい金である。

で、先ほどの七五三野の台詞《せりふ》だ。

所得が増えれば税金も上がる。納税は国民の義務ではあるが、俺のために骨身を惜しまず働いてくれている仲間を、たまには慰労するべきなのではないか、ということだ。

もっともな意見である。

——南の島なんか、いいんじゃないか。おまえもたまにはのんびりするべきだ。

そう言った七五三野は、旅行の手配までしてくれた。親切なやつだなあ……。七五三野も夏休みをまだ取っていないというので、後日合流することになっている。正式には事務所の人間ではないが、アヤカと智紀も一緒に行くことになった。

「……考えてみたら、あいつ受験生なのにいいのかな……」

「トモくん？　成績いいみたいだから、一週間くらい休んでも平気だよ～」

デッキチェアの上で、メイクを直しながらアヤカが言う。

「それよりさー、あっちのほうが心配」

「あっち？」

「あたしの上司のほう。七五三野さんに口止めされたから、喋《しゃべ》ってないけど……ホントにいいの？　黙って来ちゃって」

「いいもなにも、もう来ちゃったもん」

「もん、じゃないでしょ。連絡とか入れないの？　拗《す》ねるとわりと面倒くさいよ、あの人。っていうか、芽吹さん関連でしか拗ねないけど」

知ってる。よく知ってる。

その面倒くさい男の名は兵頭寿悦《ひょうどうじゅえつ》。

真和会《しんわかい》系列の二次団体、周防《すおう》組の若頭。要するにヤクザ。

スーツと靴にこだわる美丈夫で、組の若い者からはリスペクトされ、水商売の女の子たちからは慕われ、同業者にはえげつないほど容赦なく、堅気《カタギ》には手を出さない。

……いや、嘘だ。堅気に手を出さないは嘘だ。俺は手を出された。めっちゃ出された。すっ堅気の、民間の交渉人なのに、あんなこともこんなこともされた！　とてもじゃないが他人様《ひとさま》に言えないことをされまくりました！　……うん、まあ、流された俺も俺なんだけどね……。

「あれでしょ、またくだらないことでケンカでもしたんでしょ」

ギクリとして、思わずサングラスをかける俺である。

「あたし知ってるよー、たまに兵頭さん、愚痴ってくるもん。芽吹さん、五本指ソックスを裏返しに脱いで、そのまま洗濯して、次に履《は》く時面倒くさがってそのまま履くことがあるって。ちゃんと表に返せって言ったら、誰も見てないからいいんだって言い張るって。それに、次に洗濯する時には表になるから問題ないって。それって、あたしもどうかと思うよ？」

やーめーてー！　俺は恥ずかしさのあまり、ビールを呷《あお》るしかない。あの野郎、そんなことまで吹聴して回ってんのかっ。

「お、俺は仕事に全力を傾けちゃうタイプだから……私生活はちょっとだらしなくて……」

「あんまり怠惰だと、女の子にもてないよ？」

残酷な台詞が胸に突き刺さる。返す言葉もない俺に「あと、トイレのフタも、ちゃんと閉めようね」とダメ押しがきた。そっちもよくケンカになるんだ……だって、便座のフタなんかどうせ開けるんだから、ずっと開けておけばいいじゃないか。なのに兵頭はいちいち閉めないと気が済まない。俺の事務所のトイレを使うたびに文句を言われる。ちなみに節電は関係ないぞ。ウチのトイレ、ウォシュレットはついてるけど、暖かくはならないから。

「なんかあれだよねー。ふたりの生活に少し慣れてきた新婚さんが、お互いに相容《あいい》れないことがチョイチョイ出てきて、どーでもいいことでケンカになっちゃう時期みたいな？」

「なに言ってんだよ、新婚さんじゃないし！」

「おたくのダンナさん、嫉妬深くて面倒くさいんだから、さっさと仲直りしちゃったほうがいいと思うよ～」

「ダンナさんじゃない！」

「あっ、あたし、アイス買ってこよっと。ブルーシールアイス～」

ビキニの上に、シースルーのチュニックを着て、アヤカは軽い足取りで売店へ行ってしまう。

俺はもう中身のないビール缶を握りしめたまま「ダンナさんじゃないってば！」と繰り返した。

なんなんだ。なんでこんな至極当然のことをシャウトせにゃならんのだ。天国みたいなこの浜辺で。

「はー……」

溜息をつきながら、俺は再び寝そべる。

午後四時になろうというのに、まだジリジリと暑い。この位置はちょうど木陰になっているのだが、太陽が移動したので俺の両脚はもう光に晒《さら》されている。べつに焼けるのはいやじゃないが、沖縄での日焼けは油断すると火傷《やけど》になるので注意が必要だ。

目を閉じる。

波の音。人々の歓声。島風の歌。

飛行機から最初にこの島の海を見た時、俺は本当に驚いた。テレビでしか見たことのない、信じられないほどの鮮やかなブルー。しかもブルーは一色じゃない。アクアブルー、コバルトブルー、ターコイズ……さらにエメラルドグリーン。それらの色が層を成した海。

ああ、本当だったのか。

本当に、こんな世界があるのか。こんな、奇跡のように美しい世界が。

きゃいきゃい騒ぐアヤカや智紀の横で、俺は無言のまま感動していた。言葉になんかならなかった。初めて見下ろす、珊瑚礁《さんごしょう》の海。弁護士を辞めた後、ひとりであちこちを放浪していた時期はあったが、南はせいぜい福岡《ふくおか》止まりで沖縄に来たことはなかった。

俺の知ってる海とはぜんぜん違う。

灰色の海に降る雨。

晴れて煌《きら》めき、それでもくすんだ色の海。

……若林《わかばやし》。

俺は心の中で呼んだ。今は亡き親友の名を、思わず呼んでいた。

おまえはきっと、知っていたんだな。いろんな場所を旅して回っていたおまえは、こんな美しい海も知っていたんだろう。だからあの時俺を、海に連れてったんじゃないか？　くすみきった俺の心に、少しでも綺麗なものを見せようとしてくれたんじゃないのか？

ああ、そうだな。

綺麗だな。

世界ってのは本当に綺麗だ。びっくりするほどだ。おまえと一緒にこの海を見たかった。きっとおまえはバカみたいにはしゃいで、そして俺に自慢するんだろう。世界がこんなに美しいってことを、まるで自分の手柄みたいに言うんだろう。

飛行機の中、泣きそうになって俺は困った。

窓際の席だったので、熱心に海を見下ろすふりをして瞬《まばた》きを繰り返し、やり過ごした。

章、と呼ぶ声が聞こえる。

デッキチェアの上で、俺は浅く眠っているらしい。あきら、とまた呼ばれる。きっと夢だ。俺を章と呼ぶのは、いまや七五三野くらいなもので、その七五三野はまだこの島に来ていない。

「ねえ、章でしょ？」

それに、この声は女性のものだ。ますます心当たりがない。

「寝ちゃってるの？」

サングラスが少しずれ、明るい光を瞼《まぶた》に感じる。勝手にずれたのではない。誰かがずらしたのだ。すぐそばに人の気配を感じ、俺はガバリと身を起こしてサングラスを取る。

「章」

眩しさに顔をしかめながら、そう呼ぶ人を見た。

焼けた肌に、鮮やかなオレンジのビキニ。腰から下はウェットスーツに覆われている。つまり、上半身だけウェットを脱いでいるのだ。化粧っ気のない顔。濡れた髪を後ろでひとつに括り、広い額が顕《あら》わになっている。

「ごめん、起こしたわね」

そう言って笑い、俺を覗きこむ。豊満なバストがちっともいやらしく感じないのは、彼女があまりに健康的だからだろう。

「……あの……？」

口籠《くちご》もる俺に、南の島の躍動感溢れる美女は「やだ。わかんないの？」とあきれ顔になった。そして括っていた髪をほどき、ぶるりと頭をひとふりしてから眉間《みけん》にクッと皺《しわ》を寄せて、

「『正義が勝つとは限らないのよ』」

と固い声色を作った。その瞬間、俺は「あ！」と大きな声を出していた。

「あ、えっ、ええええ？　み、美帆《みほ》？」

「もう～、やっと？　ずいぶん時間かかったじゃない。ひどい」

「え、いや、だって……あまりに変わってたから……うわ、何年ぶりだ？　すっごい偶然があったもんだな……」

俺はデッキチェアから足を下ろして腰掛け、彼女の座るスペースを作る。隣に腰掛けた彼女は、間近に俺を見つめて「ホント、久しぶり」と微笑んだ。

そうだ、この笑顔。覚えてる。時々見せるこの顔が、俺はとても好きだったんだ。

「最後に会ったのは同期会の時かしら」

「俺がまだ検事だった頃だっけ？　美帆は弁護士で……八年くらい前かな。そうか……もうそんなに経つのか……」

俺は彼女を見つめ「元気そうだ」と笑った。

「元気よ。昔よりぜんぜん元気」

微笑み返す彼女の名前は小久保《こくぼ》美帆。俺がかつて交際していた人だ。

といっても、司法修習生時代の話だから、十年くらい前になる。一年半くらいつきあったが、後半は会う頻度もかなり減っていた。俺は検事として地方の検察庁に出向となり、美帆は東京で新米弁護士として忙しく働いていたのだ。

「あ、芽吹さんがナンパしてる」

誤解も甚《はなは》だしい台詞を吐いたのは、海から上がってきた智紀だ。後ろから利口な大型犬よろしくキヨがついてきて、バスタオルを広げると自分より先に智紀を包んだ。

「なに言ってんだおまえは。そんなんじゃない」

「じゃ、このヒトは？」

「その……あれだ、修習生時代の……」

「私、モトカノなの」

美帆が言い、ふざけ半分で寄り添ってくる。久しぶりだというのに、露出の多いスキンシップで、俺は内心ドキドキしていた。美帆は非常に聡明で、気が強く、正義感も強いくせに、あえてクールに振る舞うタイプの女性だったが、ずいぶん雰囲気が変わっている。さっきの『正義が勝つとは限らないのよ』は当時の口癖なのだ。

「浮気か！」

ただですらでかい目をさらに見開き智紀が言う。俺は反射的に「違う！」と返す。

「浮気じゃん！　バカンス先でモトカノと遭遇……こういうの、あれだろ。松ぼっくりがどうのこうの」

「…………焼けぼっくいに火がつく」

「そうそう、それ！」

それじゃないし！　っていうかキヨも、余計なこと教えなくていいから！

「あのな、勝手に話を作るなよ」

「いいって。わかってるって。武士の情けだ、あいつにはナイショにしといてやるから」

「だから違うんだってば」

「なになに、どうしたの～」

俺が懸命に否定しようとしているところに、アヤカとさゆりさんまでやってきた。さゆりさんはしばらく前に海から上がっていたらしく、フィットネス水着からムームーに着替えていた。ふたりはアイスクリームを舐《な》めつつ美帆に気がつき、まずはペコリと会釈した。美帆もにこやかに会釈を返す。

「……ダイビングインストラクターのお姉さんと浮気？」

またか。アヤカまで同じこと言うのか。

「ちょ……待てよ。なんかひどくないか。俺ってそんなに浮気しそうに見える？」

智紀がキヨと顔を見合わせ、アヤカはさゆりさんと一緒に小首を傾《かし》げた。

「芽吹さん、視線でよく女の子追いかけてっからなー」

「……たぶん無意識にお尻を観察してる……」

「このビーチに来てからも、口元が緩みっぱなしじゃん」

「南の島の開放感が、そうさせるんですかねえ」

全員の意見が一致してしまい、俺は「そんな」と言い返す。

「そりゃ俺は女の子もビキニも大好きだけど、ただ見てるだけじゃないか。それくらい許してくれてもいいじゃないか！　だって夏なんだし！　海なんだし！」

必死な俺を見て、美帆があははははと軽やかに笑う。

「そーよね、章。せっかくこの島に来たんだから、ひと夏のアバンチュールしよっか！」

「むぎゅ！」

俺が奇妙な声を上げたのは、美帆にタックルされたからだ。よく焼けた美帆の腕は、昔より遙《はる》かに筋肉がついて力強い。勢いあまって押し倒され、背中がデッキチェアにつく。

「おい、美帆……」

素肌には少し砂がついていて、それがザラリと擦れたけれど、同時に素晴らしいムニッと感もあるわけで……押し倒された俺がニタニタしてしまうのは仕方のないことだと思う。

「章、私ね、相談したいことがあって」

「相談？」

「ちょっとしたトラブルなんだけど……話を聞いてくれる？」

俺の首に腕を巻きつけたまま、美帆が聞く。抱きついたのは冗談でも、相談事は真剣らしい。

俺はすぐそこにある谷間をチラチラ見ないように気をつけながら「なんでも言ってくれ」と頼もしいモトカレとして答える。

「嬉しい！」

「いやいや、そんな。こら、そんな体重かけるなよ美帆……あははは、重いって」

重いけど、ますますムニュリなので天国気分だ。

いやー、参ったな。久々の再会とはいえ、こんなに感激してもらえるとは。

むはははは、ホント参ったな〜。

なんだよキヨ、そんな目で俺を見るなよ。たまには俺だって、これくらい美味しい思いをしてもいいじゃないか。智紀も、なに目ェ見開いて驚いてるんだ？　さゆりさん、その深い溜息はなんなんです？　ん？　アヤカ、なぜ真顔で一歩後退？

「やっぱり章は優しい……今あなたとつきあってる人は幸せね……」

しみじみと言う美帆に、そうでもないよ、とへらへら答えようとしたのだが、

「そうでもねえ」

俺の台詞を奪ったやつがいた。

デッキチェアの後ろ、ちょうど死角になっている方角からの声に、俺はギクリと固まる。いやというほどに、よく知った声——ビーチは軽く三十度を超える気温なのだが、瞬間的にブリザードを感じた。

嘘だろ。やつがここにいるはずない。

東京から遥か遠い南の島に、来るはずがない。

俺は怖々と顔を上げた。上げるというより、反らすようにして上方向を見る。

最初に見えたのは空だ。南国の明るく眩しいブルー。

青い空。

輝く海。

そして黒ずくめの、ヤクザ。

「ケツの軽い男ですからね……相手は苦労してることでしょうよ」

低く言う男と、その背後にずらりと五人の舎弟。

ちょうど逆光なので、やつの表情はよく見えない。見えなくてよかったのかもしれない。あの眼光で睨《にら》まれたら……睨み返す自信はない。

なんでいつもこうなんだ。

おまえ、現れるタイミングが悪すぎるんだよ。

「よう、浮気者」

低くドスを利《き》かせた声に、俺は思わずホールドアップしていた。


俺たちは、島の東南部にあるホテル『SEA《シー》 TURTLE《タートル》』に宿泊している。

全十二室という小さなホテルで、豪華なレストランや立派なプールはない。だが、どの部屋もオーシャンビューであり、美しい海まで徒歩数分というロケーションだ。オーナーの平良《たいら》さんは「海がウチのプールです」と笑った。

「みなさんが今日遊んでいた場所から少し歩くと、ウミガメの産卵地なんです。今年の産卵はもう終わってますが……そろそろ孵《ふ》化《か》があるかもしれません。運がよければ、見られるかも」

「えー、見たい！　テレビでしか知らないけど、ウミガメの赤ちゃん、こんなちっちゃくてすごい可愛いんだよ〜！」

興奮するアヤカに、平良さんは微笑み、

「見つけても、触らないでくださいね。そっと見守ってあげてください」

と優しく言った。アヤカはハァイと素直に頷く。キヨは隣にいる智紀をチラチラ見ていた。ちっちゃくて可愛いモノは、なんでも智紀と繋げて考えるんだな、こいつは……。その智紀は、すでにうつらうつらしている。昼間思い切り遊んだので疲れたようだ。とうとうコテンとキヨに寄りかかり、いくら飲んでも顔に出ないキヨが、頬を染めて智紀を支えた。

夜の十時、ホテルの隣にある食堂『くわっちー』だ。

宿泊客に限らず、誰でも入れる居酒屋的なこの店では、沖縄の家庭料理を提供している。厨《ちゅう》房《ぼう》で腕をふるうのは、平良さんの母親と祖母、とくにおばあは店の人気者である。ホテル内にレストランはないが、宿泊客はここで朝食も摂《と》れる。先ほど俺たちは夕食を食べたが、飾らない家庭料理はどれもとても美味しかった。俺はフーチャンプルーがお気に入りだ。

「本当にいいホテルだねえ。七五三野さんに感謝しなきゃ」

泡盛のグラスを片手にさゆりさんが言う。たしかにこのホテルを手配してくれたのは七五三野であり、それは実にありがたいことだけれど……俺はもう勘づいていた。七五三野のやつ、ここに美帆がいることを知っていたに違いない。七五三野もまた、司法修習生時代の同期なので、美帆と面識があるのだ。

「ハーイ、紫芋《むらさきいも》のアイスですよ〜。オーナーからのサービスです」

アイスクリームを運んできたのは件《くだん》の美帆である。ダイビングライセンスを持つ美帆は、日中はインストラクターとして海に出て、夜は『くわっちー』を手伝っているという。昔からタフな女だったが、さらに磨きがかかっている……。

「トモ……アイス……」

キヨがそっと呼ぶと、智紀は眠そうな目を一度開けたものの、また閉じてしまった。そのかわりにアーンと開いたのは口で、要するに食わせろ、ということらしい。さゆりさんは「やれやれ、甘えん坊だね」と呆れたが、キヨは実に嬉しそうに智紀の口にスプーンを運んだ。智紀はキヨに寄りかかったままで、雛鳥《ひなどり》みたいに口だけ開け続ける。

……なんか、おまえら仲よすぎない？

そりゃ俺だって、おまえたちがそういう仲なんだってことは承知ですけどね、少しは人目ってものを気にしないのかい。気にしないんだろうなあ。そのへん、若さってやつなのか。俺には無理だわ。兵頭にアーンするのもされるのも……あっ、昔たこやきでアーンされた……いやいや、あれは不可抗力……なんか懐《なつ》かしいな、まだ再会して間もない頃で、俺は自分と兵頭がこんなふうになるなんて想像もしてなくて……。

「章、ちょっと顔赤くない？　泡盛飲みすぎた？」

「へっ？　そ、そうかな？　そんなに飲んでないけど」

つい懐古に浸ってしまった俺は、美帆の言葉にいささか慌ててアイスをかきこむ。お芋の自然な甘みが美味しい。

「ねえ、昼間のあの人たち……大丈夫なの？　章のこと、すごい目で睨んでたけど」

ゴックン、と俺はアイスを丸呑みしてしまった。どう答えようかと迷っているうちに、さゆりさんが「問題ないですよ」と答える。

「見てくれはあんな調子ですが、堅気に手を出すような真似はしません」

「ならいいんですけど……。章が殴られるんじゃないかって、ドキドキしちゃったわ」

「い、いや、あいつは俺を殴ったりはしないよ……」

べつのことは……するけどな……とまでは言えず、俺は弱々しい笑みを見せる。

「兵頭は高校の後輩なんだ。今俺がやってる事務所にもちょくちょく顔出してて……まあ、たまには役に立つことも……」

「うんうん、立つわよねー、いろんな意味で」

アヤカちゃん、ここお店じゃないからそういう下ネタやめて……。内心ヒヤヒヤした俺だが、美帆はその意味に気づかないまま「あの人たち、熱中症にならなかったかしら」と笑った。

だよな。

いくら夏物とはいえ、スーツはないよな。

なに考えてんだ、あいつ。かといって、兵頭が俺みたいにお気楽なアロハシャツを着てるところも想像がつかない……ちなみに今俺が着ているのは、お気に入りのパイナップル柄だ。

南の島にまったくそぐわない周防興産の一団は、あのあとすぐにタクシーで去っていった。もともと車を待たせていたらしい。兵頭のやつ、なにしに来たんだか……そもそも、なんで俺の居場所を知ってる？ 実に油断のならない男だ。

「兵頭さんたち、どこ泊まるのかなあ？」

アヤカの疑問に「この近くだとしたら、『サンクチュアリ』ね」と美帆が答える。

そういえば、ここに来る途中にそんな名前の大きなホテルがあった。家庭的な『SEA TURTLE』とは正反対の、ザ・ゴージャスリゾートという雰囲気のホテルだ。

「実は……相談したいのは、その『サンクチュアリ』についてなの」

アイスの小皿を片づけながら、美帆は言った。

みんながそれぞれの部屋に引き上げたあと、俺と美帆はホテルの小さなロビーに落ち着いた。向かい合わせで籐椅子《とういす》に腰掛けて、美帆はまず「章は今、交渉人なのよね」と確認する。

「そう。休暇だから名刺は持ってきてないけどね」

「七五三野くんに聞いて、驚いたわ。検事も弁護士もやめちゃったのは知ってたけど……ずいぶんユニークな仕事に就《つ》いたのね」

美帆は俺よりひとつ年上、つまり七五三野と同い年だ。七五三野は俺たちの同期の中で、一番成績が優秀だった。ちなみに次席が俺である。

「楽しいんだよ、これが」

「うん、楽しそう。あなたの顔見てたらわかる」

「そうか？」

「なんだか生き生きしてるもの。みんなともすごく親しそうで……仕事仲間っていうより、まるで家族みたい」

「うん。家族も同然なんだ。賑やかだろ？」

笑いながら言うと、美帆はしばし俺を見つめて「章、変わったね」としみじみ言う。

「あんなふうに、顔じゅうで笑ったり、全身で慌てたり……昔はほとんど見なかった。頭がよくて、優しくて、人当たりがよくて……でも物静かで、あんまり自分の感情を見せないタイプだったのに」

「そんなだったたっけ？　俺……」

自分ではあまり覚えていないのだ。ただ、検事時代も弁護士時代も、とにかく仕事が忙しかったのは記憶している。残業は毎日で、つきあい酒もそれなりにあり、深夜に帰ると電池が切れたようにベッドに倒れ込む生活だった。

「顔色もすごくよくなったみたい」

「うーん、怪我《けが》は以前より増えたんだけどな。こないだも鎖骨と肋骨《ろっこつ》にヒビいっちゃったし」

「ええっ、どうして⁉」

身を乗り出して驚いた美帆に「いや、ちょっとね。たいしたことじゃない」と笑ってごまかす。

麻薬絡みの事件に巻き込まれて殴る蹴るされ、そのあとでヤクザの集会に乗り込んだんだ……という事実など、話せるはずがない。

「けど、変わったのは美帆もだろ？　真っ白だったのが真っ黒じゃないか。眉間《みけん》に皺《しわ》寄せて弁論してた遣《や》り手《て》の女弁護士が、海に潜って魚と戯れてるなんて不思議な感じだ」

「あはは。たしかに私も変わったわ」

「昔の利発な美帆もよかったけど、今の美帆もかっこいいな。それこそ、生き生きしてる。内側から輝いて見えるよ」

「やだ、口八丁は健在ね。褒《ほ》めてもなにも出ないわよ」

「美帆をそんなふうに変えたのは、この島と……平良さんなのかな」

俺の指摘に、美帆は驚いたように肩を竦《すく》める。

「え、あの人がなにか言った……？」

「いや。なにも。でも美帆、平良さんばかり見てたからさ」

目は口ほどにものを言う、というやつだ。

「それに、昼間、俺に抱きついてきただろ」

「え？　ああ、あれは会えて嬉しくて……」

「美帆は昔から、他人の目があるところで恋人とベタベタするタイプじゃなかった。その一方、恋愛感情のない男友達には、気軽なボディタッチをしてたのを思い出したんだ。たしか弟がいたよな？　だから異性に触ることそのものにはあんまり抵抗がないのかも。こういう傾向は、そうそう変わるもんじゃない。ということは、残念なことに、気軽に抱きつかれた俺には、まったくもって恋愛感情はないわけだ。で、モトカレである俺にちっとも心が揺れないということは、現在すてきな恋人がいるんだろうと……まあ、ただの推測だったけど、あたったみたいだね」

俺の説明に、美帆は「ご明察」と苦笑する。

「観察力のほうも、健在なのね。さすが」

「優しそうな人だよな。少し年上？」

そうね、と美帆は照れたように微笑み、括っていた髪を解いて手ぐしを入れる。日々海に入るせいか脱色して茶色くなっているが、焼けた肌にはよく似合う。

「四十一歳だから、六つ上かな。彼も昔は東京で働いてたの。五年くらい前に島に戻ってきて、ホテルのオーナーを継いだんですって。それまではお母さんがホテル、おばあが食堂をやってたみたい」

平良さんの父親はすでに亡くなっており、それが帰郷のきっかけになったらしい。一方、美帆が島に来たのは三年前だと話す。

「東京で、しんどい事件の担当が続いてね。弁護士なんて仕事、シリアスでヘヴィなのがあたりまえだと思ってやってきたけど……身体も心も限界だったのかも。自律神経やられちゃって、このままじゃまずいなって。最初は、長い休暇のつもりでここに来たわ」

それが、今となっては居着いてしまったわけだ。美帆の身体と心は、よほどこの島と、島の人々を気に入ったのだろう。

「島の暮らしは楽しいだけじゃなくて、不便だし、台風は猛烈だし……でも私、ここにずっといたいと思ってる」

「もしかして、結婚も考えてる?」

俺が聞くと、恥ずかしそうに「ん」と頷いた。

「……凪《な》いでる時の海みたいに穏やかな人なの……。ただ、彼はまだ不安みたい。私が島に飽きて、東京に戻りたくなる可能性もあるんじゃないかって」

「美帆はわりと一途なのにな」

「そうよ。章からも言ってやってよ」

冗談めかして、美帆が笑う。

「……で、七五三野は美帆がここにいるのを知ってるんだよな?」

「ええ。しばらく前、昔担当した事件の関連で、七五三野くんから連絡があったの。私、携帯の番号はずっと同じだから。それで、今は沖縄の離島にいる話をして、今回のトラブルのこともちょっと話したら……そういう問題にはうってつけの人間がいる、って」

「なるほど。その時、恋人がいることは話した?」

「え? ううん。そこまでは」

やっぱりな……。

七五三野は、美帆に結婚を考えている相手がいることなど知らず、あわよくば俺と縒《よ》りを戻せばいいとでも思ったのだろう。

道理でいそいそと旅行の計画を立て、かつ『兵頭には絶対に言うな』と釘《くぎ》を刺すはずである。娘《俺》についた悪い虫《兵頭》をあの手この手で排除しようとしているお父さん《七五三野》……残念ながら、今回の作戦も失敗だぞ。もっとも、南の島で俺にのんびりさせたいという気持ちも、本当なのだろう。一緒に行くんだとあんなに張り切っていたのに、仕事が立て込んでまだ来られないあたり、可哀想な男でもある。

「俺はもう法曹界の人間じゃないから、どれだけ美帆の役に立つかはわからないけど……このホテルと『サンクチュアリ』のあいだに、なにかトラブルが発生したのか？」

「ことの発端は、先代オーナーの時なんだけどね」

美帆の説明はこうである。

先代の『サンクチュアリ』オーナーは、野心の強い男だったらしい。美しい浜の前に建つ『SEA TURTLE』を買収し、そこに結婚式用のチャペルを建設しようと目論んだ。

「でも、『SEA TURTLE』の先代オーナー……つまり、平良さんのお父さんは断固拒絶したわ。ホテルはお父さんの命で、生きがいだったの。どんなにお金を積まれても、決してウンとは言わなかった」

それを機に、両ホテルは険悪な仲になったという。

だが『サンクチュアリ』のオーナーが代替わりすると、状況はやや好転する。

現オーナーの比嘉明日也《ひがあすや》氏は温厚な人物で、わざわざ先代の非礼を詫《わ》びに来たほどだった。

さらに数年して、今度は『SEA TURTLE』が代替わりをし、現在に至るわけだが——。

「最近、また買収話があったのよ」

美帆はそう語り、眉を曇らせたのだった。

2

バカンス二日目の朝方、ザッと雨が降った。

ちょうど俺たちは朝食を摂《と》っていて、今日のアクティビティは無理かなと心配していたのだが、配膳をしてくれていたおばあは「なぁに、こんな雨《アミ》はすぐやむさあ」と笑った。その言葉どおり、ものの二十分で雨はすっかり上がり、空はくっきりと青くなる。

若者たち……つまり、キヨと智紀《とものり》とアヤカは、体験ダイビングへ意気揚々と出かけていった。

さゆりさんはおばあに沖縄《おきなわ》料理を教わるという。

で、俺は仕事だ。

……報酬はないから仕事じゃないか……だって、美帆《みほ》の彼氏から金なんか取れないよ。そのへんは男の沽券《こけん》に関わるというか、俺のなけなしのプライドというか、要するにモトカノにいいとこ見せたいだけなのかもしれない。男って滑稽《こっけい》だなあ。

無報酬の仕事のために、俺は原付バイクを走らせていた。

ざわわ、ざわわ、と揺れるサトウキビ畑の横を快適に疾走……。

と言いたいところだが、暑い！

なにこの暑さ！

まだ十時だっていうのに、命に関わりそうな気温だ。とくに道路はアスファルトなので、照り返しがキツイ。気持ちのいい風の通る海辺とはわけが違う。

古いスクーターは、平良《たいら》さんが貸してくれた。ホテルの車は別件で出払っていて、俺たちの借りたレンタカーはキヨたちが乗っていってしまったのだ。『SEA TURTLE《シータートル》』と『サンクチュアリ』の距離は、車でほんの十分と聞いていた。ということは、バイクでも十分だからすぐだろうと思っていたのだが、フライパンの上を疾走するような十分はなかなかきつかった。あと五分走っていたら、ジャーキーになっていたかもしれない。

汗だくで、ヒーヒー言いながら到着する。

ホテルの敷地内に入った途端に、俺は「すげ……」とアホみたいに口を開けてしまった。

白壁に、沖縄煉瓦《おきなわれんが》の屋根……伝統的な沖縄瓦《おきなわがわら》より、少し明るいオレンジ色が青空に映える。高さは三階建て程度だが、横幅がダーッと広い。南国の植物に彩《いろど》られた小道にはカートが停《と》められている。敷地が広すぎるので、これでゲストを送迎しているのだろう。さすが、島で随一のラグジュアリーリゾートホテル。美帆によると、一番安い部屋でも『SEA TURTLE』の五倍近いらしい。車寄せにいるスタッフも、涼しげだがきちんとしたユニフォームを着ている。エントランスに飾られた大きなシーサーまで、ハイビスカスの花を頭に載せてお洒落《しゃれ》していた。

「……あの野郎、こんなすげーホテルに泊まってんのかよ」

兵頭《ひょうどう》だけならともかく舎弟たちまでとなると、かなり金がかかるはずだ。内心で「チッ、ヤクザめ」と毒づきながら、俺はロビーに入っていった。

いらっしゃいませ、とにこやかな顔を向けてくれたスタッフに「比嘉《ひが》オーナーにお会いしたいんですが」と申し出る。

「オーナーに……？　失礼ですが……」

「芽吹《めぶき》といいます。『SEA TURTLE』の平良オーナーの代理で参りました」

お待ちくださいと言われ、ソファに腰掛けた。ぬるくなってしまったペットボトルの水をグビグビ飲んでいると、さっきのスタッフが戻ってきて「こちらにどうぞ」と案内してくれる。

STAFF ONLYの表示がある扉を抜けて、小さな応接室に通された。

——せっかく休暇で来ていただいているのに、ご迷惑になるのでは……。

美帆が俺を交渉人として紹介し、依頼してみてはどうかと話した時、平良さんはしきりにそう恐縮していた。

体格がよく、日焼けした身体に優しげな目の彼は、動物に喩《たと》えたら逞《たくま》しくも優しいバッファローのような雰囲気だ。遠慮がちな平良さんを、美帆は「章《あきら》は本当に頼りになるから」と説得し、平良さんも俺を代理人とすることに納得したのだ。

——たしかにこの春、比嘉オーナーから、ここを手放す気はないかという話がありました。おばあがひどく怒りまして、僕も当然断りました。その話はそれきりだったんですが、夏に入ってから、うちへのいやがらせが始まって……

太い眉を八の字にして、平良さんは困り顔を見せた。

——ですが、それが『サンクチュアリ』によるものだという証拠はないんです。

——私は『サンクチュアリ』の仕業だと思うわ。だって、ほかにいやがらせされる理由なんて思いつかないもの。

美帆はそう主張したが、平良さんは「決めつけるのはよくないよ」と困惑顔を見せた。

——いずれにしても、先だっての買収話から、うちと『サンクチュアリ』さんの仲がぎくしゃくしているのは事実ですが……私は、できれば和解したいと思っています。

——それに、買収話の時のいざこざが発端で、『サンクチュアリ』はホテル協会から離脱しちゃって……それもすごく困ってるの。ね、平良さん。

美帆いわく「優しすぎて、ちょっと優柔不断なところがある」平良さんは、小さく頷くと、気弱な溜息をついた。

島のホテルや民宿が集まって設立しているのが、宮乃島《みやのじま》ホテル協会だ。

資金を出し合い、協力し合って、島の観光事業を盛り上げていこうという団体である。ところが、このホテル協会から『サンクチュアリ』が脱退してしまった。桁違《けたちが》いの規模である『サンクチュアリ』はかなりの資金を提供していたため、それを失ってしまった今、協会はなにをするにも予算不足に苦しんでいるそうだ。

——章に頼みましょうよ。きっとうまく交渉してくれるわ。

かくして、まずは『サンクチュアリ』をホテル協会に復帰させるべく交渉することとなった。

さらに、いやがらせについても調べてみてほしいと美帆に頼まれる。俺は探偵じゃないので、どこまでできるか判らないが……まあ、やってみよう。

最終的には両ホテルの確執を取り除き、和解に至らせるのが理想的なゴールだ。

「芽吹ネゴオフィス……交渉人？」

ホテルのPCとプリンターを借りて、キヨが十五分で作った名刺を受け取り、その男は訝《いぶか》しげな顔を見せた。

「はい。国際紛争と嫁姑問題以外は、なんでもご相談に乗っています」

「事務所は東京？　そんな人が、なぜこの島に？」

「たまたま『SEA TURTLE』関係者と昔なじみでして」

愛想よく説明する俺の、頭からつま先までをじろりと見て、相手は「へえ」と小馬鹿にしたように声を出した。うーむ……ビーサンに半パンにアロハはまずかっただろうか。だが休暇のつもりだったたから、ワイシャツだのスラックスだのを持ってきているはずもない。スーツの時は髪も多少整えるが、今日は風に吹かれ、メットで潰され、乱れ気味である。

「オーナーは本島に出張中でね。私がかわりに聞きますが、手短に願います」

「では、あなたはオーナーではない？」

「支配人の比嘉未来男《みきお》です」

素っ気なくそう答えた。名乗りはしたが、名刺は出てこない。相手が名刺を出しており、かつ自分も持っているはずなのに、出さない。これはかなり失礼な行為である。要するにこの男は、俺など相手にする気はさらさらないわけだ。俺も舐《な》められたものである。……やはり、アロハの柄がサルとバナナなのが悪かったのだろうか。わりと可愛いと思うんだが。

「で、『SEA TURTLE』の代理人さんが、どんな御用で？」

支配人の比嘉は、一言でいうと『感じの悪いやせ男』だった。

年齢は俺とさほど変わらないだろう。つまり三十代半ば。背丈は平均値、やせていて、スチールカラーの眼鏡をかけている。島の人間にしては陽に焼けていないし、南国特有のおおらかさも感じない。三白眼気味で目つきが悪く、ずっと眉間《みけん》に皺《しわ》を寄せたままで、なんとなく神経質な爬《は》虫類《ちゅうるい》みたいな印象だ。

……なんだっけ、こんなワニいたよな……ええと、ああ、メガネカイマンだ。ようし、きみは今からメガネカイマンだ。俺の心の中では。

「実は、ひとつご相談がありまして……。いや、それにしても素晴らしいホテルですね！　私はこの島に初めて来たんですが……ここまでの設備とサービスを備えたホテルがあるとは、思ってもみませんでした」

交渉人の基本技その一、持ちあげる、を実践する。

「ま、うちのホテルが素晴らしいことは否定しません。こう言ってはなんですが『SEA TURTLE』さんとは規模が違いますから」

メガネカイマンはツンと顎《あご》を上げて答える。悪い感触ではない。

「仰るとおりです。『SEA TURTLE』もアットホームですてきなホテルですが……なんというか、コンセプトがまったく違うんでしょうね。プロフェッショナルな意識を感じさせます」

基本技その二、さらに持ちあげる。

「当然です。私は東京の五つ星ホテルに勤めてましたから、プロの仕事がどんなものかよくわかってます。海外の高級リゾートに泊まり慣れているようなお客様にでも、充分満足していただけるサービスというのが、我々のコンセプトです」

「ああ、東京のハイクラスホテルにお勤めでしたか。なるほど。では、比嘉支配人なくして、このソフィスティケイトかつラグジュアリーな空間はありえなかったでしょうね。本物を作るためには、やはり本物を知っていなければならない……」

基本技その三、相手が自慢したいと思っている点を、とくに持ちあげる。この場合、比嘉の自慢は『東京の五つ星ホテルにいた』経歴——そこを擽《くすぐ》ってやることで、相手の自尊心を満足させるのだ。

「うちのオーナーは人当たりはいいんですが、実務方面は私に任せっきりなんでね……。まあ、たまたま私にスキルとノウハウがあったということですよ」

小鼻をヒクヒクさせて比嘉は言った。俺に対する警戒心が薄くなってきているのを感じながら、今度は具体的な質問をしてみる。

「オーナーはたしか比嘉明日也《あすや》さんでしたね。もしかして、ご兄弟で？」

「ええ、実兄です」

「頼りになる弟さんがいらして、オーナーもさぞご安心でしょう」

「のほほんと構えてますよ、あの人は。私は毎日大車輪で働いてますが。……時々、ウチナータイムってやつにいらつくほどです。あなたも東京の人ならわかるでしょう？」

ウチナータイム。別名、沖縄時間である。

一般的に日本人は時間にきっちりした国民性と言われているが、南の島では事情が変わってくる。よくいえばおおらか、悪くいえばルーズ。飲み会の集合時間など、守る人のほうが少ないし、一時間やそこら遅刻したところで誰も怒らない。これがウチナータイムだ。たしかに、ビジネス向きの時間感覚ではないだろう。

「ええ、わかります。時間は正確に、約束には遅れず、効率のよい仕事をする……これが都会におけるビジネスの鉄則です」

などと話を合わせつつ、本音ではウチナータイムに憧《あこが》れている俺である。

沖縄には『てーげー』という言葉があり、これは『適当』『いいかげん』という意味だ。実のところ、この世の中の多くのことは『てーげー』でいいような気もするんだよ。厳密でなきゃいけないものは、そんなに多くないんじゃないかなあ。

「私はもともと都会が性に合ってるんですよ」

ふ、と比嘉が笑みを見せた。わりと……いや、かなり単純なタイプらしい。ヤクザだの詐欺師だのに比べたら、ずっと仕事がしやすそうだ。

「学生の頃から東京でしたから。しかしまあ、兄を助けてあげたいという気持ちも強かったし……このホテルを大きくするというのも、それなりにやり甲斐《がい》のある仕事ですし」

「もはや『サンクチュアリ』に比嘉支配人は欠かせない存在なのですねえ」

俺の言葉に、メガネカイマンは小鼻をぷくっと膨らませた。

「で？　『SEA TURTLE』さんのご相談というのは？」

すっかりいい気分になった比嘉は、自ら話を進めてくれる。俺は小さな溜息をついて深刻さを演出しつつ、

「ホテル協会の件なんです」

と切り出した。

「『サンクチュアリ』さんが抜けられたのは大きな痛手だと、平良さんは話していました。経済的な面もさることながら、この島のホテル全体のサービス向上を考えた時、やはり比嘉さんのご指導は必要……」

「その話なら、もう決着はついたはずですがね。うちが協会に参加する利点はなにもないんです。先代まではお義理でつきあっていましたが、この不景気ですから、こちらとしても削れる経費は削りたいんですよ」

メガネカイマンは冷ややかに言った。

「それに、やれ会合だ、定例会だといって、毎回ただの飲み会じゃないですか。親睦を深めて景気がよくなるわけでもあるまいし、まったく無意味です。僕は合理主義者なんでね、あの手の馴れ合いは受け入れられない」

「そういった点は改善することも可能です。ぜひオーナーにリーダーになっていただいて……」

「その兄が、率先して飲んだくれるんです！」

比嘉が言い、俺は「え」と言葉を失った。

「兄は肝臓がよくないんですよ。なのに、おかまいなしに飲み続けて……このままじゃ依存症です。兄に酒を控えてもらうためにも、ホテル協会とは縁を切るしかないんです」

「……それでは、会合にはオーナーではなく、比嘉支配人が参加すれば……」

「冗談じゃない。僕は彼らとはとことん話が合わない」

「そう仰らず。比嘉支配人ならば、東京での経験を生かし、みなさんによきアドバイスができるじゃないですか。そう、実は『SEA TURTLE』にもちょっとしたトラブルが起きてまして……」

「トラブル？」

訝しむ比嘉に、俺は説明した。早朝『SEA TURTLE』のエントランスに生ゴミがばらまかれている。ネットのクチコミサイトで、事実無根の悪い噂を書き込まれる。予約していたお客さんが来ないので連絡してみると、電話番号は架空のもの。つまり、イタズラの予約だった——。

「今のところ、警察沙汰にするほどではないんですが……しかし、平良さんは大変心を痛めてまして……」

「待ってください」

声音が剣呑になり、比嘉がメガネのブリッジを押さえた。

「まさか、そのいやがらせが、私たちの仕業だと？」

「いえ、そんなことは申してません」

俺は慌てて否定した。しまった、ちょっと先を急ぎすぎてしまった。メガネカイマンのようなタイプは誉め言葉に敏感だが、その倍くらい否定されることにも敏感なのだ。

「ただ私は、比嘉支配人なら、こんな場合どう対処されるかを参考までに伺おうかと……」

「ふん、どうだか。そんなことを言いながら、ウチを探りに来たんでしょうが。どうせ平良オーナーから、買収うんぬんの話も聞いてるはずだ」

「買収の話があるんですか?」

あくまでしらを切りながら、俺は逆に質問してみる。

「もうすんだ話です。うちが持ちかけて、そっちが断って、それで終わった」

「つまり、比嘉支配人はすんなり諦《あきら》めたと?」

「僕じゃなくて、兄ですよ。ふだんなにもしないくせに、突然ハネムーナー用の別棟を造るなんて言い出して……まったく」

迷惑千万、という顔をする。兄弟仲はあまりよくないのだろうか。

「結局、平良のおばあに塩を撒《ま》かれて帰ってきたんです。だいたい、僕は最初から反対だったんだ。ヴィラを造ったばかりだし、別棟を造るならほかにも場所はある。わざわざ……」

比嘉の言葉が止まったのは、扉をノックする音のせいだった。比嘉が応じるより早く扉が開き、グラスの載ったトレイを手にした女性が入ってくる。

「義姉《ねえ》さん」

比嘉のイントネーションは尻上がり、つまり、いささか驚いている。

「あの……みんな忙しそうだったから、私が持ってきたの……」

遠慮がち……というよりは、ビクついているような声だった。

お茶を運んできてくれたのは、四十前後で地味な印象の女性だ。俺が「ありがとうございます」と会釈すると、小さな声で「いえ」と返した。イントネーションは標準語である。

「客じゃないんだから、お茶なんかいいんですよ」

「え……どちら様なの……？」

「平良さんとこの代理人だそうで。義姉さんからも言ってやってくださいよ。ウチは『SEA TURTLE』にいやがらせなんかしてないって」

ソファにふんぞりかえって比嘉が言う。ねえさん、と呼ばれた女性は困惑顔で「まあ」と言っただけだ。俺は彼女の出してくれたさんぴん茶を飲みつつ、さりげなく観察する。まとめ髪に、薄茶色の無地のワンピースで、ホテルの制服は着ていない。

「だいたいね、その程度のいやがらせで、立《た》ち退《の》くようなおばあじゃないですよ。あの人は本当に手強いんですから」

「しかし、オーナーは平良さんですから……」

「は？　土地の権利は祖母のトヨさんのはずです。そんなことも知らなかったんですか？」

初耳だった。ということは、あのホテルが欲しければ、平良さんとおばあの両人を説得しなければならないわけか。

「ええと、芽吹さんでしたか。とにかくね、買収の話はもう終わってます。いやがらせが気になるんでしたら、監視カメラでもなんでもつければいいでしょう。なんの証拠もなく、犯罪者扱いしないでいただきたい」

「いえ、そんなつもりは……」

「お帰りください」

ぴしゃりと言われ、俺は素直に立ち上がる。こういう時に長居しても、いい展開はない。仕切り直しが一番だ。

「またオーナーのいらっしゃる時に、伺います」

「二度と来なくて結構。しつこいと名誉毀損《めいよきそん》で訴えますよ」

扉の前で立ち止まり、俺は「あはは」と笑ってみせた。

「私の今日の言動は、刑事・民事ともに名誉毀損には該当しません。これでも元弁護士ですので、そのへんには気をつけています」

あまり軽んじられてもやりにくいので、軽いジャブのつもりで言うと「弁護士？」と比嘉の目つきが変わる。

「ええ。資格は今でも持っています」

俺は現在、弁護士名簿に登録がないので、弁護士としての業務はできない。ただし、資格を喪失したわけではないのだ。

「それじゃ……もしかして……美帆さんの……」

「ああ、小久保《こくぼ》美帆さんをご存じでしたか。私の友人です」

ぐっ、と比嘉の喉に力が籠《こ》もった。明らかに、今までとは異なる反応だ。

「彼女がなにか？」

「——いや。なんでもない。帰ってください」

俺から視線を外して比嘉は言った。これはなにかあるなと感じながら、俺は一礼して応接室をあとにする。戻ったら、美帆に比嘉支配人について聞いてみよう。

ロビーから一旦外に出て、その暑さに閉口しつつも、偵察がてら敷地内を歩いてみることにした。大きいホテルだけあってゲストもスタッフも多く、俺がうろうろしていたところで不審ではない。南国らしい植栽の日陰を歩き、俺は考える。

比嘉の話は筋が通っていた。

春に買収話が持ち上がり、だが『SEA TURTLE』側は断った。この件は平良さんからも聞いていた。いやがらせについても比嘉の言うとおり、なんら証拠はない。確実な証拠が欲しければ、監視カメラなどを仕掛ければいいというのも、もっともな意見だ。そこまでしないのは、平良さんの穏やかな性格のせいなのか、あるいは予算の都合なのか。

さらに、実際このホテルに来てわかったことなのだが……本当に規模が大きい。こう言ってはなんだが、『SEA TURTLE』とは比べものにならない。先代の時代ならばともかく、現在の『サンクチュアリ』が、あんなちまちましたいやがらせを『SEA TURTLE』にするだろうか？　その点に、俺はどうも違和感を覚えるのだ。

「あの」

小さな人工の滝が流れる横を歩いていた時、声をかけられた。振り返ると、先ほどの女性である。周囲を気にしつつ、俺に向かって頭を下げる。

「私、比嘉翠《みどり》といいます。比嘉明日也の妻です」

「あ、オーナーの奥様でしたか」

それで、比嘉支配人が『義姉さん』と呼んでいたわけか。

「どうしました？」

「内密に……お伝えしたいことがあるのですが……」

「内密？」

彼女は「こちらへ」と俺を誘導した。ヤシの繁る小道を通過して、人工滝の裏側に出る。人影はなく、滝の水音が話し声を消してくれる場所だ。

「迷ったんですけれど……やっぱり、見てしまったからには黙っていられなくて」

身体の前で両手をキュッと握り、翠さんは言った。

「なにを見たんです？」

「未来男さん……支配人が、柄の悪い連中と会っているところを……」

下を向いたまま、硬い声で彼女は告白した。肩に力が入り、緊張しているのが窺《うかが》える。

「この島の人間ではなかったと思います。話し声が……はっきりと聞こえたわけではないんですが、何度か『SEA TURTLE』と……」

「つまり……平良さんのホテルへの、いやがらせの相談ですか？」

「そこまではわかりませんが……隠れるように会っていたのはたしかです」

「どこでそれを見たんです？」

「島にも小さな繁華街があって……その裏通りでした」

ふむ、と俺は顎を撫でて考える。比嘉が金で誰かを雇い、『SEA TURTLE』にいやがらせ行為をする可能性は否定できない。だが。

「でも、ハネムーナー用の別棟なら、ほかに候補地があると言ってましたよね？」

「はい。別の土地に造ることも可能ですが……でも、あの場所は特別なんです」

「特別？」

やっと翠さんが顔を上げて「ウミガメです」と言った。

「ウミガメが産卵に来る浜は、この島でもそうはありません。その近くに新婚さん専用の離れを造れば……話題になることは間違いありません」

そういう理由かと、俺は頷いた。ウミガメの産卵・孵化《ふか》が見られるホテルとなれば、特別なバリュー感がある。

「弟さんがいやがらせをしていることは、オーナーもご存じなんでしょうか」

「夫は知らないと思います。あの……なんというか、夫はあまり商売っ気のない人で……このホテルをここまで大きくしたのは、ほとんど未来男さんの手腕なんです。ですから、夫もあまり未来男さんには口出しができません」

「なるほど……。でも、翠さん、あなたはどうして私に今の話を教えてくれたんです？　こう言ってはなんですが、身内を裏切るような……」

翠さんは再び下を向いてしまい、「それは……」と口籠もった。

「未来男さんのやり方に……納得できないからです。いくらホテルを大きくしたいからって、卑怯な手段まで使うのは……。それに、未来男さんは『SEA TURTLE』に個人的な恨みがあって……そんな理由でいやがらせなんて」

「個人的な恨み？」

「美帆さんです」

おっと、ここで美帆の名前が出るのか。俺が「どういう意味です？」と聞くと、翠さんはすらすらと答えてくれる。

話そのものは単純だった。

美帆がこの島に来た当初、数日だけ『サンクチュアリ』に宿泊したという。その時、比嘉支配人は美帆にひと目惚れしてしまったらしいのだ。ひとり旅だった美帆にあれこれと特別なサービスをしてくれ、美帆も当時は満更ではなかったようなのだが……。

「あ。わかった。宿が『SEA TURTLE』に変わって……比嘉支配人はふられたんですね？」

「はい」

道理で、さっき美帆の名前が出た時に顔色が変わるわけだ。あの様子からして、比嘉は今でも美帆に未練タラタラなのだろう。一方の美帆は、平良さんとの結婚話も出ている……そう思うと、メガネカイマンが多少気の毒ではある。

「芽吹さん、気をつけてください。もしかしたらヤクザとか……そういう人たちが絡んでるかもしれません。だとしたらとても……危険なのでは……」

ヤクザには慣れてますから……と言えるはずもなく、俺は「お話ししてくださって、ありがとうございます」と礼を言った。

「あの……くれぐれも、内密に……」

「はい。決して翠さんの名前は出しませんので、ご安心ください」

「お願いします」

小走りに翠さんが立ち去った。

さて、と俺は頭を掻く。思わぬ情報が入ってきたわけだが……これはどう解釈すべきだろう？　比嘉支配人は、本当にヤクザなんか雇ったのか？　ホテル業という職種にとって、暴力団と関係を持つことはどう考えても得策ではないのだが……あのメガネカイマンは、そんなに頭が悪いのだろうか？

あれこれ考えながら歩いているうちに、植栽の小道が途切れた。

「お。プール」

どうやら俺は、宿泊客用のプールサイドに出てしまったらしい。楕円形のプールにはブルータイルが敷かれ、水をきらきらと反射させて眩しいばかりだ。でも、このホテルにしてはわりと小振りなような……そういや、プールは二か所あるって案内図にあったな。子供も一緒に遊べる大きなプールと、大人専用のサブプール。こっちは後者なのだろう、小さな案内板に『小学生以下のお子様はご遠慮ください』とある。

水際に近づいてみた。

人はいない。みんな海に遊びに行っているのか、あるいは涼しい場所で過ごしているのか……もったいないほどに静かなプールサイドだ。

デッキチェアに敷かれているのは、ブルーと白の縞模様《しまもよう》のマットレスである。座ってみようかなと触れると、防水加工のマットレスがめちゃくちゃ熱くなっていて無理だった。この時間、プールサイドに日陰はほとんどない。

太陽が照りつけてくる。頭頂部がジリジリと暑い。

停めておいたスクーターのシートもさぞ高温になっていることだろう。風がプールの表面を撫でて、ささやかな波を起こしている。なにか動くものがいるなと思ったら、トンボだった。二匹が追いかけっこをしている。

それを眺めながら、今日知り得た情報を頭の中で整理する。

まず、『サンクチュアリ』のオーナー、比嘉明日也。

今日は出張中で会えなかったが、妻の翠さんによれば商売っ気のない人。弟の口ぶりでは、頼りにならない上に、酒好き。このオーナーは、春に平良さんとおばあに会って、買収話を持ちかけたが、断られている。

そして『サンクチュアリ』支配人の比嘉未来男。

オーナーの弟であり、ホテル経営においては遣り手のメガネカイマン似。買収話はすんだことと語っていたが、これも翠さんによればまだ諦めていない。『SEA TURTLE』の土地には、至近にウミガメの来る浜があるという特別な価値があるからだ。

また、美帆にふられ、個人的な恨みを持っている可能性がある。美帆にというより、美帆を奪った平良さんを恨んでいるのかもしれない。加えて、翠さんの話によると、柄の悪い男たちと隠れて会っていた。

「……シンプルに考えると、いやがらせは比嘉未来男の仕業になるのか……」

男の嫉妬って怖いんだよな。俺もひとり、嫉妬深い男を知っているのでよくわかる。

さて、このあと俺はどうすべきだろう。まず、美帆にメガネカイマンについての話を聞き、あとはオーナーの比嘉明日也にも会っておかないと……。

「おわッ！」

誰かがいきなり、俺の襟首を摑んだ。背後からだ。

グッと後ろに引き寄せられたかと思うと、左耳に低く囁《ささや》く声がある。

「……関わるな」

次の瞬間、前方に突き飛ばされる。

前方にはなにがあるか。プールである。

きらきらと輝く、美しいプール——そこに俺はダイブする。

ばっちーん、と水面が顔にぶつかった。

痛い。とても痛い。顔から飛び込むなんて、小学生のプールの授業以来だ。小学生の時は自分が悪かったのだが、今回は違う。俺を突き飛ばしたやつが悪い。

「がぼっ……ぐぼぼぼ…………………ぶはっ！」

しかも、プールは思いのほか深かった。さすが大人専用である。俺の身長でぎりぎり足がつくくらいなのだ。水中でもがき、顔を上げた時には、俺を突き落としたやつはもういなかった。水に浸かったまま、その場で三六〇度回って周囲を見たが、誰も見つけられない。

「……げふっ」

くっそう。水飲んじゃったじゃないかよ。

いったいなんなんだ。誰なんだ。どうしてこんな真似をするんだ。

ぶくぶくぶくぶく……。

沈みながら、俺は考える。顔はちょっとじんじんするけど、水のほどよい冷たさが心地いい。宿泊客じゃない上に、水着でもない俺がプールに入るべきではないのだろうが、突き落とされたんだからしょうがない。俺のせいじゃないんだし、ついでに涼むくらい許されるはずだ。

水の中は、とても静かだ。

目を開けると、ゆらめくブルーの世界。

——関わるな。

脳内で、声が再生される。その声や俺を摑んだ力からすると、若い男だろう。身長はおそらく、俺とさほど変わらない程度。

なにに関わるなと、やつは言いたかったのか？

このタイミングで考えるなら、やはりホテルの問題だろう。『サンクチュアリ』、あるいは『SEA TURTLE』、もしくは両方のホテルに関わる件に、首を突っ込むなということなのか……？

「………ぶはっ。ハーハーハーハーハー……」

ぜんぜん息が続かないや。

肺活量が落ちてる。悲しいかな、俺ももう歳なんだなあ……。もうちょっと水中で考えたかったんだけど、無理。顔をひょっこり出して、額に張りついた髪をかき上げた時、

「……先輩。なにしてんです」

右斜め後ろ方向から聞こえる呆れ声が誰のものなのか——今度は一発でわかった俺だった。


「あのプールは宿泊客専用なんです。勝手に泳いじゃだめでしょうが」

「………わかってるよ、んなこた。くっそ、いい部屋泊まってんなあ」

「あー、水をボタボタ垂らしながらうろうろしない。ほら、そっちがバスルームです」

「……覗くなよ？」

「あんたの裸なんか見慣れてます。今じゃケツの穴の皺の数まで……ぶっ……」

俺はびしょ濡れのアロハシャツを、兵頭の顔めがけて投げつけてやった。珍しくヒットしたので、満足して浴室に入る。兵頭の「ひでえな」という声が聞こえたが、無視する。

ザッとシャワーを浴び、頭をよく拭《ふ》いて、バスローブを纏《まと》う。

兵頭はラタンのソファに腰掛け、こっちをじっと見ていた。俺はいつか、こいつの視線で穴が空くんじゃないかと思う。……かく言う俺も、兵頭のことはつい見ちゃうんだけどな。とくに、今日みたいな兵頭はちょっと珍しいから。

「なんです」

「……いや、そういう服も持ってんだなーって」

兵頭は白い開襟《かいきん》シャツに、麻っぽいくるぶし丈のパンツを穿《は》いていた。整髪剤をつけていないのか、髪もふだんよりずっとラフなスタイルだ。

「伯田《はくた》さんに揃えてもらったんですよ。身体ひとつでこっちに来ちまったんでね」

「そこが問題なんだよ。なんで俺を追っかけてくるんだ」

バスローブのまま、俺は窓辺のデイベッドに腰掛ける。あ、ここからさっきのプールが見えるのか……おっ、ビキニの可愛子ちゃん発見。……なんだ、彼氏連れか……。

「誰が誰を追っかけてるって？　俺はたまたま休暇でここに来ただけです。周防《すおう》興産は夏休みを取っちゃいけないんですか？」

「そらぞらしいぞおまえ。誰に聞いたんだ、ここの場所のこと」

「課報活動《ちょうほうかつどう》は得意分野でね」

しれっと言いやがる。

怪しいのは智紀あたりかな……あいつ、兵頭に借りがあるしなあ。

「俺がそらぞらしいなら、あんたは図々しいですよ、先輩。事務所の夏休みにかこつけて、昔の女となにしようってんです」

「しないよ。なんにも」

「してたじゃねえか、初日から。ビキニの女に乗っかられてニタニタしてやがっただろ」

兵頭がちょっと怖い顔で俺を睨《にら》む。はす向かいの位置にいる俺は、コホンと空咳をして視線を外した。

「いや、あれは……そういうんじゃなくて……」

デイベッドにごろんと寝転がって言う。あー、このデイベッドいいなあ。すごく快適。気持ちいい。昼寝したい。俺はクッションを引き寄せ、それを抱きしめて、俯《うつぶ》せになった。……おっと、裾がまくれて太ももが出ちまった。

ギッと音がした。兵頭がラタンのソファから立ち上がったのだ。俺はすぐに裾を直そうとしたのだが、間に合わなかった。兵頭は俺の横に座り、人の大腿部をいやらしい手つきで撫で始める。

「おい。やめ………ひゃっ」

バスローブの下に潜り込んできた手に、尻をつるんと撫でられた。俺は慌てて起き上がり、クッションを抱えたままで脚をきちんと閉じて正座する。

「ひ、昼間っから人のケツに触るな」

「俺たちは休暇中ですよ。昼も夜もない」

「きゅ、休暇だけど、仕事してんの俺は！」

「そのせいで、プールに突き落とされたわけですか」

そう言われ、俺は驚いて「おまえ、見てたのか？」と聞いた。兵頭は俺からクッションを奪い、ポイッと放りながら「見てましたよ」と答えた。それからごろりと横になって、俺の膝に頭を載せてきた。

「……ちょっと高いな。先輩、脚崩してください」

「あ。うん」

素直に従ってしまったのは、俺も時には兵頭に膝枕をしてもらうからだ。野郎の固い太ももで寝ても……と思いきや、なかなか気持ちいいんだよ。でも、そういえば俺がしてやったことはあんまりない気がする。

「ああ、そんな感じです。ちょうどよくなった」

兵頭は満足げな吐息とともに、目を閉じる。眼鏡の下にある、思いのほか長いまつげを見下ろしながら、「俺を落としたやつの顔、見た？」と聞く。

「たまたまここから見ただけですからね、顔まではわかりません。脱兎《だっと》のごとく逃げてったし。ただ、このホテルのユニフォームでした」

「……マジで？」

「俺が嘘ついてなんか得しますか？　あんた、いったいなにしにこの島に来たんです？　あの嫌みな弁護士の手配で一週間の休暇取って、南の島でのんびりしたり、ビキニの女の子見てニマニマしたり……そういう旅なんじゃないんですか？」

「うん。俺もそのつもりだったんだけど」

でも、なぜか仕事になっている。

しかも、予想していたより厄介な雰囲気になっている。

「……俺たちの泊まってる『SEA TURTLE』と『サンクチュアリ』のあいだに、ちょっとした確執があってさ。買収絡みのトラブルだとか」

これは島の人間ならみんな知ってるであろう事実なので、兵頭に隠しておく必要はない。

「で、俺は美帆と平良さんに……いわば、和解交渉を頼まれたってわけ。まずはこっちのオーナーと話すつもりでいたんだけど、今日は留守だった。かわりにメガネカイマンみたいな支配人に会って、その帰りに……」

「ぼんやり突っ立ってたら、プールに突き落とされたわけですか」

目は開けずに兵頭が言う。

「まあ、そうとも言う」

「そうとしか言わねえだろ。……ったく、どんだけ仕事が好きなんだか」

「う、うるさいなあ。おまえだってあんなに仕事持ってきてるじゃないか」

この部屋はちょっとしたスイートになっていて、奥にツインのベッドがあり、リビングスペースにはそこそこ大きなローテーブルが設《しつら》えてある。そこには書類が積まれて、ノートPCも電源が入ったままだ。どう見ても兵頭は仕事をしていた。

「俺は仕方ないんですよ。突然の休暇だったんだから」

「だから、なんで追いかけてくんだよ。一週間したら帰るんだから、待ってりゃいいのに」

ぱちり、と兵頭の目が開く。

右手がぬうと伸びてきて、俺の濡れた前髪をクンッと引っ張った。

「…………邪魔なんですか？」

「え」

「俺がいたら、邪魔ですか。一緒に休暇を取りたいと思うのは、うざいってことですか」

「そんなこと言ってな……いたた、引っ張るなよ」

引っ張られたら、顔が近づくじゃないか。

そんなに近づいたら……その……なんていうか……、

「先輩」

……キス、したくなるじゃないか……。

膝の上にある兵頭を見る。悔しいほどの男前が、俺をじっと見つめている。もう前髪は引っ張られていないのに、俺の顔はさらに下りていく。

唇が触れる寸前、兵頭の手が俺の後頭部に移動して、髪を撫でられた。

さらりと乾いた、兵頭の唇。

女の子の唇はたいていしっとりしていたし、俺にとってはそれが普通だったけれど、今ではこのさらりとした唇が気に入っている。もっとも乾いているのは最初だけで……すぐに互いの唾液で濡れてしまうわけだけど。

口づけながら、兵頭が身体を起こす。

俺を抱きしめて、より深く口づける。俺も兵頭の背中に腕を回す。

あ、やばい……。

キスだけのつもりだったんだけど……体温と脈拍の上昇が半端ない。久しぶりに兵頭に触れたせいだろうか。えーと、俺たちがふたりとも入院してたのが梅雨より前だったよな。で、退院したあと、俺は一か月だけ兵頭のマンションにいたんだ。兵頭は怪我《けが》のせいで手がちょっと不自由だから、俺がいろいろ手伝ってやろうと思ってたんだけど……実際は、たいして役に立たなかった。そうこうしてるうちに梅雨入りして、七月の初めには、結婚式に出た。

いやいや、俺たちのじゃなくて。

仕事絡みで知り合ったゲイカップルの、本条《ほんじょう》さんと仁川《にかわ》さんの結婚式だ。

梅雨明け以降は、お互いやたらと忙しかった。鵜沢《うざわ》組が解散した余波で、周防組もずいぶんごたついていたようだし、俺のほうもいつになく依頼が多かった。

夏場はキヨが本来の仕事である特殊清掃で忙しくなることもあり、八月なんか俺ひとりでてんてこ舞いしてた。お盆の時期には事務所を休みにするつもりだったんだが、緊急の依頼で休日返上。でもさゆりさんには休みを取ってもらったから、事務仕事もやる羽目になり……結局俺は、一日も休んでいないのだ。当然、兵頭にもほとんど会えていない。

「……っ、噛む、なよ……」

下唇を軽く噛まれ、俺は掠《かす》れ声《ごえ》で文句を言う。

兵頭は俺の身体のあちこちを噛むのが好きだ。基本的に甘噛みだけど、たまに興奮が増すと結構強く噛まれて……そんな時はこっちも興奮しているので、それがわりとよかったりして、なんかもう、自分が不安になってくる。

「……なんで休暇のこと、俺に隠してたんです」

唇を離し、兵頭が聞いた。長い指でバスローブの襟を開かれ、呆気なくずり落ちてしまう。

「もう知ってんだろ……七五三野《しめの》が手配してくれて……言うなって釘刺されてたんだ」

「あの弁護士野郎は、あんたとその女の復縁を狙ったわけだ」

「そうらしいけど、無駄に終わったよ。だいたい、美帆にはもう恋人がいるんだ」

「知ってますよ」

剝き出しになった肩に、兵頭の唇が落ちる。

「平良って男でしょう。あんたたちの泊まってるホテルのオーナーだ」

「耳が早いな。……ちょ、こら、痕がつく……」

首筋に強く吸いつかれて、俺は身じろいだ。

「露出度の高い女だらけの島なんだぞ、マーキングくらいさせろ」

「だからさ、美帆はもう俺なんか眼中にないんだって……浮気なんかしてない」

「ほんとに浮気してたら、あの女は今頃サメのエサです」

「怖いなおまえ。せめてサメのエサは俺にしとけよ」

「いやだね」

今度は耳に噛みつき「あんたは俺が食う」と兵頭は囁いた。物騒な言葉と、耳にかかる吐息に震えがきちまうんだから……俺の身体にも困ったものだ。

「あ」

兵頭の体重がかかり、いとも簡単に押し倒されてしまう。やたらと広いデイベッドは、もしかしたらこういう目的のためにあるんじゃないかなどと、不埒な考えが浮かぶ。

腰紐の結び目に、兵頭の指がかかった。

「なんでこんなきつく結ぶんです」

そんな文句を言われても困る。普通、しっかり結ぶもんだろう。

「あのさ……ここで、すんの？」

「ゴムもジェルも持ってきてますよ」

「いや、そういうことじゃなくて……明るすぎるし、窓辺なんだけど……」

「南の島の醍醐味《だいごみ》ってやつです。……なんなら、プールサイドでしますか？　俺は先輩となら、屋外露出プレイでも……」

「するかよ！」

顔を熱くして俺が叫ぶと、兵頭がクッと笑う。この野郎、と睨みながら、俺も兵頭のシャツを脱がしにかかった。こんな真っ昼間、ひとりだけ裸なんてごめんだ。バスローブの紐がやっと解《ほど》けた頃、俺もシャツのボタンをすべて外し終える。兵頭の身体に手のひらで触れながら、思わず吐息を零していた。こいつの腹筋って、かっこいいんだよ、ちくしょう。

改めて、口づけを交わそうとしたその時――。

携帯が鳴る。

俺のではない。

だって俺のは水没しちゃったから、鳴るはずがない。

兵頭のだ。ちら、と一瞬気にした兵頭を察して、俺は「出ていいぞ？」と言った。あれだけの仕事を抱えて飛行機に飛び乗ったのだから、緊急の連絡が入ることだってあるだろう。兵頭はほんの少し迷い、次には俺にひとつキスをして「すみません」と離れていった。そのキスが妙に恥ずかしくて、俺はひとりで真っ赤になる。

上半身だけ裸になった兵頭は、立ったまま携帯を手にした。発信先の表示はなかったらしく、やや固い声で「もしもし」と話し始めた。

そして二秒後には、

「……は？　なんなんだ、てめえ」

と通話相手に凄み始める。眉間の皺の深さからいって、本気でご立腹のようだ。

『それはこっちの台詞《せりふ》だ。なんでおまえがその島にいる』

え!?

漏れ聞こえてきた声に、俺は慌ててバスローブの前をかき合わせる。電話なんだから見えるはずないんだけど、反射的にそうしてしまったのだ。だってあの声は心配性のお父さん……じゃなくて、七五三野じゃないか。

「どうして俺の居場所をおまえが把握してるんだ？　さては人の搭乗記録を調べやがったな、このクサレ弁護士」

『そんな真似はしていない。周防組長に問い合わせたら、南の島で休暇中だと教えてくれた』

「…………」

自分の組長《おやじ》にばらされたのでは文句も言えない。珍しく押し黙ってしまった兵頭に、七五三野が『章はどこだ』と強い調子で問い詰める。

『さっきから何度電話しても出ない。なにかあったのか』

「水没した」

『溺れたのか！』

「バカかおまえ。先輩の携帯が水没したんだ。本人は今ここにいる。しどけないバスローブ姿で、俺を待ってんだ。邪魔すんじゃねえ」

『ふざけるな。章を出せ』

「ふざけてない。章は出さん」

きっぱりと言い返し、兵頭は「いいかげんにしろよ、弁護士」と低い声を出す。

「先輩は俺のモンだって、何度言やあ理解すんだ？　これ以上俺たちのことに口出すなら、こっちも本気出すぞ」

『は。暴力団の脅《おど》しに、僕が屈するとでも？』

「指の一本も折られたことねえくせに、虚勢張ってんじゃねえよ、エリートの坊ちゃんが」

おいおいおい、物騒な雰囲気になってきたな。俺はいたたまれず、デイベッドから下りて「そのへんにしとけって」と兵頭から携帯を奪った。兵頭はふくれっ面になったが、奪い返すには至らない。ドスンとソファに腰掛け、苦い顔で煙草《たばこ》を咥《くわ》える。

「七五三野、俺だ」

『章』

七五三野の安堵した声が聞こえ、その直後『なぜ兵頭と一緒にいる』と厳しく豹変《ひょうへん》する。

「なぜって……ええと……いやいや、それ以前におまえ、なんで美帆のこと黙ってたんだよ！」

『ああ、それはちょっとしたサプライズだ。彼女とはちゃんと再会できたんだな？』

「できた。できたけど、あれだぞ。おまえの計画はいろいろ手遅れだったぞ。美帆には相思相愛の恋人がいる」

『……なんだって？』

「で、その恋人の経営するホテルのために、俺は依頼を引き受けた」

『…………章……おまえ、どれだけ仕事が好きなんだ……？』

「それ、さっき兵頭にも言われた。……あっ、おい」

兵頭が咥え煙草で携帯を取り上げ「もう充分でしょうが」と通話を切ってしまった。携帯をポイとソファに投げると、俺の腕を摑んでデイベッドに戻ろうとする。その強引さが気に食わず、俺は「やめろよっ」と抗った。

「……なんだよ。あんただって、さっきまでその気だったくせに」

「兵頭。おまえな、七五三野にああいうもの言いするのやめろ」

「……ああいう？」

「脅すような台詞だよ。七五三野は法律のプロだぞ。しかも優秀だ。迂闊《うかつ》なこと言うのは洒落にならない。暴力団絡みの訴訟にだって七五三野は……」

「シメノシメノって、うるせえな！」

空気を震わす怒鳴り声に、俺はビクリと竦《すく》んだ。竦んだ自分が悔しくて、今度は自分が「うるさくさせてんのはおまえだろうが！」と怒鳴り返す。

「俺はおまえを心配して言ってんだぞ！」

「あんたに心配されるほど落ちぶれちゃいねえよ！」

「なんだよそれっ！　おまえが落ちぶれなきゃ、俺は心配できねーのかよっ！」

「あの弁護士野郎に言わせりゃ、最初っから落ちぶれてんだろ！　しょせん育ちの悪いヤクザ者だからな、俺は！」

「誰がそんな話してんだよ！」

ああ、もうわけがわからない。

さっきまでキスしていた相手と、なんで怒鳴りあわなくちゃいけないんだ。しかもこれ、なんかデジャヴな気がする。旅行前、やっとふたりの時間が作れた時も、俺たちはこんなやりとりをしていなかったか？　つまらないことでカッときて、馬鹿げた言い争いになって……。

「……帰る」

こんなふうに、俺は言わなかったか？　兵頭のマンションで。

「勝手にしろ」

そして兵頭も同じ台詞を言ったんだ。

俺はバスローブを脱ぎ捨てて、まだ乾いていない服を身につけた。ベタベタして気持ち悪いが、この気候なら風邪はひかないだろう。サンダルに足を突っ込み、部屋のドアを開ける。振り返りたい気持ちはあったけど、そうはしなかった。

振り返った時、兵頭がこっちを見ていなかったら、きっと落ち込むからだ。

廊下に出た途端、無意識に舌打ちしていた。これは兵頭の癖だが、俺にもいつのまにかうつったのかもしれない。そう気づいたらさらに腹が立ってきた。

「……バッカやろう」

俯《うつむ》いて呟いた言葉は、兵頭に向けてというより、自分自身に向けたものだったのかもしれなかった。

3

「うっわ、この豆腐なんだ？　ちっさい魚が並んでるっ」

「それはスクガラスというんだよー。アイゴという魚の赤ちゃんさー」

「ねえねえ、おばあ、こっちの和《あ》え物《もの》は？　ミミガーっていうやつ？」

「うーう《いいえ》、それはチラガーね。豚の顔の皮さー」

平良《たいら》さんのおばあにあれこれ質問するのは、好奇心旺盛な智紀《とものり》とアヤカだ。今夜も食堂『くわっちー』のテーブルには、沖縄《おきなわ》ならではの料理が所狭しと並んでいる。キヨは智紀の隣に陣取って幸せそうにビールを飲んでるし、さっきまで俺の横にいたさゆりさんは、なぜか今厨房《ちゅうぼう》でフライパンを振っている。そうめんチャンプルーの技術は完全に習得したらしい。

「芽吹《めぶき》さんも体験ダイビング来ればよかったのに～。すごかったよ、お魚の楽園！」

チラガーを食べながらアヤカが言った。

「カクレクマノミも見れたんだぜ！　キヨ、カメラ貸して」

智紀がキヨからカメラを受け取り、画像を表示させて俺に渡した。

「へえ、最近のデジカメって海の中も綺麗に撮れるんだなあ」

俺は感心しつつ、他の画像もモニタで見ていった。これは智紀のカメラではなく、キヨのだ。

今回の旅行のために、新しく買ったと話していた。……ん？　なんだ、この写真。智紀の寝顔？　あーあー、すごい寝相してんなあ。……あれ、これって、うわっ……。

「……そっちはダメ」

キヨの声とともに、でかい手がモニタを覆った。智紀が「なに？」と身を乗り出してきたが、キヨはさっさとカメラをしまってしまった。可愛い恋人の寝姿を隠し撮りしたい気持ちはわかるけど……ばれたら大変だぞ……っていうか、智紀もパンツくらい穿《は》いて寝ろよ……。ああ、びっくりした。

「はい、そうめんチャンプルーできましたよ」

さゆりさんが大きな皿を持って戻ってきた。全員が一斉に「うまそー！」と叫んで箸を取り、十秒後には皿の中身は半減していた。若者が三人もいるとすごい勢いだ。

「所長、お仕事のほうはどうでした？」

さゆりさんに聞かれ、俺は「思ったほど簡単じゃないかも」と苦笑した。一応、みんなにも仕事を請け負ったことは話してある。

「先方の支配人に会ったんだけど……あんまり感じのいい人じゃなかったな。しかもその人、美《み》帆《ほ》にふられてるんだよね」

「おやおや」

さゆりさんが島豆腐を箸で上手に取りながら言う。塩漬けにしたスクガラスと一緒に食べるのが沖縄流だ。

「美帆に確認したんだけど、かなり猛烈にアタックされたみたいだ」

「美帆さん、美人だもんね〜、Dカップだし！」

アヤカの台詞《せりふ》に、え、Dなの？　と口走りそうになったが自粛した。昔は……そんなに大きくもなかったような……いやいやいや、なにを回想しているんだ俺は！

比嘉《ひが》支配人がDカップに惹かれたかどうかはともかく、熱心なアプローチだったらしい。デートらしきものも、何度かしたそうだ。

——今考えると、比嘉さんのほうは、私とつきあってるつもりになってたのかも……。でも、私はそんなつもりはなくて、食事したり飲んだりしてただけだし……。

そのうちに、美帆は平良さんと知り合う。宿も『SEA TURTLE《シー タートル》』に移して、ふたりはますます距離を縮めたわけだ。

——私が弁護士だったって知った時、比嘉さんはすごい勢いで褒《ほ》めてくれたの。素晴らしい仕事だ、誰にでもできるものじゃない、って。平良さんのほうは『そうなんだ』って、ちょっと笑っただけ……。その時の私には、平良さんみたいな人が必要だったの……。

ある意味、仕事から逃げてきた美帆にとって、自分の職業を褒めちぎられるのはかえってつらかったのだろう。かくして比嘉はふられてしまったわけである。

比嘉という人間について美帆は「よくも悪くも、自己顕示欲が強い」と評していた。その性格があればこそ、『サンクチュアリ』は大きなホテルになったとも考えられる。自己顕示欲のない人間などいないわけで、なにごとも程度問題なのだ。

——もし比嘉さんがいやがらせをしているんだとしたら、それって、私のせいかもしれなくて……私が『SEA TURTLE』に迷惑かけてるってことよね……。

そう言って落ち込む美帆を慰めたのが今日の夕方だ。今夜は美帆はダイビングショップで打ち合わせがあるようで、『くわっちー』には来ていない。

「なにかお手伝いできることがあったら、仰ってくださいね」

「ありがとう、さゆりさん。でも今回は美帆から俺への個人的な依頼だし、無報酬だからさ。手伝ってもらう予定はないんだ。せっかく南の島まで来たんだから、みんなには休暇を満喫してもらわないと」

「休みが一番必要なのは、所長だと思いますけどねえ」

溜息まじりにさゆりさんが言い、智紀は俺を見て「芽吹さん、ほんと仕事好きだもんな」とそうめんを啜《すす》った。

「仕事してないと、そわそわしだすタイプだから、ちょうどいいんじゃね？」

「そうよねー。仕事中毒っぽいとこあるわよねー。兵頭《ひょうどう》さんもそういう傾向あるしさ。似たもの夫婦ってこと？」

アヤカの発言に、俺は「夫婦じゃないっ！」と反論した。

「あー、ダンナのほうも相当だよな。組《カイシャ》に命預けてるし」

「もうエライのに、相変わらず現場に来るのよねー。最愛の奥さんが家で待ってれば、残業しなくなるのかなあ」

「おい、待て。誰だ奥さんて」

「あ、ごめん。逆にしよっか？　兵頭さんのほうが几帳面《きちょうめん》で家のこともしっかりやりそうだから、奥さんでいいのかも」

「そうそう、あいつやたらきれい好きだぜ。周防興産は毎朝全員で事務所を掃除すんだって」

「おや、それは感心だね。所長も、消しゴムのカスを床に落とすのはやめてくださいね」

「……牛乳パックのクチんとこ……こないだも開けっ放しだった」

さゆりさんとキヨにまで言われ、俺は「す、すいません」と謝るしかない。ええと、なんでこんな話になったんだ……？

「はい、沖縄そば、おまたせねー」

おばあが丼《どんぶり》を運んできてくれた。

おお、本場の沖縄そば。東京で一度食べたことがあるんだけど、これは『蕎麦《そば》』と思って食べてはいけない。『そば』だけど『蕎麦』じゃないんだ。そば粉なんか入ってないし、むしろうどんに近いかな。俺は上にのってる豚の三枚肉が好きなんだよねー。

「あっ、俺もそれ食いたい！」

にょきっと出てきた智紀の手をぴしゃりと叩き「これは俺の」と丼を遠ざける。

「なんだよケチ～」

「おまえには前科があるからな。こないだ俺がちょっと目を離したすきに、カップ焼きそば全部食っただろうが」

「だって腹減ってたんだもん」

「俺だって減ってたよ！　それこそお腹《なか》と背中がくっつくほどに！　沖縄そばが食べたいなら、おまえも注文しなさい。これは俺が食うの。いっただきまーす。……ずるっ」

出汁《だし》が好きなんだよね、鰹《かつお》がベースなのかな？　暑い土地柄のせいか、あっさりしてて食べやすい……やす……や……………。

「ぶはほッッッ！」

「うわ、きったね！」

麺《めん》を吐き出しそうな勢いで噎《む》せた俺から、智紀が身体を遠ざける。

「ぐはっ、ぶほっ、げほげほげほ……ッ……か、からっ……からっ……！」

身悶《みもだ》える俺を、みんながポカンと見ている。俺は両手の指をワキワキと動かしながら、必死に自分のグラスを探す。だがこんな時に限ってビールはカラだ。斜め向かいの智紀が飲んでいたマンゴージュースを奪い、ゴクゴクゴクと一気に飲んだ。なんとか喋《しゃべ》れるようにはなったものの、胃の中はまだ煮えたぎるようだ。

「……っは……。か、か、辛《から》い………」

キヨが表情を変えないまま、沖縄そばの丼を引き寄せた。そしてクンとにおいを嗅《か》ぎ「あ」と声を漏らす。

「これは……凶器……」

「えー？　なんで沖縄そばがそんなに辛いんだよ？」

智紀が聞き、キヨはテーブルの上にあった瓶を手にする。こっちの食堂には必ずある、コーレーグースと呼ばれる調味料だ。島唐辛子《しまとうがらし》を泡盛につけたもので、少量をそばやチャンプルーに入れる。あくまで少量でいい。かなり辛いからだ。

「においからして……相当入ってる。この瓶の半分くらい……」

「きゃー、それは辛いわよー」

アヤカの言葉に俺はコクコクと頷く。まだなにか飲みたい……ああ、さゆりさん、さんぴん茶をありがとう……。

「芽吹さん？　どうしたねー」

平良さんのお母さんと、おばあが来てくれた。まだヒーヒー言っている俺ではなく、さゆりさんが事情を説明すると、おばあはすぐに牛乳を持ってきてくれる。冷たい牛乳を飲むと、胃の熱さはだいぶ収まった。

「それは悪かったねえ……けど、寸胴《ずんどう》の出汁はいつもどおりさー」

ということは、丼のほうに誰かが大量のコーレーグースを入れたわけだ。

おばあの話だと、丼に麺と出汁を入れた直後、厨房の裏から大きな音がしたという。なにかと思って見に行ったが、異変はなく、すぐに戻って具の盛りつけをし、俺に出した。その間、お母さんは別の客のオーダーを取っていたので厨房にはいなかった。

「計画的犯行っぽいな！」

智紀が言う。俺もそう思った。

「やだ！　誰かが芽吹さんの命を狙ってるのかも！」

いや、コーレーグースで死ぬことはないと思うけど……とにかくたちの悪いイタズラだ。

そのあとの俺は、なにを食べるのもビクビクだったが、他の料理におかしな点はなにもなかった。おばあが出してくれたさとうきびのアイスでひりつく口の中を癒しながら考える。昼間のプールといい……これも警告なのだろうか？　それにしてはずいぶん子供じみている。薬を飲まされて監禁されたり、暴力団にボコボコに殴られたりしてきた俺には、文字通りの子供騙《こどもだま》しだ。この程度で交渉人・芽吹章《あきら》が引き下がると思ったら大間違いなのである。

……が。

次の犯行には、俺も正直かなりびびってしまった。

みんなで食事を終えたのが十時過ぎ、それからシャワーを浴びて、さあ寝るかとベッドの布団を捲《めく》り上《あ》げた俺を歓迎してくれたのは……ヤールーである。

標準語でいうと、ヤモリ。漢字では『家守』『守宮』などと書く。

ちなみにイモリとは別物。ヤモリは爬虫類《はちゅうるい》だが、イモリは両生類だ。ヤモリは害虫を食べてくれるし、人間にはなんら悪さはしない。家を守る、と書くくらいだから、ヤモリは駆除すべき対象ではない。俺もそう思う。一匹や二匹、窓に張りついていても平気だ。吸盤みたいな手の先が可愛いなあと思うくらいである。

しかし、いくら可愛いヤモリちゃんたちでも……寝床に大量にいたら俺だって叫ぶ。

「うぎゃあ！」

その声にキヨと智紀が飛んできた頃には、ヤモリちゃんたちはみんなどこかに逃げてしまっていた。一瞬の出来事なのではっきりしないが、三十匹くらいいたんじゃないかな……。よくよく見れば、布団の中には小さな羽虫の死骸《しがい》もあって、ヤモリちゃんたちはここでディナーを楽しんでいたわけだ。つまり、ディナーを用意したやつがいる。

翌日も、いやがらせは続いた。

午前中、俺たちはビーチエントリーのシュノーケリングツアーを楽しむ予定でいた。ポイントに案内してくれるのは美帆だ。

「はーい、みんな自分のフィンを持ってね。まだ履いちゃだめですよー。履いたらもう前には歩けないから、海に入ってから履きます。あ、マリンブーツは履いちゃってください。サイズが合わない人がいたら教えてくださいねー」

俺はワクワクしていた。長年インドア人生だったもんだから、三十四歳にして初めてのシュノーケリングなんだよ。どんな魚が見られるのかなあと胸躍らせつつ、マリンブーツを履いた時

「つっ」と声を上げた。

「章？」

すぐに美帆が来てくれる。

マリンブーツを脱ぐと、親指の先からちょっとだけ血が出ている。ほんのかすり傷だ。驚いた美帆が、すぐにマリンブーツを逆さに振って調べた。出てきたのは、小さな破片……ガラスかなにかだろう。

「やだ、ちゃんと確認したのに……章、ごめんね。痛いでしょ」

「いや、そんなに深く切ってないよ」

「防水のバンソコ貼れば、大丈夫だと思うけど……」

椅子に座った状態の俺の前で膝をついて、美帆が絆創膏《ばんそうこう》を用意してくれる。傷はごく小さなものだし、その上からマリンブーツとフィンをつけるのだから、海に入っても問題はなさそうだ。

「マリンブーツはちゃんと洗って干しておくから、こんなものが入ってるはずないのに……しかも、サンゴのカケラならまだしも、ガラスなんて……」

俺の足を自分の膝に載せて、甲斐甲斐《かいがい》しくバンソコを貼りながら美帆は不思議がっていた。俺は「たいしたことないからさ」と笑いつつも、またか、と内心で閉口していた。

プールに突き落とされて。

沖縄そばをめちゃくちゃ辛くされて。

ベッドにはヤモリちゃんで、マリンブーツにガラスの破片。

ここまで続いたら、偶然のはずもない。明らかに、誰かが俺を標的にしているのだ。

ふいに、背中に視線を感じた。

振り返った瞬間、マリンハウスの陰に隠れた。本人は素早く動いたつもりだったのだろうが、俺にははっきりその姿が見えた。

比嘉だ。

『サンクチュアリ』の比嘉支配人。メガネカイマンである。

「章？」

美帆が顔を上げる。

「あ、うん……なんでもない。もうコレ履いていい？」

マリンブーツを手に聞くと「いいわよ」と美帆が立ち上がる。今日も美帆はウェットスーツの上半分を脱いだ状態だ。ボーダービキニの谷間が眩しい……。

「あのさ、美帆。最近、比嘉支配人とは会ったりしたか？」

「未来男《みきお》さん？　ううん、会ってない。だって気まずいもの」

「そっか……夜、誰かにつけられてる感じがあったりは？」

「ストーカーされてないかってこと？　あはは、それは心配しすぎよ。未来男さんだってそこまでヒマじゃないでしょ」

でも、今いたんだよ……とは言わないでおいた。美帆を怖がらせてしまうかもしれない。念のため、あとで平良さんには伝えておこう。

そのあと、俺たちは予定どおりシュノーケリングを楽しんだ。

海の中では不審なことはなにも起きず、透明度の高い水と色とりどりの魚が俺たちを歓迎してくれた。美帆に言われたとおり、サンゴに触れないように気をつけながら泳ぐ。サンゴで手足を切るととても痛いし、人間が触れるとサンゴ自体も傷《いた》んでしまうそうだ。

イソギンチャクの中に住むオレンジ色の可愛い魚を見つけ、おお、これが有名なカクレクマノミかと思ったら、美帆に「今のはハナクマノミ」と訂正されてしまった。

カクレクマノミはもっと小さいらしい。どっちにしても可愛い。数え切れない種類の魚たちは、いつまで見ていても飽きない。

本当にあるんだな、こんな世界が。

……兵頭もこの海を見たのだろうか。

あいつが魚と戯れる姿は想像しにくい。それ以前に水着姿で海辺に立つ姿が浮かばない。でも、こんな海なら、あいつも気に入るんじゃないか。水の中で綺麗な魚を見つけた時、すぐに兵頭に教えられないのを、ちょっとだけ残念に思う。

その日はたっぷりと海を堪能し、夕方からは浜辺でバーベキューをすることになった。

これは『SEA TURTLE』が開催してるイベントで、食材や設備もすべて整えられている。宿泊客はもちろん、他のホテルの客や地元の人も参加可能だ。

一度それぞれの部屋に戻り、着替えてから浜辺に集合だ。

シャワーを浴びて再び浜に向かう途中、俺は平良さんを見かけた。

ホテルの裏で、誰かと電話をしている。邪魔しちゃ悪いと思ったので、俺は静かに通り過ぎるようにした。平良さんは壁を向いて喋っているので、こっちには気がつかない。

「……うん、そう。そうだよ」

とても優しくて甘い声だ。

「必ず、約束は守るから……」

もしかして美帆と喋ってるのかなあ。

だとしたら、モトカレとしては肩身が狭い。ますます俺はコソコソと通り過ぎるしかない。

「忘れないでくれ。おまえは俺の宝物だよ……」

ひゃあ、平良さんてなかなかのロマンチストなんだなあ。俺、女の子にそんな甘い台詞を告げたことがない……もしかして、だからあんまり長続きしないのだろうか……。

たいして多くもない過去の恋愛を懐古アンド反省しつつ、浜へと向かう。

夕日を眺めながらのバーベキューは人気イベントと聞いていた。

なるほど、すでにいくつかのグループがグリルの周りに集《つど》っている。俺たちもたっぷりの肉と島野菜を用意してもらい、まずはビールで乾杯だ。智紀だけはジュースだが、ちょくちょくキヨのビールを飲んでいたりもして……まあ、見ないふりをしてやろう。度が過ぎれば、さゆりさんのゲンコツを食らうはずだ。

お……全員ショートパンツ姿でお肉を焼いてる女子グループ発見。

俺は皿を持ったまま、さりげなく移動して、彼女たちがよく見える位置に立つ。

大学生くらいだろうか。楽しそうだなあ。ぴっちぴちの太ももがいいなあ……。あ、蚊に刺されちゃったのかな、ショーパンの裾にちょっと指を入れて掻いてる……うんうん、俺が蚊だったらやっぱりそのへんから血をいただくよ。美味しそうだもん。うん。

「なに見てるんですか、芽吹さん」

「なにって、あの健康的な太も……え?」

振り返った俺の前にずらりと並ぶ、かりゆしウエアの強面たち。

「だめです、芽吹さん。兄貴の太もも以外に気を取られるなんて、いけねえ」

と、シーサー模様の松本《まつもと》。

「兄貴が知ったら嘆きますよ、芽吹さん」

と、植物柄……デイゴかな？　の須坂《すざか》。

「芽吹さんを追いかけて、南の島まで飛んだ兄貴の気持ちを汲んでください」

と、ゴーヤ柄の伊那《いな》。

「兄貴が一週間の休暇取るなんて、前代未聞なんスよ」

拳《こぶし》を握りしめるのは、パイナップル柄の……ええと、こいつは諏訪《すわ》か。

「それもすべて、姐《あね》さんへの愛あればこそ……！」

最後に叫んだバカが、飯田《いいだ》だ。たしか一番若いのがこいつで、着てるのはちんすこう柄のシャツだった。なんだそりゃ。どこで買ったんだ、そんなもん。

「なにしてんの、おまえら」

雁首《がんくび》揃えたチーム兵頭……ならぬ、周防興産の面々を見て、俺は聞いた。舎弟たち五人は揃っているが、兵頭と伯田《はくた》さんはいない。

「なにって、バーベキューです」

松本が生真面目に答えた。伊那が「ささ、芽吹さんこちらへ」と、背中を押すようにして椅子に座らせる。浜辺に置かれた白いプラスチックの椅子に収まった俺に、すかさず飯田が「姐《あね》さんっ、まずは一杯！」とビールを差し出す。

「だからその姐さんってやめろ」

「はいっ、姐さん！　よく冷えてます！」

「こら、人の話を聞けよ、ちんすこう」

「もしあれでしたら、黒ビールもありますが！」

「………もらおうかな」

なんて安い俺のプライド……ずっと軽いビールばかり飲んでいたから、黒ビールが欲しくなってしまったのだ。

かりゆしウエアにハーフパンツという軽装のせいか、舎弟たちもいつものヤクザくささがかなり薄まっていた。夕焼けのビーチにいても、さして浮いた雰囲気はない。チーム芽吹のほうはと言えば、俺がこっちに拉致られても一向に気にしていない様子で、楽しげに肉を焼いている。まあ、拉致というより過剰な接待だよなこれ……俺は舎弟ズにぐるりと囲まれ、次々と食材を差し出される。

「芽吹さん、どうぞ。肉が焼けました」

「あ、ぶっといソーセージもあります」

「バカ野郎、飯田、芽吹さんにセクハラすんな」

「いや、俺そんなつもりないっス……！」

「兵頭さんに沈められれっぞ」

「ちょうど、海もあるしな」

「永遠のお魚天国だぞ」

「かかかかか、勘弁してくださいっ……！」

集団漫才も相変わらずだ。

諦観しつつある俺は、あまりツッコミをいれないようにしながら、黙々と肉を食べていた。ぶっといソーセージもうまそうだからむぐむぐ食ったら、舎弟たちが全員顔を赤らめて視線を外す。もー、なんなのおまえら？　いいかげんにしないと、うちの最終兵器・さゆりさんに尻を叩いてもらうぞコラ。

「あのさ、おたくら『サンクチュアリ』に泊まってんだろ？　あっちにもいろいろレストランあるんじゃないのか？」

俺の横でビールを手にした松本が「あります」と答えた。

「あるんですが……どこも高いんですよ。俺たちの頭数で飲み食いしたらすぐに十万超えちまうんで……」

「組持《カイシャ》ちだろ。慰安旅行なんだから」

「組持ちだからこそ、そんな贅沢《ぜいたく》はできません。宿泊代だけでかなりでしょうし……経費がかかれば、それは俺たちの給料にも響きますから、節度ってもんは必要です」

ほかの舎弟たちもウンウンと頷いている。なんだ……こいつら、なかなかいい組員《シャイン》だな。兵頭の教育が行き届いてるってことだろうか。

「兵頭と伯田さんはどこで食べてるんだ」

「あのおふたりは、ルームサービスが多いですね。兄貴はあんまり外に出ないんで」

「なんで。暑いの苦手なのか？」

「いや、兄貴は暑くても涼しげフェイスの色男なわけですが……そういやなんで外に出ないんだろう……」

首を傾《かし》げる松本に、諏訪が「日焼けがいやなんスかね？」と言った。

「芽吹さん、色白が好みですか？」

「え？　いやべつに」

兵頭が白かろうが黒かろうが、どうでもいい。

「じゃあ関係ないだろう。……実は泳げないとか？」

「兄貴泳げるっスよ！　ホテルのプールで泳いでるとこ見たことあります！」

「海が好きじゃないとか？」

「兄貴、しいたけ以外であんまり好き嫌いしない人っス」

「仕事持ってきてるからなんじゃ？」

「いや、急ぎのはもう終わったって、伯田さん言ってたぞ」

考え込む舎弟たちに「あのさ」と俺は挙手してみる。

「単に……あいつ、遊び方知らないんじゃないの？」

「え」と松本が目をぱちくりさせる。

「だってほら、兵頭って仕事中毒だろ？」

「たしかに」と頷くのは諏訪だ。

「もっと言えば仕事しかできないんだよ、あいつ。俺だって、あいつが南の島で生き生き遊んでるところなんて想像できない」

「そうスね……兄貴の趣味は仕事と芽吹さんだけ……」とぼそりと零すのは伊那だ。

「俺を趣味に入れんなって。とにかく、あのワーカホリックはのんびりするのが苦手なんだ。珊《さん》瑚礁《ごしょう》の魚と戯れるとか、海辺をゆっくり歩くとか、そういうの無理なんだよ」

俺の知ってる兵頭は仕事をしているか、飯を食ってるか、酒を飲んでるか、掃除してるか……あとは……あれだ。まあ、その、ベッドの中だ。仕事が趣味という男なので、遊んでるところを見たことがない。テレビもさほど見ないし、新聞は読むが本はほとんど読まないし、スポーツに興味があるわけではなく、ゲームもまずしない。以前、試しに携帯電話のパズルゲームをさせてみたら、二分で携帯を投げそうになった。慌てて俺が止めると、

——こんな無意味なもん、させるんじゃねえ。だいたい、あんたが目の前にいるのに、なんでちまちまと携帯弄《いじ》らなきゃなんないんだ。弄るならあんたを弄る。

などと言い出し、結局押し倒された。かくも、遊ばない兵頭である。

「思えば、可哀想なやつだなあ」

ちょっとばかり同情した俺に、舎弟たちが「いや、芽吹さんも似たようなもんじゃ……」と言いかける。

「俺はちゃんと遊んでますっ。今日もシュノーケリングしたし！」

「兄貴だって、芽吹さんとならしますよ、シュノーケリングだってダイビングだって」

「そうスよ。トレッキングだってボルダリングだってきっとします」

「そうそう。囲碁だって将棋だって競技カルタだってきっと……」

「なんで俺が兵頭と競技カルタしなきゃなんないんだ？　とにかく、兵頭は南の島での遊び方を知らないんだよ。だから舎弟として、おまえたちが誘ってやればいいじゃないか。カヤックでもダイビングでも」

なんて親切な提案だ、と思った俺だったが、舎弟ズは一斉にハーーーーと深い溜息をつく。そのうえ、恨みがましい目で俺を見るのだ。

「芽吹さんはわかってらっしゃらねえ……」

「まったくわかってらっしゃらねえ……」

「兄貴が俺たちと遊んで楽しいはずがないのに……」

「意地悪で言ってるわけじゃないとこが、むしろ残酷だ……」

「残酷っス……残酷な姐さんのテーゼっス……」

おいおい、なんで俺がそんな目で見られなきゃならないんだよ。だって、兵頭が勝手についてきたんだぞ。俺はあくまで芽吹ネゴオフィスの慰安旅行として来たわけで、しかも慰安旅行なのになんか仕事頼まれちゃったりしてるわけで……。

「お、俺はわりと忙しいんだよ」

言い訳してみると、松本以下一同が「知ってます」と答えた。

「こっちでモトカノに仕事を依頼されたんですよね」

「あ。知ってるのか」

「ええ。聞いてます。兄貴はほっとけ、って仰ってますが……内心穏やかじゃないと思いますよ。ええと、あの、美帆さんでしたか。いいケツしてますし」

「なになに。松本さんも、尻派？」

俺が聞くと、松本は「いやあ、まあ」と一瞬やにさがり、慌てて顔を引き締め「ケツの話はいいんです」と姿勢を正した。そして再びお小言が再開されそうになったその時、

「きゃあ！」

聞こえてきたのは、複数の女の子の声だ。

最初に俺が見とれていた、ショートパンツの女の子たちである。

花柄のタンクトップ姿の子が、男に腕を摑まれ、それを振りほどく。逃げるように友人の隣に移動した彼女を、男たちが嘲り笑った。五人のチンピラ風情の連中だ。

「なになにー、怖がってんのー？　俺たち優しいよーー？」

「一緒に食べようって言ってるだけだろー。ほらほらぁ」

肩から腕にスカルのタトゥーを入れた男が、別の女の子に絡む。彼女たちが嫌がっているのは明らかだった。中にひとり気丈な子がいて「あなたたちと一緒に食べる気はありません！」とはっきり言い返す。それを聞き、茶色い頭をしたチンピラが「元気いいねぇー」とにやついた。

次の瞬間、彼女たちのテーブルを蹴り飛ばす。

食材は砂浜にばらけ、女の子たちはまた悲鳴を上げる。見かねた隣のテーブルの男性が「おい、やめろよ」と声を上げたが、タトゥー男に「うるせえんだよ！」と一喝され、それ以上の言葉が出ない。

「松本さん」

低い声で松本を呼んだのは須坂だった。兵頭がいないこの場では、松本が一番の兄貴格なのだ。指示を仰いでいるのだろう。

「あんな連中畳むのは簡単なんだがな……ここは地元じゃねえ。騒ぎがでかくなるのも困る」

そう呟いて、松本は逡巡しているようだ。いつもアホな掛け合い漫才ばかりしているこいつらだが、あの兵頭の舎弟である。腕っ節が強いのは間違いないだろう。

「かといって、見てられないッス。女の子たち、怯《おび》えてるし」

「だな……しかたねえ。あとで兵頭さんに殴られるだろうが……」

のしっ、と出ていこうとした松本を「ちょっと待て」と俺は止めた。

「本職《ヤクザ》が出ばって、警察沙汰になったらどうするんだ。俺が行く」

すると舎弟ズは全員で「とんでもねえ」と唱和する。指揮者がどこかに隠れてるんじゃないかってほどのハーモニーぶりだ。

「俺たちがいるのに芽吹さんが出るなんてありえません」

「怪我《けが》でもしたらどうすんですか」

「俺たちが兄貴にしばかれるんですよ？」

「っていうか殺されます」

「永遠のお魚天国です」

そのネタは二回目だぞ、などとツッコんでいる場合ではない。図に乗ったチンピラどもは、女の子たちの肉を勝手に食ったり、ビールを開けたりとやりたい放題だ。とても静観していられず、俺が踏み出そうしたその時、

「「あんたたち、やめなさい！」」

厳しい声のユニゾンが響いた。

「これ以上好き勝手するなら、警察を呼ぶよ！」

そう声を張るのは、さゆりさんである。芽吹ネゴオフィスで一番怖い経理担当は、黄色いムームーを着て仁王立ちになっていた。そして……。

「ぬーそーが！　くぬ、ふりむんちゃーや！」

……わからない。なんと言っているのかわからないが、やはり仁王立ちで怒っているのが平良さんのおばあである。食材として持ってきたところだったのだろう、右手にヤシガニを摑んでいるので、なんだか、なんだかとっても怖い。

「なんだあ、このババアども」

「サツが来る前に、てめーらの寿命が縮むだけだぜえ？」

「ちょうど海もあるし、水葬にでもすっか？」

ギャハハハと下卑た笑いが響くが、さゆりさんとおばあの毅然とした態度は変わらない。

「ちょっと、なんてこと言うのよ！」

怒ったアヤカが出てきて、ふたりのあいだに立つ。

「てめーら、とてつもないバチがあたるぜ」

さらに智紀が、女性陣を守るようにその前に出る。手にしているのはバーベキューの金串だ。おいおい、武器を持ちたくなるのもわかるが、それはまずい。おまえの場合、威嚇《いかく》じゃなくてホントに使いかねないからまずい。

「はあ？　なんかカワイコちゃんとチビスケが出てきたぞ」

「せっかくの家族旅行だろー。怪我しねーように引っ込んでろ」

「じゃねーと、みんなまとめて焼いて醤油《しょうゆ》かけて食うぞ。そのちっこいのなら、網にそのまま載るんじゃねーの？　ぎゃはははは……………うわ！」

ザスッ、と金串が砂浜に刺さる。ほら、やっぱり使った……チンピラのビーサン、ぎりぎりの位置にヒットしていた。いいコントロールだなあ。

「次はどこに刺すかな。チンピラのメザシでも作ってやろーかあ？」

不敵に言う智紀に「てめえ……！」とチンピラたちが一斉に気色ばむ。ずんずんと砂を踏んで、全員で向かってこようとした時、

「…………」

出ました。チーム芽吹の真打ち登場だ。身長一八八センチ、超無口なキヨはふだんは大人しい大型犬だが、智紀に手を出すやつに対してはたちまち狼《おおかみ》に変貌する。

ぬう、と立っているキヨに、チンピラたちの足が止まる。どうするか考えているようだ。キヨの威圧感はたいしたものだが、相手は五人である。このまま乱闘に流れ込むのでは、と俺は気が気ではない。そうなったら当然加勢するつもりだが、万一、誰かに怪我でもさせてしまったらと思うと躊躇《ためら》ってしまうのだ。自分が怪我するのは平気だが、智紀やキヨにはさせたくない。

キヨが動いた。チンピラたちがギクリと固まる。

だがキヨは前に出たわけではない。くるりと振り返り、智紀に向かって「ん」と手を出した。智紀が持つ金串を貸せ、ということらしい。智紀は「え？」という顔をしたが、結局はキヨに渡す。金串は約四十センチで、三本ある。

チンピラたちはジリジリと後退する。また投げられるのかと思ったのだろう。対抗するつもりなのか、ひとりが自分もバーベキューの串を手にした。しかし、グリルの上で熱々になっていた串は、しっかり握ることが簡単ではない。

キヨは金串を投げたりはしなかった。

ただ、曲げただけだ。

スチール製の、大きくて丈夫な金串三本を——まとめてぐにゃりと曲げ、捻《ひね》り、ポイと砂浜に投げる。表情を変えないままに。

……こわっ。なにあの腕力と握力。俺は心から思う。キヨが味方で本当によかったと。キヨとケンカしたら俺は絶対に負ける。当然のように負ける。正直、兵頭だって体格差を考えたらキヨに敵わないかもしれない。さすがに伯田さんは別として。

チンピラたちは、さらにジリッと後退した。

そこにダメ押しだ。周防興産の五人が一斉に動く。松本と須坂がキヨの右に、伊那、諏訪、飯田が左に立った。シャツの柄で言えば、右サイドがシーサーとデイゴ。左サイドがゴーヤ、パイナップル、ちんすこうである。後ろに隠れて悔しかったのか、智紀がキヨの横からぬるりと出てきて一番前に立ち、胸を張った。

チッ、と舌打ちが聞こえる。タトゥー男が「行くぞ」と短く言い、それを合図にチンピラたちが引き上げていく。分が悪いと踏んだのだろう。ほぼ同時に平良さんが浜辺に駆け寄ってきて「ど、どうしたんですか」と顔色を変えて俺に聞く。誰かがホテルに連絡したようだ。

「柄の悪い連中が、女の子たちに絡んでました。今、追っ払ったところです」

「警察を呼んだほうが……?」

「もう大丈夫だと思います。お客さんも、バーベキューの続きをしたいでしょうし」

俺がそう言うと、平良さんはちょっと安堵したように「そうですか」と答える。

「いったいどこの連中なんだか……」

「うーん、一連のいやがらせと同じ犯人かもしれませんね」

「えっ?」

「ほら、ゴミを捨てられたり……」

最初は悪質なイタズラ程度だったいやがらせが、次第にエスカレートしてきた——そう考えるのが妥当なところだろう。チンピラどもは、おそらく誰かに雇われているはずだ。

だとしたら、その雇い主を突き止めなければならない。

女の子たちが、うちのみんなや舎弟ズに礼を言い、和《わ》気《き》藹々《あいあい》と合同バーベキューが始まっていた。楽しげな様子を横目に、俺はそっと浜辺をあとにする。キヨだけが目敏くそれに気がつき、俺に向かってなにかを放り投げた。

放物線を描いて飛んできたシルバーカラー……キヨの携帯電話だ。

俺のは水没しちゃったので、連絡が取れないと困ると思ったのだろう。キヨは俺がチンピラたちをつけることをわかっているようで、唇の動きだけで『気をつけて』と伝えてきた。

俺は軽く片手を上げて、頷く。

さあて、今夜も結局、お仕事天国ってわけだ。


俺はレンタカーで、チンピラたちの後を追った。

島の繁華街方面に行くのではないか——と予測していたわけだが、連中が次に車を停《と》めたのは『サンクチュアリ』の前の道路だ。もしや、ここで依頼人と接触するのだろうか。そして『SEA TURTLE』主催のバーベキューでいやがらせを仕掛けたが、邪魔が入って失敗したと報告する。

……誰に？　やはり、比嘉支配人にか？

その決定的瞬間を確認しようと、俺は密かにチンピラたちを尾行した。

事務所口から入るのではという予想も、またまた裏切られる。やつらは堂々と正面エントランスから入り、そのままプールサイドへと踏み込んだのだ。

照明に、夜のプールが美しく浮かび上がっている。

先日俺が落とされたサブプールではなく、メインプールだ。

プールサイドにバーが併設されていて、ドリンクや軽食をオーダーできるらしい。サマードレスを着こなした女性とその連れ、あるいは水着姿もちらほらといる。

「おらおら、気取ってんじゃねーぞ！」

え？

人目につかないよう、植栽の影に隠れていた俺は目を瞠《みは》った。

チンピラたちは、ここでも暴れだしたのだ。テーブルに置かれたカクテルを薙《な》ぎ倒《たお》し、トレイを持って立ち尽くしていたボーイを突き飛ばす。どうしてだ？　なんでこうなる？　『SEA TURTLE』だけではなく、『サンクチュアリ』でもいやがらせをするなんて……。

ひときわ喧《やかま》しい音が響いた。

それは爆発音のようにも聞こえて、悲鳴が上がる。チンピラのひとりが、爆竹を鳴らしたのだ。

「な、な、なにごとだっ！」

駆けつけたのは比嘉支配人だった。

この状況に驚愕《きょうがく》の顔でつかのま固まったが、すぐにスタッフに指示をし、ゲストをロビー内に退避させた。それから、必死の形相でプールサイドに戻り、爆《は》ぜ続《つづ》ける爆竹に近づく。破裂音と煙に顔を背けながらも、爆竹の端についたヒモ部分を手で持ち、プールに投げ捨てる。音がやっとやんで、あたりに静けさが戻る。

「き、き、きみたちはなんだッ！」

肩を怒らせ、比嘉支配人は発した。

「あーあ、せっかくの花火を消しちまったぜ」

タトゥー男がニヤニヤと返す。

「いったいなんのつもりで……」

「なに、ちょっとした挨拶《あいさつ》ってやつだよ。俺たちはよ、このホテルに問題を感じてるんだよなァ。金に飽かせてどんどん敷地を広げてるくせに、地元にちっとも貢献してねえんだろ？　ホテル協会も勝手に抜けやがったし」

大きな声だった。怖々と遠巻きにしている宿泊客にも聞こえるように喋っているのだ。

「な、なんの話だ！」

「地元の人間はほとんど採用しないそうじゃねえか。やれ英語が喋れなきゃいけねえの、容姿がよくなきゃだめだのって、都会で人雇って、連れてきてるだけだろうが。だから島の失業率がちっともよくなんねーんだよ！」

もっともらしいことを言っているが、実のところただの因縁である。

離島に雇用問題はつきものだが、そう単純ではない。こういったホテルの場合、若い人材を雇いたくともそもそも若者が少ない現実があるのだ。

「か、可能な限り雇っている！　だいたい、島には若者がほとんど……」

きゃあっ、と叫び声がした。チンピラのひとりが無理矢理腕を掴んでいるのは……翠《みどり》さんだ。

「おい、この女がオーナーの嫁だってよ！」

「悪徳オーナーの内助の功かよ。ちっと思い知らせてやんないとなあ？」

「やめてくださいっ、なにを……！」

助けに入る間もなかった。

翠さんは男に突き飛ばされ、服のままでプールに沈む。深さはないので命の危険はないが、女性に対してひどい扱いだ。翠さんはプールの中で泣きだしてしまった。

「翠！」

ロビーから、身なりのきちんとした男が駆け寄ってくる。

プールサイドで手を伸ばし、ずぶ濡れの翠さんを引き上げたのは、比嘉オーナーだ。実物を見るのは初めてだが、小太りな赤ら顔は公式サイトの顔写真と一致する。へたりこんでいる妻を抱き「大丈夫か」といたわった。さらに顔を上げ、チンピラたちを見はしたが、すっかり怯えた顔つきからしてこの騒動に対応するのは難しいだろう。

「け、警察を呼べ！」

叫んだのは比嘉支配人だ。近くにいた若いスタッフが携帯電話を取り出したが、

「警察に連絡すんなら覚悟しとけ！　そいつにはあとでたっぷり礼をすっからなあ」

と、がなったチンピラの声に、身体を竦《すく》ませてしまう。まったく、卑劣なやつらである。俺はキヨから借りた携帯を取り出した。もちろん一一〇番するためだったが、俺がかけるより早く、届いた声があった。

「もしもし？　ホテル『サンクチュアリ』のプールサイドで事件が発生しています。ええ、チンピラ風情が五人、暴れてるんですよ。お忙しいところ恐縮ですが、ご足労願えますかね？」

場にそぐわない、おっとりした声を……俺はよく知っていた。

「私ですか？　私はたまたまその場に居合わせただけの一般人でして。まったく、せっかくの休暇が台無しです。何年ぶりかの長期休暇だというのに……はい？　怪我人？　今のところいませんが、ご婦人がひとりプールに落とされましたね。あとは……」

「てめえ！　なにしてやがる！」

電話をかける男に、チンピラがひとり襲いかかった。体格的にはチンピラのほうが圧倒的に大きい。だが、殴りかかる寸前、デッキチェアに座っていた別の男が、ビールグラスを持ったままでスイと足を出した。それに引っかかり、チンピラは見事なまでに顔からすっ転ぶ。

「ぐ……っ」

倒れたまま顔を上げると、鼻血がたらりと流れた。

「ああ、今ひとり、鼻血を出しましたねえ」

その様子を見て、電話をしている男がこれまたのんびりと言った。

「この野郎！」

残りの四人がいきりたった。

電話をしていた男が「ではよろしく」と言って、通話を終わらせる。

立ち上がり、再び襲いかかってきた鼻血男を、ひょいひょいとダンスステップでも踏むように避け、導くようにプールサイドに移動させた。水際まで行くと、目にも留まらぬ速さの手刀が首のつけ根にストンと入り、途端に男の膝がカクンと脱力し、プールに落ちた。さらに後ろからタックルをかけようとしていたチンピラを華麗にかわし、そいつもプールにザブンだ。

デッキチェアに座っていた男も、ゆらりと立ち上がった。

眼鏡の下の冷たい目が、残る三人のチンピラを見る。相変わらず、ビールのグラスは持ったままだ。なんの動揺もなく、まるで通りすがりにゴミを見つけたかのような目で睨《ね》めつけた。それだけで、三人の大の男が後ずさる。

「伯田さん」

ビールグラスを手に口を開いたのは、言わずもがなの兵頭だ。わー、兵頭もかりゆしウエア着てるよ……黒地にドラゴン模様。ちょっとかっこいいかもしれん……。伯田さんのほうはトロピカルな花柄である。

「はい、なんでしょう」

「ビールのつまみが遅《おせ》ェな……」

「ああ、枝豆とポテトフライですな。今取り込んでるようですからねえ」

「俺は早く枝豆が食いたい……」

「お気持ちわかります。私も枝豆は大好物ですんで」

ニコニコと答える伯田さんの横を、兵頭がスッと通り抜けた。すれ違いざまに伯田さんにビールグラスを渡したかと思うと、そのまま迷いもなく三人のチンピラの前に立つ。

「ヒッ!」

三人のうち、一番図体のでかい男の首をがっしり抱え、強引に引き寄せた兵頭は「どうせ、雇われだろ?」と低く言った。その迫力に気圧《けお》され、残りのふたりはジリジリと後退する。

「セミプロ《チンピラ》相手に本気出す気はねえがな……俺は今枝豆とポテトフライがやたら食いたいんだ。ここで遊びたいんなら、俺たちが島から帰ってからにしろ。貴重な夏休みなんだよ……」

「わ……わ、わかっ……」

「わかりゃいいさ」

「ひぎッ!」

パキン、といやな音が響く。

兵頭が男の小指を握って、不自然な方向にシェイクしたのが見えた。さして力を入れたようには見えないが、あれでもう骨が折れている。おっかねえ……実に極道らしいスキルである。素人《しろうと》には手を出さない兵頭だが、いわゆる半グレには手厳しい。

兵頭たちが本物なのが充分に伝わったのだろう。チンピラたちは逃げるようにプールサイドから消えた。

まだざわついている客たちに、比嘉支配人が「みなさま、ご迷惑をおかけいたしました」と頭を下げている。

「お詫《わ》びにもなりませんが、このあとのドリンクはすべて無料とさせていただきます。残念ながらプールは使えませんが、よろしかったら引き続きおくつろぎくださいませ」

すべて無料という誘い文句に、帰りかけた客の何人かがプールサイドに留まる。メガネカイマンはなかなか機転がきくようだ。その足で、いささか荒っぽい方法ではあったが事態を収拾させた兵頭たちのところへ行き、丁寧に頭を下げている。

とりあえず場が落ち着くのを確認し、俺は静かにプールサイドから引き上げた。

駐《と》めておいた車に戻り、エンジンをかけないまま考える。

おかしい、だろ。あのチンピラたちの目的はなんだったのだ?

連中は『SEA TURTLE』と『サンクチュアリ』、両方のホテルで、宿泊客に直接害を及ぼすいやがらせをした。ということは、『サンクチュアリ』側の仕業ではない。比嘉支配人の狼狽《ろうばい》ぶりは本物だった。芝居とは思えない。

……第三者がいるのだ。

『SEA TURTLE』と『サンクチュアリ』、ふたつのホテルに危害を与える第三者だ。

いったいそれは誰なのか。その目的は? 再度チンピラたちを追いかけようかとも思ったのだが、もうやつらの姿はない。あったとしても、これ以上俺ひとりで動くのはリスクが高すぎる。これはもう、両ホテルの和解交渉とかいう問題ではない。

イグニッションキーを回しながら、思う。

どうやら、当初の想定ほど単純なケースではないらしい。もう一度、最初から考え直す必要があるし、綿密な調査が必要だ。とりあえず、今見たことをキヨに話してみよう。誰かに説明しながら自分の考えをまとめるのは、とても有効な手段なのだ。

レンタカーで『SEA TURTLE』に戻ったのは、すでに十時過ぎだった。

ロビーに優しい音色が流れている。おばあが三線《サンシン》を引き、アヤカがそばで聞いている。三味線より小振りで胴の部分に蛇の皮を張った三線は、南国に相応《ふさわ》しい音色だ。ベンベンッ、というよりテンテンッ、と優しく鳴る。

——いち足らんくとぅや　一人足《ちゅい》れい足れい　互《たげ》に補《うじ》なてぃる　年《とぅし》や老《ゆ》る……

これは『てぃんさぐぬ花や』だ。有名な沖縄民謡だから、俺もメロディは知ってる。たしか、てぃんさぐぬ花ってホウセンカのことなんだよな。

「芽吹さんおかえりー」

アヤカが俺に気づいて振り返った。おばあも演奏をやめて「おかえりぃ」と顔を上げる。そしてちょっと悲しげな顔をして、

「さっきは悪かったねえ」

と俺に詫びた。なんのことかわからず、アヤカを見ると「バーベキューの時の件」と教えてくれた。

「おばあ、すごく気にしてるの。お客さんに、いやな思いをさせてしまったたって」

「いやいや、あれはおばあのせいじゃないです。ほんと、気にしないで？」

「アイエナー、せっかく、楽しみに来てくれてるのにねえ……」

しょぼんとしてしまったおばあに「ヤシガニどうなりました？」と聞くと、やっと少し笑って「みんなで食べたさぁ」と答えてくれた。小さな手がまた三線をティンとつま弾く。俺はふたりの向かいに腰掛けて「いいなあ、三線」と言った。

「沖縄に来たって感じがするよ」

「だよね？　おばあの三線、すんごいすてき。今の曲、あたし大好きなの。……でも、歌詞はよくわかんないんだけど」

アヤカが言い、笑って肩を竦める。

「俺もだよ。おばあ、今のところはどんな意味なんですか？」

「人は誰でも足らないとこがあるから、お互いに補い合っていきなさい。そうやって歳《とし》を取っていくものだよ、という感じかねえー」

「へえ、そんな意味だったんだあ」

アヤカが感心げに頷く。

「この歌はさ、親のありがたい教えを歌ってるんだよ。てぃんさぐぬ花で爪の先を染めるように、親の言葉で心を染めなさい、ということさー」

「そっか。……でもおばあ、あたし、小さい時に親が死んじゃったから、なんにも教わることできなかったよ……」

俺も初めて聞く話だった。そういえば、アヤカから家族の話題が出たことはないな……。おばあは笑顔を消さないまま「なら、おばあが歌ってあげるさ。アヤカのために何度でも歌うさァ」と、再び三線を構えた。

――てぃんさぐぬ花や　爪先《ちみさき》すみてぃ　親《うや》ぬゆしぐとぅや　肝《ちむ》にすみり……

アヤカの目に涙が滲《にじ》むのを見ないふりで、俺は静かにその場をあとにした。

……人には誰しも、足りないものがある。だから、補い合いなさい。

俺も若かった頃は、こうしたあたりまえの言葉が陳腐に聞こえたりもした。そう簡単にはいかないから、人は争い、憎しみ、時に殺し合うんじゃないか。そんなふうにも考えた。多少ひねくれた見方だが、ひとつの事実ではある。人の道徳心や理性なんてものは、あまりあてにならない。負の感情は、理性なんか簡単に薙ぎ倒す。

でも、だからこそきっと……人は歌に残したのだろう。

俺たちが簡単に忘れる、あたりまえすぎる大切なことを、歌い継いできたのだろう。

三線の音を聞いていたら、海辺を歩きたくなった。

ホテルの中庭を経由して、浜に出る。

三線とおばあの歌声が少しずつ遠ざかっていく。

今夜は月が出ているので、海岸も真っ暗にはなっていない。月明かりに、白い波頭が光るのを眺めながら歩く。そういえば、この浜にはウミガメが来るって言ってたな。運がよければ、孵化《ふか》が見られるらしいけど……。

俺は目をこらして浜を見つめたが、可愛いウミガメの子供はどこにもいなかった。まあ、そう簡単に出会えるものじゃないだろう。

ザザ、ザザ。

波音だけがしている。

見上げれば綺麗な月だ。I Love youを『月が綺麗ですね』と訳したのは夏目漱石《なつめそうせき》だっけ？　漱石の時代の日本人には『愛』なんて言葉は不自然なんだろうな。かといって、『月が綺麗ですね』でちゃんと伝わるのか、ちょっと不安になるのは俺だけだろうか。

だって難しいだろ。誰かを愛して、それを相手に伝えるのって難しいよ。

欧米の人たちにとって、愛はキリスト教と強く結びついているものらしい。神を愛し、神に愛される。それが基本なんだろう。だから愛という言葉を使うのに、照れや躊躇《ためら》いは必要ない。結婚だって、神様に誓うものだからね。

ところが、俺たち日本人の多くは仏教徒だ。

まあ、信仰心そのものがファジーな国民なので、あんまり胸を張って言えないけど、一応そういうことになってる。ほとんどの人は、死んだら戒名をもらう。戒名っていうのは仏名。つまり仏の弟子になった時の名前なわけだ。

その仏教において愛とは執着心であり、絶つべきものだったりする。愛がネガティブな意味になっちゃうんだ。仏教の場合、大切なのは『慈悲』なんだって。これはキリスト教の『隣人愛』に近い感覚だろう。要するに、他者を自分のように愛し、守りたいという気持ちだ。

……と理屈をこねてみたところで、愛のことはやっぱりわからない。

いつも俺が最後に思うのは、それはただの『言葉』だということだ。この複雑な感情をたったひとつの言葉で表すのは無理があるんだよ。百人いたら、百とおりの愛情があるに決まってる。いや、たったひとりだって、相手によって愛情の在り方は変わるわけで……冪数《べきすう》だ。そりゃもう、すごい数になる。

俺は歩みを止めて、また月を見た。月が明るいと星はかすんであまり見えない。

この空を、あの男も見上げているのかな。

そして、俺を思い出したりするんだろうか。今俺が、あいつを思っているように。

「……ん？」

浜の少し先に、誰かがいた。

並んで座るふたつの影……デコボコなシルエットで、すぐにわかった。キヨと智紀だ。ふたりも夜の散歩をしていたらしい。

よーし、驚かせてやれ。

イタズラ心が沸き上がり、俺は足音を立てないようにふたりに近づいた。

ちょうど、ふたりの背後に小さなモンパの木の茂みがある。そーっとそこに隠れ、ワッと飛び出るタイミングを窺《うかが》っていた。いいオッサンがなにしてるんだという気もするが、キヨの驚く顔というのはなかなかレアだからな、ぜひ見てみたいじゃないか。

「おまえさー、芽吹さんにケータイ貸してただろ」

「ん」

おっと、いきなり俺の話題がきたぞ。

「ちゃんと返してもらったのかよ」

「……まだ……」

「はあ？　じゃー、どーやって俺と連絡とんの」

文句を言う智紀にぴたりと寄り添い、キヨは、

「……一緒」

と言った。今は一緒だから携帯なんか必要ない、という意味だろう。智紀は「バッカじゃね？」と悪態をつき、顔をそむける。あいつ、わりと照れ屋なんだよな。

キヨの右腕が動き、智紀の背中を抱いた。大きな手のひらが背中から頭を何度も優しく動いて撫でている。後ろにいる俺からはそれがすごくよくわかる。

「……ここは、いい島だな」

「ん」

「また来年も来たいな」

「ん」

「……俺はもう大学生になってるはずだし……ふ、ふたりで、来るのも、いいかもな？」

智紀の言葉に、キヨの尻尾《しっぽ》がぶんぶんと大きく振られる。いや、尻尾なんかないけどね。そんなふうに見えるほど、喜んでいるわけだよあのデカワンコは。

「うん。来る。ふたりで。……トモ」

「あ？」

「トモ」

「だから、なに」

「月が」

「え？」

「月が綺麗だ」

うわ、出た、夏目漱石！

俺から見えるキヨの横顔は、月明かりでもわかるほどに真っ赤になっている。ぎゃー、恥ずかしい。おじさんは恥ずかしい。ジタバタしそう。でもいいんだよ、若者なんだからいいんだ。ロマンチックな夜の海にふたりでいたら、そりゃ愛も告げたくなるだろう。

ところが、智紀のほうはヒョイと夜空を見上げて「ま、そうだな」と返す。

こいつってば……『月が綺麗ですね』の意味を知らないんだ……。無理もないか。学校の授業で教わりはしないだろうし。知っていたキヨのほうが珍しいのかもな。

「月が綺麗」

「はいはい」

「月が綺麗だ……とっても」

「わかったって。しつけーな！」

智紀に肘鉄を入れられても、キヨはニコニコと嬉しそうだ。意味が通じていなくても構わないらしい。実に健気な大型犬である。

いつか智紀がもう少し大人になって、『月が綺麗』の意味がわかったら、その時どんな顔をするんだろう。波の音を聞きながら、恋人が何度も『愛してるよ』と告げていたのだとわかったら——めちゃくちゃ恥ずかしくて、死ぬほど嬉しいんじゃないか。

なんだか、ちょっと、羨《うらや》ましいと思ってしまう。

「……きっと、忘れねーよ。今夜おまえと見た、この月はさ」

智紀が言った。

キヨの見えない尻尾がビビビッと立ち上がり、毛が逆立つように膨らむ。喜びのあまり、我慢できなくなったらしい。キヨは智紀をがばりと抱え、自分の真ん前に移動させた。俺からは見えないけど、キヨの足のあいだにすっぽりと智紀が収まっている形だろう。

「な、なにすんだよっ」

「トモ」

自分の鼻先を、智紀の頭頂部にグリグリと押し当てている。可愛くてたまらないという気持ちがこっちにまでバシバシ伝わってきて、俺は困惑した。このタイミングで出ていったら、俺は馬に蹴られて沖まで吹っ飛んじまうよな……。

「あ」

智紀の声が上擦った。

「やめろって……こ、こんなとこで」

「誰もいない」

すみません……います……。

俺はますます出ていきづらくなってしまい、灌木《かんぼく》の陰で膝を抱えるしかない。

「トモ」

「……っ、だめだって……んっ……」

「俺の上、乗っちゃっていいから……」

キヨが前方に投げ出していた脚をあぐらに変えた。その上に小柄な智紀をヒョイと乗せ、いったいなにをしているのか……後ろからは見えないけれど、だいたいの想像はつく。

あ。キヨのやつ、ポケットからなんか出した。

……なにあのチューブ。うっわ、用意いいな！　っていうかあんな顔してスケベだな！

「ひゃっ！」

「だいじょぶ」

「だ、だいじょぶじゃねえよっ。おまえ、なに持ってきて……あ、あ……」

智紀の声がどんどん蕩《とろ》けていき、キヨが盛んに右手を動かしているのがわかる。ぬちっ、ぬちっ、と濡れた音が波音の合間に響いて、俺の心臓のほうがどきどきしてきた。いかん、おじさんはこのままだと心筋梗塞《しんきんこうそく》になりそうだ。早くこの場を去りたいのだが、今立ち上がったら見つかってしまいそうで身動きがとれない。

「あ……は、ふ……っ」

「こっちも……いい……？」

「や、やだ、そこは、や……」

こういう場合の「いやだ」はだいたい軽やかに無視される。それは俺もしばしば、身をもって体験している。

「あっ！　や、キヨ……！」

「一本だけ」

ザザン、と波が砕ける。

その音と重なって、智紀のひどくせつない声が響いた。俺は思わず息を止めて、顔を俯《うつむ》ける。

もしかしたら俺も、あんな声を出したりしているのか？

「……っ、あ……」

「トモ……」

「う、うあっ……やだ、そこやだって……！」

「嘘。好きだよね、ここ？」

「んんっ！」

「柔らかくなってきた……指、増やしていい……？」

「だ、だめっ……まだ、待っ……」

「うん。待つ。待つから……トモ……」

キスして、とキヨが囁《ささや》いた。智紀は息を乱しながら、ゆっくりと首を捩《ねじ》る。ふたりの顔が重なって、濡れた音がする。何度も何度も、キスが繰り返される。

「は……」

苦しげに、智紀が息を漏らす。

そのこめかみにキヨが口づける。キヨの右腕の肘が動くのが見え、次の瞬間、智紀の声が俺の耳を突いた。苦しげな、けれど甘さを含んだ喘《あえ》ぎ声《ごえ》——。

「ふ、う……あっ……」

「トモ……こっち……自分で、してて……」

キヨの左手が動いて、智紀になにかをさせた。相変わらず前面はまったく見えないのに、ありありと想像のつく自分がいやだ。二種類の濡れた音を、ちゃんと聞き分けているのにも呆れる。だって、よく知ってる音だから。同じようなことを、兵頭も俺にさせたことがあるから。

だめだ。おじさんはもう限界。

俺は立ち上がらず、四つん這いのまま進み、その場を退散しようとした。ふたりは行為に夢中なので、ふだんは勘のいいキヨも気づく様子はない。少しずつでも遠ざかり、ある程度の距離ができたところで立ち上がろう——そう算段した時だった。

ピロリロリン……ピロリロリン……。

携帯電話が鳴った。

俺のじゃない。キヨのだ。キヨのだけど、俺が持ってるやつだ。さっき借りたやつだ。

なんでこんな時に鳴るのかといえば、電話がかかってきたからだ。モニタを見たら七五三野《しめの》だった。七五三野、おまえってやつは！　なんで、どうして今なの！

「も……もしもし」

四つん這いで俯いたまま、電話に出る。

『……章？　なんでおまえが出る？　ああ、そうか、携帯を水没させたから紀宵《きよい》くんのを借りているのか』

「そ、そう」

『ちょうどいい。おまえを呼び出してもらおうと思ってたんだ。今、いいか？』

俺はよろけながら顔を上げ「よくない」と答え、恐る恐る、キヨと智紀を見た。キヨはすでに立ち上がり、俺を見ていた。智紀は座ったまま、身体を硬くして背を向けている。

「………………………芽吹さん…………………」

「うわあ！　ごめぇぇぇぇぇん!!」

俺は携帯を放り出すと、その場に膝を突き、がばりと頭を下げた。砂の上に落ちた携帯から『章？　どうした？』と七五三野の声がする。

キヨはなにも言わない。

智紀もなにも言わない。

『おい、章？　……ああ、波の音がしてるなぁ』

七五三野の穏やかな声を、この時ばかりは恨めしく思った俺だった。

4

「どうしたの、章《あきら》。ひどいクマ」

翌朝、美帆《みほ》に指摘され、俺は「ハハハ」と力なく笑った。

午前十時前、『SEA TURTLE《シータートル》』のロビーである。すでに朝食を終え、今日の予定は十一時からのシーカヤックだ。美帆がガイドしてくれることになっている。

「ちょっと昨日、飲みすぎた……」

キヨと智紀《とものり》は、俺を糾弾しなかった。智紀はまるで毛を逆立てた猫か、棘《とげ》をビンビンにしたハリネズミみたいに怒っていたが、キヨが宥《なだ》めた。

——芽吹《めぶき》さんに悪気はなかったんだし……俺たちだって、前に……。

そう言われ、智紀は「けど俺たち、扉越しだったじゃん！」と叫んだ。

はい……たしかに……音声のみだったよな……それでも俺も発火するほど恥ずかしかったんだから、智紀の気持ちもよくわかる。本当にすみませんでしたと頭を下げるしかない。でもでも、誓ってわざとじゃなかったんだ。単に間が悪かっただけなんだよ……！

平謝りのあと、ホテルに帰ったはいいがぜんぜん眠れなくなってしまった。自分のアホさ加減に嫌気がさしたのもあるが、智紀のあんな声を聞いてしまったのも原因のひとつだろう。

まったく、最近の若者ときたら、まだ若者のくせになんて声を出すんだ……いや、若いからなのか？　とにかく眠れないのでおみやげ用に買った泡盛を開けて、ビールで割ってだらだら飲んで、おかげで睡眠は二時間程度である。キヨと智紀のほうは、なんかツヤツヤした顔で朝飯食ってた。それって……それって……。

「うーん、カヤック無理かも。お酒残ってると危ないのよ」

「俺も無理だと思う……波に揺られるのを想像しただけで倒れそうだよ……。あのさ、今少しいいかな。例の件で、話したいんだけど」

「あ、じゃあ、平良《たいら》さんも呼んでくるね？」

美帆がすぐに平良さんを事務所から連れてきて、俺たちはロビーに腰を落ち着けた。おばあもひょっこり顔を出し、二日酔いにいいというゴーヤジュースを持ってきてくれる。

「まず、昨日のバーベキューの一件ですが」

俺が切り出すと、平良さんが「ご迷惑をおかけして」と頭を下げた。

「あとで詳しく聞いて、驚きました。まったく、ひどいことを……」

「『サンクチュアリ』の差し金かしら……チンピラたちを雇って……」

美帆の言葉に「それが違うんだよ」と俺は言う。

「え」

平良さんがピクリと肩を揺らして俺を見た。

「違うって……どうして……」

　俺はふたりに、『サンクチュアリ』のプールサイドで起きた出来事を話す。同じチンピラたちが、同じような手段で『サンクチュアリ』にいやがらせをしていた件だ。美帆も驚き、混乱したようだ。

「ちょっと待って。じゃ、昨日のいやがらせって、誰が仕組んだことなの？」

「うん。俺も同じ疑問を抱いた。ズー………にが！」

　ゴーヤジュースの苦さに、思わず顔が歪んでしまう。

「ちゃんと飲んでね。苦いけど効くのよ」

「ううう、飲みます。……昨日のことを鑑《かんが》みると、ふたつのホテルにいやがらせしたのは、俺たちが想像していなかった第三者になるわけだけど、平良さん、心当たりはありませんか？」

「い、いや……まったく……」

「っていうことは、このホテルの前にゴミを捨てたり、ネットに中傷的な書き込みしたのも、その第三者なのかしら？」

「そのへんはなんとも言えないな」

　今までの小さないやがらせと、昨日の事件の関係性について、俺はいささかの違和感を覚えていた。

　昨晩のチンピラ騒ぎに比べると、ゴミを撒《ま》くなどというのは……なんかこう、規模が小さい。イタズラの延長という感じだ。俺をプールに突き落としたことや、コーレーグース事件も同様で、本気さがいまひとつ伝わってこない。いや、死ぬほど辛《から》かったけどさ。

「あの……芽吹さん……昨日、『サンクチュアリ』で起きた一件が自作自演ということは……」

「ああ、自分たちが疑われないために、自分たちも被害者ぶるということですね？　俺もそのへんは考えたんですが……」

それにしてはメガネカイマン……じゃなくて比嘉《ひが》支配人の慌てっぷりがすごかった。あれが演技だとしたら、たいした役者である。さらに、

「実は、新情報がありまして」

とふたりに打ち明ける。この情報を聞き、俺は第三者の存在をより強く感じたんだ。

「昨日、七五三野《しめの》から電話があったんだ」

最悪のタイミングで……というあたりは飛ばして、俺は言った。

「七五三野くんから？」

「その人は……？」

「古い友人よ。私と章と七五三野くん、司法修習の同期なの」

美帆の説明に「現役の弁護士なんですよ」と俺は付け加える。平良さんが「弁護士」と呟くように繰り返した。

——仕事がやっと終わりそうなんだ！

なにしろタイミングが悪かったので、一度切り、俺からかけ直した電話で、七五三野はまずそう言った。やつにしては珍しくテンションが高かった。

——今日こそ行けるはずだったんだが、同僚が夏風邪をひいてしまってね。抜けられなかった。

だが明日は行くぞ。必ず合流するぞ。兵頭《ひょうどう》までそっちにいるというのに、僕がいないなんてあるまじきことだ！

——おまえねえ、なんでそう兵頭と張り合うんだよ？

——張り合ってなどいない。ヤクザと張り合っても無意味だ。ただ、なんとなく気にくわないだけだ。……章、僕は酢豚が好きなんだ。

——は？

——酢豚が大好きだ。中華料理の中では一番好きだな。しっかりした味付けで、ちゃんと野菜も入っていて、ごはんに合うし、庶民に愛されている。そんなところが好きだ。

言われてみれば、七五三野は昔からよくランチに酢豚定食を食べていた。たまーに高級中華料理店などに行っても、北京《ペキン》ダックやフカヒレより、酢豚を嬉しそうに食べていた。けど、なんで急にその話が出てくんの？

——だがな章。その酢豚にパイナップルが入っていた時の……あの落胆！

——ああ、おまえ、酢豚のパイナップル否定派だもんな。

ちなみに俺は肯定派。むしろ推進派。甘酢とパインって相性いいと思うんだけど。

——がっかりだ。それはもうがっかりだ。地面にのめり込みそうな気分になるんだ。

——そうか。

——そのパイナップルが兵頭だ。

——はい？

――せっかくの酢豚《おまえ》にパイン兵頭《・・》。僕は非常に気にくわない。

なんなんだよ、それ。俺いつから酢豚になったの……？　七五三野も仕事が忙しすぎて、少しおかしくなってんのかもなと思いつつ「まあ、気をつけて来いよ」と俺は通話を終わらせようとしたわけだが、

――待て、芽吹。今朝、気になる話を聞いたんだ。

七五三野が仕事モードの声になってそう言った。

「大手ディベロッパーが、この一帯の開発計画に乗り出しているらしいんだよ」

俺は美帆と平良さんに話す。あ、酢豚とパインの話はしてない。そこは割愛。

「ディベロッパーが？」

美帆が険しい顔つきになる。

離島の大規模な開発は雇用を生み、地元と共存できる場合もあるが、自然を破壊し、島の生態系を狂わせるというネガティブな影響も多く、難しい問題だ。平良さんの顔つきも、明らかに硬くなった。

「七五三野は今、あるNGO団体の顧問をしているんだ。そこの活動の一環に自然保護プログラムがある関係で、今回の件を知ったそうだ。……そのディベロッパー、土地の買収のためなら手段を選ばないという悪評があるらしい」

「その土地って……もしかして……」

ああ、と俺は美帆に頷く。

「『SEA TURTLES』の土地と『サンクチュアリ』の土地、両方が入っている。連中からしてみれば、ふたつのホテルにすんなりと、なるべく安価で権利を手放してほしいだろうな」

そんな時に使われるのが、いわゆる『地上げ屋』だ。不動産バブルの頃には、暴力団が土地の権利者を脅《おど》すなど、不当な方法で立《た》ち退《の》きを迫った例が数多くあった。

「じゃあ……昨日のチンピラたちの騒動も……」

なかば呆然としている平良さんが呟く。

「そのディベロッパー、あるいはそこから依頼された何者かの仕業と考えることができます」

「そんな大きな会社に目をつけられたら……うちはもう……」

「気弱になっちゃだめよ、平良さん。相手が何者だろうと、このホテルと土地の権利は平良さんとおばあが持ってるんだから！　まして違法な手段を使ってきたなら、堂々とそれを糾弾すべきなのよ！　……昨日の件も、きちんと記録して証拠にしなきゃ。お客さんからの証言と……写真も撮っておけばよかった」

美帆が弁護士らしい気概をみせる。昔の彼女が垣間見《かいまみ》えて、ちょっと懐《なつ》かしい気分だ。

「俺も美帆に同感です。『サンクチュアリ』との揉め事なら、まだご近所トラブルに近いものがありましたが、ディベロッパーが関わってくるとなると、事態はシリアスです。本格的に対策を立てる必要があります」

「た、対策というと……」

「俺は民間の交渉人ですし、美帆も今は弁護士を休業中ですから、実行部隊にはなれません。

ただし、ふたりともブレインの役目はできます。窓口になってくれる弁護士か司法書士も手配しないと。地元の信頼できる人がいいのですが」

平良さんは顔色を変えながらもしばし考え「心当たりをあたってみます」と答えた。

「それと、今回わかったことを『サンクチュアリ』にも連絡してはいかがでしょうか。いつかはわかることとですし、今後、協力体制を取る必要もあるかもしれません」

俺の提案に平良さんは悩んだようだった。珍しく眉間《みけん》に皺《しわ》を寄せて考え、

「芽吹さんの仰るとおりですが……まだ伏せておいたほうがいいと思います」

と返す。美帆が「平良さん、でも……」と言いかけるのを遮り、

「心配なんだよ」

と視線を彷徨《さまよ》わせながら言った。

「……比嘉オーナーは、まだいいんだ。でも支配人が……きみがふった、比嘉未来男《みきお》が心配だ。彼はかなりの野心家だからね。ディベロッパーの条件次第では、向こうに協力するかも……」

「いくら未来男さんでも、それはないんじゃないかしら。だって、自分たちのホテルも奪われちゃうのよ？」

「あれだけのホテルを壊すとは限らないんじゃないかな……。たとえば、ホテルの権利だけは未来男に譲渡する、なんていう条件がつくかもしれない。そしたら、彼はお兄さんにかわってオーナーになれるじゃないか」

「……章、どう思う？」

美帆に尋ねられ、俺は「まあ、考えられる話ではあるね」と答える。

そう言いはしたが、なにかこう……もやっとする感覚があった。たしかに比嘉支配人は野心家で、あのホテルにひときわの執着心を持っている。かつ、オーナーである兄を『使えない』と評してもいた。それは俺も聞いた。かといって、その兄に取って代わろうとまで思うだろうか。俺が観察したところ、比嘉未来男はホテルの中で直接采配をふるうのが好きなようだ。オーナーとして椅子を温めているより、現場で細かく口出しをしたいタイプだと思うのだが……。

「今はまだ、言わないでおきたいんです」

平良さんは繰り返す。

「その……ディベロッパーのことが、もう少し詳しくわかるまで、『サンクチュアリ』に話すのは保留にしてくれませんか」

熱心に言われてしまい、俺は「では、そうしましょう」と答えた。いずれにしても、当事者である平良さんの判断に従うしかない。

そのあと、平良さんはすぐ出かけていった。懇意にしてる税理士に、弁護士の知り合いがいたはずだから、さっそく訪ねてみると言っていた。

「あたしも一緒に行きたいけど、これからカヤックだもんね。……あー、ちょっと空模様怪しいかな……」

窓から外を眺めて美帆が言う。今はまだ晴れているが、遠くの空に灰色の雲が見えた。

「雨になるのか？」

「二時戻りの予定だから、ぎりぎり保《も》つと思うわ。夜から荒れるって予報なの。章は今日、ずっとホテルにいる？」

「たぶん。今日七五三野が着くらしいから、そしたら三人で善後策を考えよう」

美帆は頷き、ガイドの仕事のためにホテルをあとにした。

ゴーヤジュースのおかげか、俺の二日酔いは徐々に回復していたが、それでもまだ頭痛が残っていた。部屋に戻り、寝直そうとベッドに潜って……どれくらいした頃だろうか。

電話のベルで目が覚める。

部屋にある固定電話だ。時計を見ると、一時間くらい眠っていたらしい。上半身をベッドから起こし、掠れ声で「はい」と出る。

『あの……私……比嘉と申しますが……』

女性の声だった。俺の知ってる女の比嘉さんはひとりだけだ。

「比嘉翠《みどり》さん？」

『はい、そうです。実は、芽吹さんにご相談したいことがあって』

「どんなことでしょう？」

『電話ではちょっと……会ってお話しできませんか』

怯《おび》えたような声だった。俺はしばし考えたが、結局会って話を聞くことにする。『サンクチュアリ』側も、いろいろと調べているはずなのだから、昨日の騒動に関連することかもしれない。

俺が出向くことになり、『SEA TURTLE』を出た。

またしても車がなかったので、原付である。だがすでに雲が広がってきていて、このあいだよりは暑くなかった。とはいえ湿気はすごい。『サンクチュアリ』の駐車場でヘルメットを取ると、自分の頭から湯気が立ちのぼった気がした。

「先輩」

「うわっ」

暑さのあまりぼんやりしていた俺が驚くと、兵頭はサングラスの上から覗く眉を寄せて「カレシが現れたのに、その顔はないでしょう」と文句を垂れる。

「なんだよカレシって……暑すぎて脳が煮えたのか？」

「照れなくていいですよ。俺に会いたくなって来たんでしょう？」

「んなわけないだろ。ここに用事があんだよっ」

「へえ。昨日のチンピラどもの件で？」

兵頭が言い、俺はちょっと身構えて「おまえ、なにを知ってる？」と聞いた。

「なにも知りませんよ。このホテルと、あんたの泊まってるホテルにちょっとした諍《いさか》いがあるらしいことと、昨日俺が指の骨を折った連中が、そっちでも暴れたってことくらいです」

「その件に関しては、松本《まつもと》さんたちに礼を言っといてくれ。……あの連中、おまえらと同業だと思うか？」

その質問に「さあねぇ」と兵頭は首を傾《かし》げた。今日は濃紺の開襟《かいきん》シャツに、リネンのパンツとモカシンシューズという出で立ちだ。

「本職にしちゃ、ツメが甘い。訛《なま》りがなかったから、地元の人間でもなさそうだ。よその土地から流れてきたチンピラか、あるいは……」

誰かに雇われ、目的があってこの島に来たチンピラか——後半は言葉にしなかった兵頭だが、そう言いたかったはずだ。

「先輩、あんたまたややこしいことに首突っ込んでないですか？」

「それは違うぞ。俺の仕事が、たまたまいつも、ややこしい展開になっちまうだけ」

「相変わらず詭弁《きべん》だけで生きてますね。……で、どこ行くんです」

「人に会う約束があるんだ。ついてくるなよ」

俺の歩みにぴったりとくっつき、兵頭は「女ですか？」と聞く。

「仕事なんだから、どっちでも関係ないだろっ」

「あんたに女のにおいがつくのはいやなんですよ。ここんとこマーキングもままならねえし」

「ひ、昼間っからそういうこと言わない！」

いくら人通りのないホテルの通用路だとはいえ、破廉恥《はれんち》な男である。俺の小言などまったく意に介さず「夜ならいいんですか？」などとにやついている。

「そういう問題じゃない」

「昨晩だって、俺にも会わず帰っちまって」

「……なんだよ。気がついてたのか」

「先輩のいいにおいがプールサイドに漂ってましたから」

「はあ？　俺は屋台の焼き鳥屋か？」

「ジューシーなもも肉が食いたいですねえ」

まったく、口の減らないやつだ。俺は肘で兵頭を小突き「ここまでだ」といくらか厳しく言う。

「お互い、仕事の邪魔はナシだろ。……あとで、部屋に寄るから」

周囲には誰もいなかったけれど、それでも後半は声を潜めて言った。

兵頭がサングラスを取り、「なら、待ってます」と言う。やっと見えた目は優しく細められていて、なんか俺まで多少甘ったるい気分になりかけ、慌てて気を引き締める。

その場で兵頭と別れ、ひとりで先に進んだ。

翠さんに指示されたのは地下のボイラー室だ。そこなら人目につかないという。

目的の場所を見つけ、俺は中に入る。薄暗いが、照明スイッチの場所がわからない。

「翠さん？」

もういるかなと声をかけた直後、誰かに背後を取られた。

まずい。

後ろから羽交い締めにされ、喉を絞められて声が出せない。誰かが俺の腕を摑み、上腕が圧迫されたのがわかる。ますますまずい。必死に脚をばたつかせたが、徒労に終わる。

腕関節の内側——採血をされる位置にチクリと痛みを感じた。

「ぐっ……！　うう！」

「暴れると、血管の中で針が折れるぜ？」

知らない男の低い声がした。薬剤を注射されている――そうわかったが、動くことができない。背後から俺を押さえている男、腕を引っ張り固定している男、そして注射をしているやつ……少なくとも三人がいるのだ。目をこらしたが、顔は見えない。あたりは暗いままで、俺の腕だけが懐中電灯らしきもので、照らし出されていた。

針が抜けたのを感じた頃には、すでに頭にモヤがかかっていた。

静脈注射による即効性の鎮静作用……ジアゼパム、あるいはミダゾラムか？　くそう、油断した。ここまでやる連中だとは思ってなかった。俺の読みが甘かったんだ。

「おまえら……」

何者だ、と問うより早く、俺の意識は途絶えてしまった。

ザザ、ザザ。ザザン。

耳慣れてきた波音が聞こえる。

なんだかすごく近いな。ということは、ここはビーチなのかな。俺はビールを飲みすぎて、デッキチェアで眠ってしまったのかな。

ちょっと喉が渇いたなあ。アルコールには脱水作用があるから、ビールだけ飲んでたらだめなんだよ。シークァーサーのジュースが飲みたいな。あの爽やかな酸味のドリンクが欲しい……。

ザザァン……。

やたらと重たい瞼《まぶた》を開ける。

……ヤドカリ。目の前にヤドカリがいる。貝殻の賃貸住宅を背中に背負って、よいせよいせと砂浜を歩いている。おまえも大変だねえと思いかけ、俺はハタと気がついた。

「え？」

顔を上げる。右の頬から砂がパラパラと落ちる。

ここ……どこ？

俺は浜辺に、伏した状態で寝ていたらしい。ゆっくり上半身を起こすと、シャツからもザラザラと砂が落ちる。

周りを見渡す。

眼前には、波の高くなってきた海。振り返ると、砂浜の奥に、灌木《かんぼく》の茂み。見える範囲に建物はない。時間は……時計がない。太陽の位置から予測しようとしたのだが、空は雲に覆われていた。夕方くらいだろうか。まだ真っ暗ではない。頭が妙にぼんやりしていた。睡眠薬で無理矢理眠りについたあとのような——。

「……あ」

そうだ。誰かに襲われたんだ。

翠さんと約束したボイラー室で、鎮静剤かなにかを打たれて意識を失った。頭がぼんやりとしているのはそのせいだろう。

恐る恐る立ち上がってみる。

立てる。手も足も動く。首が痛いのはねじり上げられたせいだろう。だが大きな怪我はない。注射跡が確認できて、あれは夢じゃないと知る。

それにしたって、ここはどこなのだ。もう一度、俺は周囲を観察した。

東西南北、すべてを凝視する。海、砂、木々、岩……。人の気配がない、人の、というか人の住んでいる気配がないのだ。空を見上げても灰色の雲ばかりで、電柱も電線もない。ポケットを探る。キヨに借りていた携帯電話もない。たったひとつ、二リットルのペットボトルが足元に転がっていた。中身は水で、まだ開栓《かいせん》されていない。

「無人島ですよ」

「ひゃあああああ!」

俺は本気で驚いてしまい、マンガみたいにその場で跳ね飛んだ。勢いあまって波打ち際で転び、尻餅をついて下半身が水浸しになる。

「……先輩。遊んでる場合じゃないと思いますがね」

「遊んでないッ! お、おまえ、な、なにして、なんで、てかここどこ!?」

「だから、無人島」

俺に手を差し出し、兵頭が言う。

「無人島……いや、だって、おまえがいるじゃないか。おまえどうやって来たんだ」

「あんたと一緒に拉致られました」

「ら？」

「薬は打たれてないですけどね。ま、ひとりぶんしか用意してなかったんでしょう」

「ちょっ、ちょっと待て。ちゃんと説明してくれ。俺にわかるように」

いいですよ、と兵頭は答える。身につけているものはさっきと同じだが、サングラスがなくて、眼鏡もしていない。口元に内出血……これはさっきはなかったぞ？

「けど、その前に落ち着く場所を探したほうがいい。雨になる」

空はどんどん暗くなり、波も高くなってきていた。俺はまだパニックの中にいたが、それでも頷き、兵頭の手を取って立ち上がる。ペットボトルを抱えて、波打ち際を離れた。

「人家はないし、誰もいません。さっき一回りしてたしかめました。ただ、古い掘っ立て小屋がひとつそっちに……。ああ、そう。それです」

「……本当に掘っ立て小屋だな……」

その建物を見て、俺は呆れる。どう説明すればいいのかな……ひなびた海水浴場で、でもかろうじてドリンクとかき氷くらいは売っている、小さな海の家、みたいな？　屋根と、三方の壁はあるけど、前面は開放されて海に面している。奥の部分だけが高床っぽくなっているが、床板はほぼ腐っていて危険だ。俺たちは砂地の上にいるしかない。強い風雨による経年劣化で、小屋はギリギリ建ってますという風情である。

「屋根が壊れてないだけマシですよ。奥のほうにいれば、雨風が凌《しの》げる。……雨がくると気温が下がるし、夜には真っ暗ですからね。乾いた木ぎれを集めておかねえと」

「あ、うん」

灌木の茂みの奥は、もう少し背の高い木々が集まっていた。とはいえ、大木はないし、森というほどの規模ではないようだ。俺は腰を屈《かが》めて、せっせと乾いた小枝を集めた。それを抱えて、さっきのボロ小屋に戻る。兵頭も、いろいろと抱えて戻ってきた。

いつになく、兵頭の顔つきがシリアスだった。それを見ていたら、こっちまで緊張感がじわじわと湧いてくる。気弱になるのがいやで、わざと明るい声を出す。

「なんか、遭難したみたいだなあ」

「遭難したんです」

呆れ声で返されてしまった。俺はもう一度海を見る。波はどんどん高くなっていた。船やボートはまったく見えない。何者かが俺たちをここに連れてきて、置き去りにして帰ったということなのか？　それって相当やばくないか？

考えるのはあとだ。

とにかく火だ。火を熾《おこ》して明かりを確保しないと——じきに真っ暗になってしまう。火……火の熾し方って、どうやるんだっけ？

そうだ、あの映画。

ええと、ええと……『キャストアウェイ』か。

トム・ハンクスがロビンソン・クルーソーのように無人島で生き延びる話だった。手のひらをボロボロにしながら、初めて火を熾した時、主人公は狂喜乱舞する。それくらい、火を熾すのは難しいのだ。

思い出せ。必要なものはなんだった？　トム・ハンクスはなにを使っていた？　木ぎれを木の棒で擦って、摩擦熱で火を作るんだ。枯れ葉や、ココナツの繊維みたいに燃えやすいものも必要だ。そうだ、擦るのに弓を使うと効率がいいんだよな。これはテレビで見たぞ。

「先輩、なに探してんです？」

拾ってきたものをゴソゴソとかき回している俺に、兵頭が聞いた。兵頭は枯れ木を組み立てて、たき火の用意をしている。

「こう……弓が作れそうなカーブの枝ないか？」

「弓？　狩りにでも出るんですか？」

「なに狩るってんだよ。火熾しに使うんだ。いくらたき火の用意しても、火種がなきゃどうしようもないだろ。あ、これ使えそうだな。弦《げん》のかわりになる紐《ひも》……はないか……うーん」

「先輩、こんなの使えますか？」

兵頭が差し出したのは、植物の蔓《つる》だった。

「お、使えそう。うんうん、いいな。……兵頭、まさかとは思うけど、おまえナイフとか持ってたりする……？」

「小さいですが」

兵頭がジャラリと出したのは、キーホルダー式のツールナイフだった。ビクトリノックス製で、六センチ程度の小型サイズだが、ナイフ、ハサミ、やすりに缶切りにドライバーと、いろいろついていた。これひとつあるだけで、ずいぶん心強い。

「こんなの、いっつも持ち歩いてんの？」

「キーホルダーにつけたままなんで、基本持ってますすね。外出先でささくれを見つけた時なんかに、便利です」

周防《すおう》組の若頭のくせに、小さいことを気にする男だ。まあ、でも今の俺たちには本当にありがたいツールである。俺はせっせと枝を削り、不格好ながらも弓を製作する。さらに、板きれにナイフで小さな窪《くぼ》みをつけた。

「ここに棒の先を当てて、弓を利用して擦るんだよ。手のひらでやってると、火がつくより先に手の皮が剝ける」

「なるほど。詳しいじゃないですか。サバイバル経験でも？」

「ない。でも都会という名の砂漠で、俺はいつも彷徨《さまよ》い……」

「昭和《しょうわ》の歌謡曲みたいな戯言《たわごと》はいいですから、早くやって見せてくださいよ」

兵頭に促されて、俺は火熾しに挑戦した。

これがまた、難しい。

額に汗して必死に擦っても、なかなか火が熾ってくれない。俺はそんなに不器用なほうでもないはずなんだが……しまいには、俺の汗が滴って、木ぎれが濡れてしまうほどだ。

「先輩、もう結構経ちますけど。ほんとにこの方法であってんですか?」

しゃがみこみ、俺の徒労を眺めつつ兵頭が聞く。

「あってる……はずなんだ……。そういえばトム・ハンクスも、火熾しの時なかなかうまくいかなくて、キレかけて、でもまた挑戦して……」

再挑戦のあと、彼はなにか発見した。そういうシーンがあった。

愕然《がくぜん》とした顔で、なんて言ってた? 観《み》ていた俺も、なるほど! と思ったんだ。あれはなんだった? なんだったっけ?

「……エアー…………」

「はい?」

「エアー、だ! 空気、いや酸素だよ! ものが燃えるには、酸素が必要なんだ!」

俺は再びナイフを手にし、がばりと木ぎれに向かった。

「だから、こうして木ぎれに切り込みを入れて、酸素がちゃんと入るようにしないと!」

「へえ、なるほど」

「ようし、これできっとうまくいく!」

「うんうん。たいしたもんだ」

「おいおい、褒《ほ》めるのは火がついてからにし……」

ちょっと照れた俺が兵頭を見た時、プカーと煙草《たばこ》の煙が流れてきた。

「ゲフッ」

「おっと、失礼」

兵頭が立ち上がり、俺の風下へと移動する。そうだな、煙を他人にかけないのは最低限の喫煙マナー……じゃなくて！

「おまっ……！　なにしてんの！」

「こっちの作業は一段落したので、一服タイムを」

「そういうことじゃなくて！　おまえが今、うまそうに吸ってる、でも健康にとっても悪い、それはなに！」

ああ、と兵頭は唇から指に、ポゥと小さな明かりを移す。

「煙草ですね」

「それになにで火をつけた！」

「いつものライターで」

「ライター持ってんなら、なんで早く言わない！」

「いや、先輩があまりにも一生懸命だったんで、邪魔したら悪いような気がしまして」

しゃあしゃあと答える兵頭に、俺は木ぎれを投げつけてやった。

それをヒョイと余裕でかわし、「つけないんですか？　火」などと聞きやがる。俺は続けて使っていた棒のほうも投げ、それは兵頭の肩にコツンと当たった。

「痛《いて》っ」

「嘘つけっ。そんくらい痛くないだろうが！」

「まあ、銃創がなけりゃね……」

言われて思い出す。そうだ、兵頭は四か月ほど前に肩を撃たれてる……俺を庇ったせいで。

「ご、ごめん」

「いいんですよ。俺もちっと、悪ふざけが過ぎました。……火をつけますから、先輩もこっちにどうぞ」

「……うん」

やっとのことで、たき火がつく。ほんと、ライターって超便利……。俺がたき火の前に座ろうとすると「その前に」と兵頭に止められる。

「下脱いでください」

「ええぇ!?　この状況で!?」

「……あんたなに考えてんですか。さっき転んで濡れたでしょうが。そのままだと風邪ひく」

「あ。あーあーあー……うん」

「それとも、こんな場所でしたいんですか？　背中痛くなると思いますがね……ああ、先輩に乗っかってもらえばいいのか……」

「いやいや、今それどころじゃないだろ、俺たち！」

だって『遭難なう』なんだから。孤島に置き去りなんだから！

ハーフパンツを脱ぎ、バサバサと砂を落とした。そのへんに立てかけてあった大きめの枝に引っかけて、俺はたき火の前に座る。兵頭が見つけてきた、これまたボロボロの筵《むしろ》が敷いてあった。

ちょっと下半身がスースーするな……一応言っておくが、下着のパンツは脱いでない。

パチパチと小枝が燃える。

あたりはどんどん暗くなり、とうとう雨が降りだす。ポツポツと屋根を叩いていた雨はたちまちのうちに強くなり、何か所か雨漏りすることもわかった。幸い、たき火の周囲は大丈夫だ。

「こんな小屋が残ってるってことはさ、この島に誰かいるんじゃないのか？」

膝を抱えつつ俺が言うと、兵頭は「望み薄ですね」と答えた。

「たぶん、以前は日帰りの海水浴場として使ってたんでしょうが、今は誰もいないはずです。さっき、錆《さ》びたタンクが転がってるのを見ました。生活用水の雨水を溜めるタンクでしょう。ってことは、ここは真水もない。人どころか、獣が住むのも難しい」

「過酷だな。……で、兵頭。なんでおまえまでここにいるわけ？」

さっきからずっと思っていた疑問を口にする。

兵頭はたき火に枝を追加しながら「現場を見ちまってね」と答える。

部屋で俺を待っている予定だった兵頭だが、俺の気が変わって帰ったりしないように、ホテルの駐車場で待ってることにしたという。そこへ、ぐったりした俺を抱えて、怪しい男たちが出てきたのだ。俺を車に押し込んで、男たちは港に向かったそうだ。

「俺もやつらを追って、すんでのところで連中の小さな船を見つけました。伯田《はくた》さんがいりゃあ、あんたを取り返せたんでしょうが……多勢に無勢ってやつだ。船の周りには連中の仲間が五、六人はいたもんですから」

兵頭の顔の痣《あざ》は、その時にできたのだろう。縛り上げられた兵頭は、一緒にこの島に連れてこられた。船から降ろされると縛《いまし》めは解かれ、ペットボトルの水を放り投げられたそうだ。つまり、船にいるあいだ、兵頭はちゃんと意識があったことになる。

「連中、なんか喋《しゃべ》ってたか？　いったい何者なんだ？」

「そのへんは、あんたも概《おおむ》ねわかってんでしょう？　ふたつのホテルの権利を狙ってる連中です。島を大規模開発して、チャラいリゾートにしたいやつら」

「それって……」

俺が件《くだん》のディベロッパーの名称を口にすると、兵頭は頷いた。

「具体的には、その会社から裏金を受け取って、汚れ仕事を引き受けてる連中です」

「ヤクザか？」

「船での会話を聞いてる限り、違うと思います。今時の暴力団は暴対法に縛られて動きが取りにくい。もっとフットワークのいい半グレ連中を使ってるんじゃないですかね。殺す気もない人間を無人島に置き去りにしたり、目撃者をついでみたいに置いてったりと……仕事があまりにザツすぎる」

「え、殺す気ないの？」

「あんな大勢とキャイキャイ遊びに来てるあんたを殺したら、大騒ぎになるに決まってます。だいたい、殺すんだったらこんなもん置いてかねえだろ」

ペットボトルを手にして、兵頭は言った。

「そうだ。先輩、水飲んどいたほうがいいですよ。さっき汗掻いたんだから」

「誰のせいだよ」

「ライター持ってるかって、聞かれてねえし？」

ニッと笑う兵頭が、なんだかとても若く見えるのは、眼鏡がないせいだろうか。皺《しわ》のなかったシャツもすっかりクタクタで泥に汚れ、髪も乱れている。ひどい有り様なのは俺も同じなんだろうな。俺はペットボトルから水を飲み、キャップを取ったまま兵頭にも渡した。兵頭も口をつけたが、ほんの少ししか飲まない。

「……殺さないなら、これも警告ってことか？」

「でしょうね。あんたがひと晩帰らなかったら、紀宵《きよい》あたりが捜索願いを出すはずだ。そしたら救助が来る」

「けど、見つかるのか？　ＧＰＳがあるわけじゃないし」

「ないですね」

「このまま帰れなかったら、この島で干上がるじゃないか。俺も……おまえも」

言葉にしてからギクリとした。

そうだ。俺は兵頭を巻き込んでしまったんだ。本当に……見つからなかったら、助けが来なかったら……俺だけじゃなく、兵頭までここで……。

「そんなに遠い島じゃないですよ」

俺の不安を嗅《か》ぎ取《と》ったのか、兵頭が言う。

「船に乗ってたのは二十分ってとこです」

「そ、そうか……じゃあそんなに遠くないか……」

「晴れたら、宮乃島《みやのじま》が見えるかもしれない。その程度の距離です」

「おまえの舎弟たちも、心配してるだろうな……」

兵頭がクスリと笑い、俺の身体を抱き寄せた。

「そのとおり。あいつらも俺を必死に捜すはずだ。だから、ちゃんと、俺たちは帰れます」

後半、やたらと優しく囁《ささや》かれ、俺は顔が熱くなるのを感じた。

「べ、べつに怖がってないぞ」

「誰もそんなこと言ってないでしょうが」

「俺は……俺がひとりだったらまだいいんだ。ただ、おまえが……おまえにまで、万一のことがあったらと思うと……」

また、なのかと。

また死ぬのかと。

俺の大切な人が。かけがえのない人が。

それを想像すると、怖いんだ。意気地のない男だと笑われるだろうが、本当に怖いんだ。

「けど、先輩」

兵頭が言う。

間近に俺を見つめながら、言う。

「ひとりじゃ……ないですよ？　もしここで死ぬなら、一緒だ。俺もあんたも死ぬんだ。ひとりじゃないなら……どうです……？」

バチバチッ、と火が小さく爆《は》ぜて、枝が崩れる。

ザバァン、と大きな音を立てて、波が崩れる。

一緒なら。

ふたりで、死ねるなら。

ふいに、新しい扉が開いた気がした。そこにあることにすら、気づいていなかった扉だ。

俺にとって誰かの死というのは、いつも一方的なものだった。俺は常に取り残される側だった。母にしろ、父にしろ、親友にしろ……みんな、俺を置いて逝ってしまった。

でも、違う方法がある。

ひとりにならない方法がある。兵頭はそう言ってる。

「渇いて死ぬのはつらいですからね……この水がなくなったら、俺があんたを殺してあげましょうか、先輩……」

兵頭が俺を見てる。

俺は言葉が出ないまま、兵頭を見つめ返す。

どちらからともなく……いや、違う。俺のほうから、口づけた。最初に動いたのは俺だった。

なぜなんだろう。俺を殺すという兵頭の言葉が、ひどく甘く脳に響いた。

「それからすぐに、俺も逝きます」

触れるだけのキスのあと、唇を離して兵頭が言った。

「信用できないなら、逆でもいい。どっちが先でもいい」

いいや、だめだ、逆はいやだ。

俺にはおまえは殺せないよ、兵頭。おまえが死ぬところなんか絶対に見たくない。

だから、俺が先がいい。それでいい。おまえになにもかもさせてしまうのは悪いけど……でもおまえがそうしてくれるなら、すごく俺は楽だ。

すべてから解放されて、もうなにも考えなくてよくて、しかもひとりじゃない。

おまえが一緒に逝ってくれるなら。

あの人たちのいる場所に、連れていってくれるなら。

母さん。

父さん。

……若林《わかばやし》。

なにかが俺の足首を摑んでる気がする。そいつはふとした拍子に現れる、真っ黒な手だ。俺にしか見えない、手首から先。曲がった指の関節からは白い骨がはみでて……俺の足首をしっかりと握っている。

引っ張られるな。

俺はそいつを見るたびに思う。引っ張られたら、負けだ。無理矢理外すことができないにしても……引っ張られるな。自分の力で、そいつを引きずりながらでも、歩かないと……。

だけど、今夜は……やけに引っ張る力が強いんだ。

「冗談ですよ」

俺はいったいどんな顔をしていたのだろう。兵頭が、これ以上見ていたくない、とでもいうようにそっぽを向いて言った。

「あんたなんか殺《バラ》して、またムショ行きは勘弁だ」

それから顔を戻し、ニヤリと不敵に笑ってみせる。

「ま、死ぬって選択肢はないとして、こんな無人島で先輩とふたりで暮らすのは悪くないかもしれません」

その表情を見ていたら、いくらか気分が軽くなった。

「俺はごめんだよ、おまえとふたりだけなんて」

「ふたりで雨水ためて、魚獲《と》って、畑耕して、大自然の中で生きるんです」

「俺は大都会でいい」

「問題は、ゴムとジェルがないことだな……ゴムはともかく、ジェルがないのは先輩に負担だ」

「おまえ、ちょっと大雨に当たってくれば?」

「クラゲとかナマコ捕まえたら、自家製造できないですかね、ジェル。天然成分で身体にもよさそうだと思うんですが」

「よくないよ！　そんなふうに使われるクラゲやナマコの気持ちも考えろよ！」

俺の叫びに、兵頭が「クラゲの気持ちはわかんねえなあ」と笑いだした。

まったく……俺はおまえの気持ちがわかんないぞ、兵頭。救助が来る可能性は高いとはいえ、ここは無人島で、天気は荒れてるんだ。なんでそんなアホな話をしてられるんだよ。

「なんで俺はこんな目に遭ってるんだ……せっかくの休みに仕事が入って、挙げ句の果てに無人島に、アホなヤクザつきで流されて……」

アホと言われてさすがにムッとしたのか、兵頭は「俺がアホなら、先輩は人類史上稀に見る大馬鹿者です」と言い返してきた。

「モトカノの相談を、ええ格好しいでホイホイ引き受けた結果がこれだ……そもそもの元凶は、あの気取った弁護士野郎ですよ。あいつがアホな旅行プランを立てなきゃ、俺だって巻き添えを食う羽目にはならなかった」

「それは違うだろ。たしかに俺がバカだからおまえも巻き添えになったけど……七五三野は関係ない。あいつだって、こんな展開予想できるはずないし」

ただ、俺たちに楽しい休暇を取らせようと思っただけだ。まあ、あわよくば俺と美帆をくっつけようなんて思惑はあったわけだけど……あいつって、たまにお節介な近所のおばちゃんみたいな発想するからな……。

「まただ」

兵頭が苦虫を嚙み潰したような顔をする。

「なにが」

俺も眉間に皺を刻んで口を尖《とが》らせる。

「またあんたはそれだ。いつも七五三野の肩を持つ」

「友達の肩を持ってなにが悪い。おまえこそ、いつも七五三野を悪く言うけどな、あいつは頭もいいし、無愛想だが優しいし、弱い立場の人を……」

「はいはいはいはいはい、わかりましたよ。あんたが挫折した弁護士って仕事を、あいつは立派にやってのけてる、と。だからあんたはあいつをやたらと英雄視するんだ。あんな、ただの口うるさい小姑野郎《こじゅうとやろう》を」

「おい！　言いすぎだぞ！」

「あんた言わなきゃわかんないだろうが！」

間近で睨《にら》み合《あ》う。

五秒後、プイと顔を背ける。ふたり同時に。

……ああ、デジャヴだ。俺たちはいったい、何度これを繰り返すんだろう。

けど、七五三野は俺の大切な友人なんだ。俺が一番しんどかった時、そばにいてくれたのは七五三野なんだ。それは兵頭だってわかってるはずなのに……なんだって、いちいちつっかかってくるんだよ。おまけに七五三野はヘテロセクシャルで、つまり色恋沙汰的な意味で兵頭のライバルになることなんてありえないのに……ホントにアホなヤクザめ。

お互い、そっぽを向いたままで強い雨音と波音を聞く。

火が小さくなる。兵頭が木ぎれを足す。……俺の腹が鳴る。

まったく、とんだ休暇になったもんだ。

こういう島にはハブとかいるかもしれないし、迂闊《うかつ》に寝込んだりはできない……と思っていた俺だが、呆気なく眠りこけてしまった。薬の影響もあったかもしれない。

明け方、太陽の光で目が覚めた。

たき火は消えていない。つまり、兵頭は一睡もせずに火の番をしていたのだろう。頑固でアホだけど責任感の強いヤクザの姿は見えない。俺は立ち上がり、生乾きのハーフパンツを穿《は》いて、掘っ立て小屋から出る。

強い島風が髪を乱す。

雨雲は過ぎ去り、嘘みたいに青い空が頭の上に広がっていた。真っ白い海鳥が、アァアァと鳴きながらたくさん旋回している。

その下——波打ち際に兵頭がいた。

兵頭の髪も風に乱され、シャツの裾がはためく。裸足《はだし》になったやつの足元で、波が砕ける……。

俺から見えるのは後ろ姿だけど、なんだか映画のワンシーンみたいだった。

不本意ながら見とれていた俺は、少し身体の向きを変えた兵頭が手にしているものを認識した時、思わず叫んだ。

青い空に向かって。

青い海に向かって……怒鳴っていた。

「てめー！　ケータイ持ってんじゃねえかッ！」

5

エンジンを切った白い小型船舶が、その惰性で近づいてきた時――俺の目にまず飛び込んできたのは、船首付近で仁王立ちになっている七五三野《しめの》の姿だった。

「あきらーーーーッ！」

長袖のワイシャツを捲《まく》り、ネクタイはポケットに突っ込み、スラックスを膝まで上げた状態の七五三野が叫ぶ。そんな格好の七五三野を見たことがないので、俺は最初ポカンとしてしまった。七五三野の後ろには、伯田《はくた》さんがいつものニコニコ顔で立ち、さらに美帆《みほ》が「章《あきら》！」と心配顔でこっちを見ていた。

船が止まりかけた時、さっそく七五三野が降りようとした。真っ黒に日焼けした船長さんが「まだ深いぞぉ」と言うのも聞かず、ざぶんと海の中に入る。たぶん、ぎりぎり足がつくくらいの深さなんじゃないだろうか。そこから見事なクロールを見せ、浜に上がってきた親友が、びしょ濡れのまま俺にガバリと抱きつく。

「しめ……」

「章！　無事でよかった……！」

「七五三野、大丈夫だから……」

「本当によかった……！　こっちについた途端、おまえが誘拐されたと聞いて、気が気じゃなかったぞ！」

「心配かけてごめん。でも、あの、そろそろ放してくんないかな……」

俺はそう頼んだのだが、七五三野の耳には届いていないらしく、

「章！　ああ、汗くさい！　生きてる証拠だな……ッ！」

などと、俺の首筋でクンクンして感動している。その七五三野の肩をむんずと掴み、めりめりめりと剝がしたのは、他でもない兵頭《ひょうどう》だ。

「おい変態。先輩のにおいを嗅《か》いでんじゃねえ」

俺から剝がされた七五三野は濡れた髪をかき上げて「おまえか」と兵頭を睨《にら》む。

「孤島で朽ち果てればよかったのに、元気そうじゃないか」

「言ってくれるじゃねえか。誰のおかげでこの場所がわかったと思ってる」

「携帯電話のおかげだな。本当に便利なものだ。携帯電話の開発に携わった技術者のみなさんに、感謝状を贈りたいくらいだ」

「とぼけんな。その携帯は誰のかって話だ」

「優れた技術は万人に貢献するものだ。……だいたいな、おまえがついていたのに、なんで章と一緒にまんまと攫《さら》われてるんだ、この役立たず」

「俺がひとり殴り倒してるあいだに、寝こけた先輩がさっさと出航しちまったらどうすんだよ。その場にいもしなかったくせに、でかい口叩くんじゃねえ」

「結局おまえは、伯田さんがいなきゃだめなわけだ」

「……見た目だけが取り柄のくせに、顔をボコボコにされたいのか……？」

もはや恒例行事となりつつあるいがみ合いを「はいはい、そこまで」と制したのは伯田さんである。七五三野にタオルを渡し、兵頭には「遅くなりまして」と頭を下げる。

「無人島一泊ツアーになりましたな。おふたりを拉致《らち》った連中については、松本《まつもと》以下が調査中です。使った船から割り出せそうですよ」

「組の名前は出すなよ。へんなゴタゴタに巻き込まれるのはたくさんだ」

「了解しています」

兵頭は小さく溜息をついて、伯田さんに手を出した。ボディガードはまず眼鏡を渡し、そのあとで煙草《たばこ》を一本渡した。

「章！」

俺に駆け寄ってきたのは美帆だ。

太陽みたいに明るい黄色のタンクトップを着ている。焼けた肌によく似合って眩しい……。見てないよ、ちょっと汗ばんだ谷間なんか見てませんよ！　美帆は抱きつくまではいかないが、俺の両腕を掴んで身を寄せ、

「怪我《けが》はない？　どこも痛くない？」

と泣きそうな声で聞く。可愛いなあ、と思いつつ「うん、無事だよ。腹が減っただけ」と笑いかけると、今度は本当に涙をポロリと零した。

「ごめん……ごめんね、私が頼み事なんかしたせいで……」

「そんなことないって。美帆は知らないと思うけど……ええと、俺ってなんかこういう感じになること多いんだよ。泣かないで」

「こういう感じって……？」

涙声の美帆の背中をポンポンしつつ、俺は「つまり」と言葉を探した。

ヤクザやそれに準じた連中に絡まれたり。拉致されたり監禁されたり。騙《だま》されて薬物を飲まされたこともあったし、ぶっちゃけ殺されかけたこともある。でもそれを説明しても美帆にいっそう心配させるだけだ。しばらく逡巡して、結局、

「正義の味方には敵が多いわけ」

とよくわからない説明になった。そばで兵頭が煙草を吹かしながらフンと鼻で笑うのが聞こえる。やな感じー。美帆はちょっと不思議そうに俺を見つめ、涙を拭《ぬぐ》って「とにかく無事でよかった」と繰り返した。

「いったい誰がこんなことを……まさか、未来男《みきお》さんが……？」

「いや、あの人じゃないと思う」

まだ誰にも話していないが、俺を呼び出したのは翠《みどり》さんだ。翠さんが関わっているか、あるいはなにかの事情で利用されているのか……そのへんは、戻ったらまず調べるべきだろう。

「章、帰ったら、お母さんとおばあに美味しいもの作ってもらおうね。なにが食べたい？　そうだ、お水飲むでしょ？　船に冷えたドリンクを持ってきてるから……」

本当に心配してくれたのだろう、美帆は俺の腕を放そうとしない。昔もそうだった。聡明でクールな女弁護士でもあったけれど、根は情の深い子なんだ。

「さあさあ、みなさん。戻りましょう」

伯田さんの言葉を機に、俺たちは乗船する。

天気がいいのですぐに対岸が見えた。なるほど、たいして遠い島ではなかったのだ。ずぶ濡れで風に吹かれた七五三野がくしゃみを連発し、俺は「風邪ひくなよ」と同情した。

ものの二十分程度で、船は港に到着する。

港では、芽吹《めぶき》ネゴオフィスのみんなも待っていてくれた。

「所長、ご無事でなによりです」

「もー、いつでもどこでも心配させるんだからぁー」

「こんなとこまで来ても拉致されるとか、まじウケるよなあ」

「………おかえり……」

家族も同然の面々に囲まれた途端に、俺はなんだか脱力してしまった。

みんなに心配かけたことを詫《わ》び、携帯を奪われたことをキヨに詫び、食事をして、シャワーを浴びて、とりあえず横になる。自分で思っていたより、疲れていたらしい。半日眠り込んでしまい、目が覚めたらもう夕方になっていた。

「大丈夫か？」

部屋には七五三野がいた。籐椅子《とういす》に腰掛けて、書類を読んでいたらしい。

「頭痛や吐き気は？」

「ない……。おまえこそ、くしゃみ止まったか？」

俺が聞くと、七五三野が苦笑して「止まったよ」と答える。薄いブルーのシャツにコットンパンツという軽装に着替えた親友は、書類をテーブルに置き、ベッドサイドまで来た。俺も起き上がって大きく伸びをする。気分はだいぶすっきりしていた。

「薬を打たれたって聞いたからな。時間差で後遺症が出る場合もある」

「兵頭が言ったのか？」

「ああ」

七五三野は頷き、ベッドの端に座った。兵頭も自分のホテルに戻り、休んでいるだろうか。あいつはぜんぜん寝ていないんだから、俺よりよほど疲れてるはずだ。

「すまなかったな、章」

「なにが」

「僕の手配した旅行で……こんな事態になるとは」

生真面目な親友がしょげている。

「おまえのせいじゃないよ。俺が美帆の依頼を安易に引き受けたからだ。想像していたほど単純な問題じゃなかった」

「そのことだが」

七五三野は一度立ち上がり、さっきの書類を手に戻ってくる。

「自然保護活動を行っているNGO団体が発表した声明だ。この島の大規模リゾート開発への懸念が提言されている」

「大規模リゾート……例のディベロッパーだな？」

「ああ。あのあと調べてみたところ、そもそもはバブルの頃に持ち上がった計画で、その時は寸前にバブルが弾けて頓挫《とんざ》したらしい。それが今頃になって再浮上したわけだ。当初は島の北側にゴルフ場とホテルを建設予定だったが、予算の都合で現在の場所に……つまりこのあたりに変更になった」

「予算の都合……か。なら経費を浮かすため、『サンクチュアリ』の施設はそのまま使うかもしれないな」

「ああ。だが『SEA TURTLE《シー タートル》』のあたりは、海を臨《のぞ》むゴルフ場とやらになる」

うーん、と俺はボサボサの頭を掻いた。

「でも、そんな計画、両ホテルが反対するだろ？『SEA TURTLE』はもちろんだし、『サンクチュアリ』にしたって、新婚用の別棟は造りたがってるらしいが、環境への影響が大きいゴルフ場までは……」

野心家の比嘉《ひが》支配人ならばありえるのか？　だが、この島の魅力はなにより豊かで美しい自然だ。大規模な開発は、一時的に観光客を呼び込むだろうが……長い目で見た場合、失ってしまうものがあまりに多すぎる。『サンクチュアリ』を経営する比嘉家は地元の人間なのだから、そのリスクは理解しているはずだ。

「……なあ、七五三野。俺を拉致ったのって、誰だと思う？」

「兵頭」

「いや、今は冗談はいいから」

「そうか？　せっかくサービスしたのに。……まあ、まずディベロッパーの息のかかった連中だろうな。ふたつのホテルの権利問題に絡んできた、おまえが邪魔だったんだろう。脅《おど》して、さっさと東京に帰そうとしたんじゃないのか？」

だよな。兵頭もそんなふうに言っていた。

でもさ、なんか変だよなあ。だって、俺はついこのあいだまで、そのディベロッパーの存在なんか知らなかったんだ。俺が美帆と平良《たいら》さんに依頼されたのは『SEA TURTLE』と『サンクチュアリ』の和解交渉だ。簡単に言えば仲直りさせることだ。

それって、ディベロッパーの買収計画と関係ないよな？

ふたつのホテルがケンカしてようと、仲がよかろうと、関係ない……。

「いや……あるのか……？」

「章？」

「両ホテルが争っているほうが都合がいいとか……？」

俺を排除すべき理由として最も妥当なのは『両ホテルを和解させたくない』という思惑だ。つまり、ディベロッパー側は、両ホテルが仲違《なかたが》いしていたほうが動きやすいわけか。

もっと言えば、いっそのこと、先に『サンクチュアリ』が『SEA TURTLE』を買収していれば、より仕事がやりやすいだろう。だが、仮にそうなったとしても『サンクチュアリ』がディベロッパーの買収に応じなければ意味がないのだが……。

「……七五三野」

「なんだ」

「比嘉翠さんってわかるか？」

わかるぞ、と七五三野は即答する。

「今日この島に着いたばかりなのに、情報通だな」

「さっき、挨拶《あいさつ》に来ていたからな。『サンクチュアリ』のオーナーと一緒に」

「比嘉……明日也《あすや》さんと？」

「ああ。翠さんは奥さんだろう？　気の毒に、顔に大きな痣《あざ》を作っていた。おまえに相談がしたくて呼び出したところ、知らない男に殴られて、怖くなって逃げたそうだ。自分が逃げたせいで、おまえの誘拐を事前に防げなかったと、涙ぐんでいた」

そうか。翠さんは俺と同じ被害者なのか。顔を殴られたなんて、さぞ怖かったことだろう。そういえば、このあいだはプールに落とされていたよな。翠さんも災難続きだ。

……顔に、痣……。

なんだろう。なにかが、点滅している。

俺の脳の中で、チカチカと。その明かりの正体を追って、俺は眉間《みけん》に意識を集中し、自分の両手を見下ろした。

軽く握って、拳《こぶし》を作る。

顔を殴られて……痣を……。

「どっち?」

視線はあげないまま、七五三野に聞く。

「え?」

「翠さんの顔の痣。顔のどっち側にあった?」

七五三野はしばし考え「こっちから見て左だから……右頬だな」と答える。

俺の中の点滅が速くなる。どんどんスピードが増す。いつも怯《おび》えたような翠さん。右頬の痣。俺がプールに落とされた瞬間。あまりに辛《から》い沖縄《おきなわ》そば。ベッドの中のヤモリちゃんたち。

点滅が終わる。

ひとつの、瞬《またた》かない明かりになる。

俺は顔を上げて七五三野に言った。急ぎ、調べてほしいことがあると。

名探偵、皆を集めてさてと言い——なんて川柳があったな。

だが俺は名探偵ではない。探偵でもない。調査員でもなくて、交渉人だ。なのに今回、ほとんど交渉する間もなく、どんどん事件に巻き込まれていったわけだが。

「えーと、ですね」

さて、ではなく、そんなふうに俺は始めた。

「みなさん、夜遅くに集まっていただき恐縮です。自己紹介するまでもないと思いますが、簡単に。東京で芽吹ネゴオフィスという事務所をやってます、芽吹章と申します。仕事は民間交渉人。まあ、話し合いのプロみたいなものです。あっちに座っているのが、事務所のスタッフたち。そしてこちらは弁護士で友人の七五三野です」

夜十一時の『くわっちー』である。

今日の営業はすでに終わっており、店内には俺たちしかいない。俺が立っている位置を真ん中にして、正面奥にはさゆりさん、キヨ、智紀《とものり》、アヤカがひとつのテーブルにつき、すぐ横に七五三野が立っている。

「で、こっち側にいらっしゃるのが『SEA TURTLE』のみなさん」

俺は右手を軽く上げて言った。平良さん、そのお母さん、おばあ、そして美帆がいる。

「こちらはご足労いただいた『サンクチュアリ』のみなさん」

左側には比嘉オーナー、その妻の翠さん、メガネカイマン……じゃなくて比嘉支配人がさっそく「まったく、ご足労だよ」と嫌みを飛ばしてきた。さっきから美帆をチラチラ見ては、目が合う直前に視線をそらしている。

「芽吹さん。こんなところに僕たちを集めて、なにをしようっていうんです？　前にも説明したが、ウチが『SEA TURTLE』を買収する話はもう……」

「その話ではありません」

俺は愛想良く、だがぴしゃりと比嘉支配人の言葉を止めた。

「かつて起きた、ふたつのホテルのちょっとした諍《いさか》い……その程度ならよかったんですけどね。でも、もう違う。だから今夜、俺はみなさんにお集まりいただきました」

「あの……芽吹さん……いったい……」

顔に湿布を貼った翠さんが、不安げに聞く。

「そろそろ、事態を収拾しなければなりません」

一同を見回して告げた。

「本来、島の人間でもない俺が口を出すべきじゃない話かもしれない。でも、どういうわけだか、ここまで関わってしまった以上、説明にしばらくおつきあいください」

「章、いったいなにを説明するっていうの？」

美帆が戸惑い気味に聞く。隣に座っているのは平良さんで、視線がきょろきょろと落ち着かない様子だ。

「順を追って話すよ。まずは事件の整理……というか、種明かしからかな。今になって思えば、小さな違和感はあちこちにあったんです。でも、最近の俺はよくも悪くも大きな事件に慣れすぎてて、小さなものを見過ごしていた」

プールに突き落とされたり、マリンブーツにガラスのかけらが入っていたり……そんなのは、銃口を向けられるのに比べたらインパクトが小さい。ちょっとばかり悪質なイタズラだ。

けれど、そんなイタズラにも理由がある。

イタズラをしなければならなかった理由が。

「誰かが、俺を邪魔に思っていたわけです。ただし、やりすぎる必要はない。あくまでイタズラ程度に抑え、脅迫までする気はない」

「だがきみは、最終的には拉致されたじゃないか。あれはもう犯罪の域だ。とてもイタズラとは言えない」

威張るように喋《しゃべ》る比嘉支配人に、俺は「そのとおり」と同意した。

「小さなイタズラが続いて油断していた俺は、まんまと連中に拉致されました。今度はいささか乱暴な手段だった。殺すつもりはないにしろ、無人島に置き去りにされたら、たいていの人は恐怖を覚えますからね。ただし、俺の知人に言わせるとザツな仕事だそうですが」

「知人？　恋人だろー」

智紀が茶々を入れたが、俺は軽やかに無視して続けた。

「俺の身にふりかかった、イタズラと拉致誘拐。このふたつをごっちゃに考えていたから、混乱してしまった。一貫性がなくて、腑《ふ》に落ちなかった。ですが、結論から言うと、このふたつの犯人は別なんです」

「えっ……。別、なの？　両方、未来男《みきお》さんが……関係してるんじゃないの……？」

美帆の言葉に、比嘉支配人がひどく情けない顔で「なんで僕が！」と声を上げた。

「美帆さん、それはひどい！　そりゃあ、僕は……あなたとのことで平良さんに恨みはあるが、かといって芽吹さんを誘拐したりはしない！　そんな真似をしたところで、僕になんの得があるというんだ！」

「それはそうだけど……じゃ、章のマリンブーツにガラスくらいは入れた……？」

「入れない！　なんの話だ！」

俺は美帆を見て「比嘉支配人は関与していないよ」と告げる。美帆はますます混乱した顔つきになった。

「ヤモリ事件、めちゃくちゃ辛《から》い沖縄そば、マリンブーツのガラス……これらはみんな『SEA TURTLE』内、あるいは近隣で起きている。いちいち比嘉支配人が忍び込んで、そんなイタズラをするとは考えられない。……ちなみに比嘉支配人、例のバーベキュー事件があった日の昼間、あなた『SEA TURTLE』近くの浜に来てましたね？　あれはなぜです？」

「あの日は、ウミガメの来る浜を見たいという客がいて……だから、案内した。それだけだ」

「支配人自ら、観光案内？」

「人手がたまたま足りなかったんだよ」

俺の目を見ないで比嘉は言い訳をした。耳が少し赤くなっている。

「ホテルのスタッフに聞きましたが、あの浜に行く場合に限り、あなたは案内役をかって出ることがあるそうで。ちなみに美帆は、あの浜でマリンガイドをすることが多い」

「…………」

「つまり、美帆の姿が見たかったんでしょう？　たったひと目であっても」

耳の赤みが、顔全体にまで広がる。あまりにわかりやすいメガネカイマンは真っ赤になって

「わ、悪いかっ」と開き直った。

「み、見るくらいいいだろうが。それとも、ストーカーだとでも言うのか！」

俺は「いやいや」と笑って返す。

「言いませんよ。ただね、あの時俺は、じとーっとした目のあなたを見かけてしまったもんだから、なにか悪巧みでもしてるのかと誤解しかけましてね。……ただの恋する男だったのに」

うるさい、と比嘉支配人は下を向く。すでに首まで真っ赤だ。やっぱり、この男は嘘つきになれないよなあ。なんでも顔に出るタイプである。

「さて、話を戻します。ヤモリ、沖縄そば、マリンブーツのガラス……。これらのイタズラは、普通に考えたら、『SEA TURTLE』で働いている者じゃないと無理なんです」

『SEA TURTLE』は家族経営のホテルだ。バイトとパートを何人か使っているが、日中しかいないので、ヤモリをベッドに仕込むのは難しい。

「私《わぁ》もおばあも、そんな悪いことはしてないよー？」

お母さんが眉を悲しそうに寄せて言い、おばあもウンウンと頷く。

俺は平良さんを見た。平良さんも俺を見て、一瞬なにか言いかけ、だが口を噤《つぐ》む。やがて頬を歪めて俯《うつむ》いてしまった。そんな恋人を見て、美帆が「平良さん……？」とか細い声を出す。

どうやら、自ら告白するのは荷が重いようだ。

「……平良オーナーなら、可能です」

「章？　なに言い出すの？」

俺の言葉に、最初に反応したのは美帆だ。

「そんなはずないでしょう？　いろんないやがらせに困ってたのが平良さんで……」

「ゴミを撒《ま》かれる。ネットで誹謗中傷《ひぼうちゅうしょう》される。……それらは平良さんの自作自演だと思う」

「ありえない！　自分のホテルなのに、評判を落とすようなことするはずないわよ！」

「美帆」

俺は静かに美帆を見て、視線で訴えかける。考えるんだ、美帆。冷静に、理性的に。たぶん、以前のおまえならば――もっと早く気がついていたはずだ。もちろん、責める気なんかない……わかってる。恋すると、人の目はどうしても……曇る。

「……落とし……たかった……？」

呆然と、美帆が呟く。

「『SEA TURTLE』の評判を落としたかった……？　なんのために？」

「ホテルを手放しやすくするためだろうね」

「手放すって……」

「おそらく、言い出しにくい事情があったんだ。……そうでしょう、平良さん」

ここから先は自分で説明したほうがいいはずだ。

俺はそう思ったのだが、平良さんは深く俯いたまま動かない。美帆が呼びかけても同じだった。反論もしなければ、かといってその場を去ろうともしない。

ならば――俺が任された、ということなのだろう。

「……平良さんに別れた奥さんと子供がいるのは周知のことですが……平良さんは、今でもふたりと連絡を取り合っているはずです」

「嘘よ！」

美帆が鋭く返す。

「とっくに別れた奥さんよ？　もう一切連絡は取っていないって、言ってたわ！」

「残念だけど、嘘をついているのは平良さんのほうだ。もし違うなら、携帯電話の履歴を見せていただけますか、平良さん。あなたが電話をしていない証拠を」

平良は無言のまま顔を上げた。苦しげに俺を見てゆっくりと首を横に振ったあと、美帆を見て弱々しく「ごめん」とだけ言った。

「……う、そ……」

美帆がガタンと立ち上がる。

お母さんとおばあが、どうしたらいいのかわからない、という顔でふたりを見ている。俺だって正直、どうしたらいいのかわからない。できれば美帆を傷つけたくなかったけれど……でも、遠からず、わかることだった。騙《だま》され続《つづ》けていればもっと傷は深くなる。

「……もう一度……一緒に暮らしたいんだ……」

平良が声を震わせて言った。

「妻と……息子を……忘れられない。忘れられるはずなんかない……。俺が島に帰ることを決めた時、彼女は一緒に行けないと言った。それはそうだ。わかる。あいつは島で暮らしていけるタイプの女じゃない。だから別れたけど……だけど……」

愛が終わったわけではなかった。

心は残っていた。まして息子への愛情は、離れるほどに大きくなったのだ。

「……俺は以前、平良さんが携帯電話で誰かと話しているのを偶然聞いたことがあります。その時平良さんは『おまえは俺の宝物だ』と言っていました。とても優しい声で。俺は、平良さんが美帆と話しているのかと思った。甘い恋人同士の会話だろうと。……でも、違っていた」

日本人男性の多くはシャイだ。きみは俺の宝物……恋人にそんな台詞《せりふ》を告げられる人は滅多にいないだろう。

「けれど、まだ幼い自分の子供ならば……話は別です。まさしく、息子さんは平良さんにとって宝物にほかならない。この島の美しい自然に匹敵する……いや、それ以上の宝物なんです」

平良さんは帰りたかった。

妻子のもとへ。

「けれど、今はもう美帆という恋人がいる。……平良さんの、美帆への気持ちが嘘だったとは思いません。もしかしたら、美帆とつきあいだした当初は、本当に妻子と連絡をとっていなかったのかもしれない。けれど、少なくとも今は……」

すでに平良さんの気持ちは美帆にはない。

ただ、どうしてもそれを口に出せなかっただけだ。俺が言いたいことが、美帆にもすぐわかったのだろう。ジリッ、と後ずさりして平良から離れた。

「平良さんにとって、このホテルはある意味、枷《かせ》でした。自由の身となるために、このホテルを売ってしまいたかった。『サンクチュアリ』が買ってくれれば万々歳です。ですが、すでに買収の話はなくなっていた。ホテルは彼自身の名義になっているが、土地は違う。いまだにおばあの名義です。おばあは……平良トヨさんは、おじいの忘れ形見である『SEA TURTLE』をこよなく愛している。売りたいと言っても、反対されるに決まっている」

ならば、どうする？

……売らざるを得ない状況に持っていけばいい。じわじわと売上げを落とし、家族の気持ちを萎えさせ、「もう手放してしまおうか……」という方向に持っていけばいい。

「あ！　そのための自作自演か！」

ぱん、と手を打ったのは比嘉支配人だった。奇妙に明るい声だ。美帆にキッと睨まれ、ビクリと肩を竦《すく》めた。

「そうです。平良さんは自らホテルの価値を落とすことにした。けれど、これはなかなかうまくいかない。お母さんもおばあも美帆も、このホテルを愛していて、一生懸命働くから、そうそう評判は落ちない。しかも、美帆は俺という無関係な人間まで呼び寄せた。俺があれこれ探れば、自作自演がばれてしまう。平良さんにとって俺は、邪魔者にほかならなかった」

だから、小さないやがらせをしたのだ。俺自らが、早く帰りたいと思うように。

「芽吹さん、ちょっといいかな」

声をかけたのは比嘉オーナーである。

「状況は概《おおむ》ねわかったが……要するに『SEA TURTLE』さんの身内揉めということだよね？なぜウチまでここに呼ばれたんだろう？」

もっともな疑問に、俺は答える。

「ホテルを売ろうとしていたのは、平良さんだけじゃないんですよ」

「え……まさか……！」

比嘉オーナーは弟を見る。弟は「兄さん！」と眉を吊り上げた。

「まさか僕を疑ってるんですか！」

「いや……その……」

「ウチのホテルは僕が汗水垂らして大きくしたようなもんですよ！　そのホテルを、なんで売らなきゃならないんですっ。そもそも、『SEA TURTLE』にはウチという、売るあてがあった。でも、うちはいったいどこに売ろうと……」

「売る先なら、あります」

俺が言うと、比嘉兄弟がふたりでこっちを見る。

俺は七五三野に目配せして、資料をみんなに配ってもらった。この島を開発しようとしているディベロッパーに関する資料だ。

「まだ表向きにはなっていませんが、その会社が『SEA TURTLE』と『サンクチュアリ』を欲しがっています。とはいえ、この大企業が動くわけではないです。その下請けのさらに下請けの下請けくらいに、非合法なやり方を厭《いと》わない組織がある。今回、俺を無人島に置き去りにしたのは、その連中だと思われます」

「待ってくれ。なんであんたなんだ？　あんたを拉致して脅すのと、ウチが買収されるのとは関係ないだろう」

「やっぱり邪魔だったんですよ、俺が」

俺は両ホテルの関係を改善しようとしていた。

だが、ディベロッパーとしては、両ホテルの関係を険悪なままにさせたかったのだ。そして『SEA TURTLE』の評判が落ちて経営が難しくなるのを待ち、『サンクチュアリ』が安値で買い取ったところで——今度は『サンクチュアリ』を買収する。そういう筋書きを目指していた。

「もちろん、俺みたいな第三者がうろうろすることで、計画そのものが円滑に運ばなくなるのを恐れたのもあるでしょう。どっちにしても、連中は俺を追い払いたかった。いずれ平良さんがした程度のいやがらせではすまない状況になる……そう予測したある人は、俺に警告しました。関わるな、という言葉とともに、プールに突き落として」

「うちのプールに？　そんなことがあったのか？」

「ありました」

「……おい、それじゃ、ウチの内部に、そのディベロッパーの回し者がいるってことか！」

息巻く比嘉支配人から、俺は別の人物に視線を移した。その人は顔色を青くして、細かく震えていた。長い間、かなりのストレスに耐えていたはずだ。やつれた顔がそれを物語っていた。

「俺の予想では、その人は脅されているはずです。なんらかの事情で、弱みを握られたんでしょう。だから、連中のいいなりになるしかなかった。彼女の本意でやったことではないんです」

「彼女？　女なのか！」

比嘉支配人が興奮気味に言う。

自分で言ったくせに、直後ハッと息を呑んで、その人を見た。

「……ええ、そう……そうよ……」

か細い声だった。

「……私よ……」

痛々しい顔の、翠さんが言う。

全員が彼女を見つめる中、よろよろと立ち上がった。

「私が……やつらの回し者……。ねえ、いけないことなの？　私だって少しは……幸せになりたかっただけなのに……私は……私は、どうしたら……」

最初から青ざめた顔が、いっそう蒼白になっていく。これはまずい。異変を察した俺が動くより早く、彼女の身体がゆらりと傾いた。

「翠!?」

比嘉オーナーが差し伸べる腕は届かず、翠さんの身体は床に倒れ込んだのだった。

6

「礼を言うべきなんでしょうね、あなたに」

翌日の昼すぎ、俺は比嘉《ひが》支配人に呼び出された。

『サンクチュアリ』に出向くと、プールサイドに面したバーの一角に席が用意されていた。昼食は、と聞かれて「食べてない」と答えると、マンゴージュースと大きなクロワッサン、カフェオレが出てくる。ずいぶんと好待遇だ。

「いいえ。礼は期待してませんよ。……あなたがた家族にとっては、いやな知らせばかりだったでしょうから」

「それは平良《たいら》さんたちも同じでしょう。……美帆《みほ》さんは、どうしてます？」

やや遠慮がちな質問に「落ち込んでますね」と俺は答えた。

「でも、必ず立ち直ります。彼女は強い人ですから」

「東京に戻るのかな」

「それは俺にもわかりません」

サクサクのクロワッサンは美味しかった。俺がぺろりとたいらげると、比嘉は「うまいでしょう」と、自慢げに眼鏡のテンプルを上げた。

「パン職人も雇ってるんですよ。離島でうまいパンを仕入れるのは難しいから、自分たちで焼いている。海外のゲストにもとても好評です」

「……比嘉さんは、本当にこのホテルが好きなんですね」

「客商売が好きなんですよ。……僕はこのとおり、あんまり人に好かれるタイプじゃないんでね。でもゲストを見送る時は『ありがとう。また来るよ』と言ってもらえる。それが嬉しい」

眼鏡を外し、クロスで拭《ふ》きながらそう言う。目の下にはうっすらとクマがあった。昨晩はほとんど寝ていないのだろう。眼鏡をかけ直すと、太陽が反射するプールを見つめながら「それにしても」と、この人にしては弱々しい声を出す。

「あの義姉《ねえ》さんが……売上金の使い込みをしてたとは……」

ふぅ、と溜息をひとつ挟み、より声を低くして、

「それだけならまだしも、さらには浮気して……妊娠してたとはね……」

あのあと、翠《みどり》さんは救急病院に搬送された。倒れたのは自律神経失調による一時的な不調だったが、同時に妊娠が発覚したのだ。四か月だそうだ。

「さすがに兄に同情しました。看護師さんにおめでとうと言われても……ここ二年、ふたりの寝室は別々なんだから……」

比嘉は昨晩、帳簿を詳しく調べたそうだ。

その結果、使い込みが始まったのは二年前だろうと話す。

「一度に大金を動かすことはなかったんですよ。経理は義姉さんに任せっきりだったのもあって、

僕もまったく気づかなかった。本人が派手になったり、宝石を買ったり、そういうこともありませんでしたし。……金は、男に貢いでたのかもしれないな」

俺も同感だが、黙っていた。比嘉は自分のコーヒーにミルクを入れると、銀のスプーンでクルリと回して「でも、義姉さんばかりを責める気にはなれなくてね」と呟く。

「恥を忍んで言いますが、兄さんもその……浮気はしてたんですよ。那覇《なは》のクラブの女の子で、僕が知ってるだけで三人います。その子たちと会うためのマンションまで那覇に借りている。義姉さんには出張の時に泊まるため、なんて言ってますが……気づいてたと思いますよ。女の勘ってのは怖いんだから」

温厚そうな比嘉オーナーと、内助の功の妻……ふたりの夫婦関係はすでに破綻していたということか。

「……芽吹《めぶき》さん」

「はい」

「義姉《あね》の、浮気相手は誰なんです？」

ストレートに聞かれ、俺は小首を傾《かし》げて「誰なんでしょうね」と返した。

「惚《とぼ》けないでくださいよ。目星はついてるんでしょう？」

「まあ、予想はついてます。でもそれは、俺が言うべきことじゃない。俺は交渉人であって、浮気調査員ではないので」

「なるほど。では、義姉さんが話してくれるのを待つしかないか……」

浮気相手がまだ二十歳《はたち》そこそこの若者だと知ったら、きっとまた驚くのだろう。俺の推測が正しければ、ポーター係をしている青年だ。明るくて、感じのいい笑顔をしている。身長は一七五センチ前後で……左利《ひだりき》き。

プールサイドで俺を羽交い締めした男は、左の耳に『関わるな』と囁《ささや》いた。普通、右利きならば右耳に喋《しゃべ》りかけるほうが楽だ。さらに、翠さんの頬の痣《あざ》……自分も被害者だと偽装するための演出で、わざとつけたもの。つまり、彼女を殴った協力者がいる。正面から右手で殴れば、相手の左頬に当たる。だが翠さんの痣は、右頬にあった。

翠さんは、追い詰められていた。

ディベロッパーに雇われた連中は、翠さんの浮気と、ホテルの金を使い込んでいる事実を握った。それをネタに翠さんを脅《おど》し、『サンクチュアリ』内部の情報を得ていたのだろう。チンピラたちがプールサイドで暴れた時も、翠さんはいわば共犯だった。わざとあの場に出てきて、プールの中に落とされる役割を演じたのだ。思えば一番最初から、彼女は俺に嘘をついていたのだ。比嘉支配人がチンピラたちと会っていたというのも作り話であり、両ホテルを険悪な関係にさせるためだろう。

「……ほっとしたと、言ってましたよ」

病院で、翠さんは憑《つ》き物《もの》が落ちたような顔をしていたと比嘉は語る。

「このままだと、いつか実印を持ち出せと要求されるだろうと、戦々恐々していたようです。兄への愛情はともかく、このホテルへの思いは、義姉さんなりにあったらしい」

「そうですか……」

「子供は産むと言っています。ひとりでも、産むと」

はあ、と再び溜息をついたあとで「ひとりになんか、しませんがね」とつけ足す。メガネカイマン、実はかなり情に厚いのかもしれない……。

「平良さんとこも、今頃すったもんだしてるんでしょうね。孫に裏切られていたなんて、おばあが少し気の毒になりましたよ」

「さすがに元気はなかったですが……家族でよく話し合って、いい解決方法が見つかることを祈ってます」

「そううまくいきますかね。僕が思うに、家族ってのはありがたいものだが……時々ひどく面倒な存在にもなる。捨てるに捨てられないわけですから。芽吹さん、ご家族は？」

いません、と俺は穏やかに答える。

「両親はもう亡くなってますし、兄弟もいない。親戚とは滅多に会いませんし」

「そうですか。それは……さみしいですね」

「ええ」

笑いながら、俺は肯定した。何度も何度も、さみしいと思った。孤独を噛みしめた。けれどそれと同じ数だけ、俺は自分に問いかけている。本当に自分はひとりなのか？　ひとりなのは自分だけか？　自己憐憫《じこれんびん》もたまにはいいけれど、もっとやるべきことがあるんじゃないのか——と。

「……この先、どうなるんだろうか。ディベロッパーはまだ諦《あきら》めていないだろうし」

眉間《みけん》の皺《しわ》を指先でゴシゴシ擦る比嘉に「そう簡単に諦めないでしょうね」と俺も頷く。

「今後も汚い手を使って圧力をかけてくる可能性はあります。ケンカするには厄介な相手ですよ。……どうしますか、比嘉さん」

「え?」

「一番面倒がないのは、金額の折り合いをつけて、すんなりここの権利を渡すという選択です。俺の予想だと、このホテルはなくならない。再利用されると思います。そこに、あなたのポストも用意してくれるかもしれない」

「いやですよ」

ツンと顎《あご》を上げて、メガネカイマンは即答した。

「ここは僕のホテルです。僕が大切にしてきた、子供みたいなものだ。どうして他人に譲れるもんですか。たったひとりになっても、僕は戦いますよ。それに、大規模開発なんかされたら、ウミガメだって来なくなる。今時、自然と共生できないラグジュアリーホテルなんか、世界的に見たら笑いものだ。僕はね、他人に笑われるのは大嫌いなんです」

俺は笑いながら「安心しました」と言った。この男が偏屈な頑固者でよかったと思う。

「ねえ比嘉さん、もう一度美帆にアタックしてみたらどうです?」

「なっ」

ボンッ、と比嘉の顔が赤くなった。マンガ並みにわかりやすい男だ。なんか俺だんだん、この人のこと好きになってきたなあ。

「も、もう、ふられてるんだぞ！」

「アプローチの仕方がよくなかったんですよ。美帆はね、プレゼントや特別待遇につられる女じゃないんです」

「じゃあ……いったいどうしたら……」

やや俯《うつむ》き、人差し指でテーブルをカリカリしながら比嘉が聞く。想像以上に乙女度の高い人なのかもしれない。

「そこは自分で考えてくださいよ」

「そんな。あなたモトカレでしょう。ヒントだけでも」

「そう言われても……俺も女心ってやつばかりは……」

美帆はかつて俺とつきあっていたわけだが、俺のどこがよかったのかなんて、聞いたこともないし。……顔？　性格？　価値観とか？　うーん、どれもピンとこないんだよなあ。いずれにしても、比嘉の恋愛なんだから、比嘉が必死に頑張るしかないのだ。

プールから、キャハハハと歓声が聞こえてきた。若い女の子が三人ではしゃいでいる。うちひとりは外国人かな？　おお……あれは近頃流行らしいモノキニじゃないか？　ビキニじゃなくて、モノキニ。どんな水着なのかはググってみるとわかります。これまた、なんという眼福……。

「……いいなァ……」

口を半開きにして呟いた俺に、比嘉が「なにがです？」と真顔で聞いた。そりゃもうあのモノキニが、と言えるはずもなく、俺は業務用の爽やか笑顔をササッと作る。

「いや、俺はもう明日東京に帰るので……休みの続いてる人はいいなあ、と」

「ああ、明日の飛行機でしたか」

「名残惜《なごりお》しいです。もっとのんびりする予定だったんだけどなあ……」

ぼやく俺をしばし見て、比嘉は「ちょっと失礼」と立ち上がった。

すぐに戻ると言って、一度席を離れ、五分もしないで戻ってくる。その手にはウミガメのキーホルダーのついた鍵が握られていた。あれ、でも、このホテルの部屋ってカードキーだったように思うんだけど……。

「今年の夏に、ヴィラをオープンしたんです」

比嘉は立ったままでそう言った。

「ヴィラ?」

「ホテル棟とは別に、戸建てを六棟。プライベート重視の顧客向けで、他のゲストと顔を合わせず過ごすことも可能です。それぞれに専用プールがあって、専任のバトラーがつきます」

「そりゃあ豪華ですね。芸能人がお忍びで来たりしそうだ」

「来てますよ。名前は言えませんが」

わっ、ホントに来てるのか。すごいな。さぞゴージャスなヴィラなんだろう。まあ、俺には縁のない世界だが。

「そこに、ご招待したい」

「はあ。誰をです?」

尋ねると、比嘉は呆れ気味に眉を寄せて「だから、芽吹さんをですよ」と答えた。

……えっ？　俺？

「招待ってことは、タダ？」

「金を取ったら招待にならないでしょ」

「ちなみに……通常、一泊いくらなんです？」

「今の時期だと、二十五万くらいかな」

「ひぃ！」

思わず叫んでしまった俺である。

二十五万って……それ、ほとんどウチの事務所の家賃だよ!?　それをたった一日で……？

「なに青ざめてるんです。招待だって言ってるのに。と言っても、ひとりで宿泊するような場所じゃありませんから……ちゃんと呼んでおきますよ」

「え、俺だけじゃなくて？」

「もちろん」

よかった。チーム芽吹のみんなも一緒に泊めてくれるのか！

メガネカイマン、やせてるのに太っ腹だなあ。五人もいるけど大丈夫かな……あ、でもヴィラだもんな。きっと広くて、寝室もふたつくらいあるんだろう。ベッドが足りなかったら、智紀《とものり》はソファで寝かせりゃいいか。そうすると自動的にキヨもソファになるだろうけど、あいつら若いんだからどこで雑魚寝《ざこね》させても平気だ。

「スタッフに案内させますから、芽吹さんはこのままヴィラにどうぞ。荷物は『SEA《シー》 TURTLE《タートル》』から運んでもらうように、頼んでおきます」

「えっと、みんなに連絡は……」

「それもこちらですませておきます。ご心配なく」

なんだか至れり尽くせりだ。さすが二十五万。一袋五百円の甘栗が五百袋買える値段だ。そんなに買っても食べられないけど。

そんなわけで、俺は正面玄関に案内された。車寄せには可愛いカートが待機していて、これまた可愛い女性スタッフがニコニコと俺を待っていてくれた。比嘉は彼女に鍵を渡し、「ヴィラにご滞在の、芽吹様です」と告げた。

わ、様だって。なんだかお客さんみたい。あ、客なのか。タダだけど、一応客になるんだよな、俺。堂々としてて、いいんだよな。

俺がカートに乗ると、比嘉は深く頭を下げ、「どうぞ楽しいひとときを」とすっかり支配人の顔で送り出してくれる。俺までつられて、やたらと深く頭を下げてしまった。

「ようこそお越しいただきました、芽吹様」

スタッフの女性も、きちんとした挨拶《あいさつ》をくれる。

「私、専任バトラーの新里《しんざと》と申します。ご滞在中、なにかリクエストがございましたら、どうぞお気軽にお申しつけください」

「あ、いや、そんな。おかまいなく」

恐縮しきりの俺が言うと、新里さんは「芽吹様、おかまいするのが私の仕事です」と明るく笑ってくれた。軽やかに運転席に乗り込み、周囲に注意を配ってカートを発進させる。

「ですが、プライベートにお過ごしになりたい場合はその限りではございません。お伺いする場合は必ず事前にお電話いたしますので、ご安心くださいね」

「あ、はい」

「今日はいいお天気ですから、庭のプールが気持ちいいと思います。プライベートプールですので、いつお入りいただいても大丈夫です。ただし、酩酊状態で入るのは、危険ですのでおやめくださいませ」

「わかりました。……あの、プールってどれくらいの大きさなんですか？」

その質問に新里さんは「さようでございますねえ」と小首を傾げた。

「本気で泳ぐには、もの足りないかと……」

「そうなんだ。でもプライベートプールなんて初めてなので、楽しみですよ」

以前、バリかどこに遊びにいった同僚が言ってたな……プールつきの部屋を楽しみにしてたら、大きくて深い風呂という程度で、ちょっとがっかりしたって。それでもまあ、雰囲気はよかったよと苦笑していた。きっと、小型犬《トモノリ》が喜んで水浴びするだろう。

カートなので、さほどスピードは出ない。

南国の植樹で飾られた小道をのんびりと、五分程度走っただろうか。白い壁が見えてきて、その向こうに新しい色味の漆喰《しっくい》瓦屋根《かわらやね》が見えてくる。ちょこん、と小さなシーサーも乗っていた。

「こちらになります」

カートが停《と》まる。

アーチ状のゲートがあって、そこの向こうがヴィラになるようだ。アーチにも愛嬌《あいきょう》のあるシーサーがいた。シーサーは家の守り神なんだよな。

アーチをくぐる。手入れの行き届いた前庭があって、その奥が建物。……でかい。

「こちらが今回ご宿泊いただく『パイカジ』です。南風、という意味なんですよ」

ほんとにでかい。

堂々たる一戸建てだぞ、これ。なんか俺の想像の三倍くらいあるんだけど……。

「さあ、中へどうぞ。沖縄《おきなわ》の民家をイメージしたヴィラなので、玄関はないんです。縁側から上がっていただきます」

そこからはもう、驚きの連続だった。

縁側から続くのは和洋折衷《わようせっちゅう》のリビングルーム。縁側よりには沖縄畳が敷いてあり、あとはフローリングだ。ここだけで、うちの事務所くらいの広さがある。その奥はウォークインクローゼット。こっちが俺の私室くらいの広さかな……。さらに寝室がふた部屋。片方がダブルベッド……いや、クイーン？　キング？　とにかくでかいベッドで、メインの寝室らしい。もう片方はツインベッド。ツインの部屋にはシャワーブースがついていた。なぜメインの寝室にないのかといえば、もっと広い浴室とコネクトしているからで、その浴室には半露天のジャグジーバスがついていて、そこから庭に出られる。

庭には、ええと、なんだっけ、こう……屋外でのんびりできるデイベッドつきのお洒落《しゃれ》な東屋《あずまや》みたいな……。

「クーラーボックスを用意しておりますので、ガゼボにお飲み物をお持ちになる時など、ご利用くださいませ」

それだ。ガゼボ。外国のリゾートみたいだ。

目を瞠《みは》ったのがプールである。

「……新里さん」

「はい」

「プール小さいって言ってませんでした……？」

呆然として聞く俺に、新里さんがにっこり笑って「私、元水泳部でして」と言う。

「プールはやはり25メートルないと物足りないですよね。こちらは10メートル×4メートルですので、泳ぐにはいささか小さいかと」

「ち、小さくありません……うっわ、なんだこれ……いますぐ飛び込みたい……」

南国の陽光に、きらきら輝く美しいプールを前に、俺は立《た》ち竦《すく》む。

「その前に、プールサイドでシャンパンなどいかがですか？」

「シャンパン……いや、でも……」

高いでしょう、それ。と戸惑った俺に、新里さんはまたニコリ。

「このヴィラではご飲食はすべてインクルーシブでございます」

インクルーシブ。日本語でいうと『含まれる』。要するに部屋の料金に入っています、ほかに一切お金はいただきません、と。つまり俺の場合はこれまた……タダ。ああ、神様仏様メガネカイマン様。

「い、いただいちゃおうかな、シャンパン……」

「すぐにご用意いたします」

俺がさらにヴィラのあちこちを見回り「うひゃあ」とか「ひょえー」とか言っているあいだに、シャンパンの用意ができていた。一緒にイチゴが添えてある。こういうの、映画で観たことあるなあ。映画では美女もいたけど、俺はシャンパンとイチゴだけで大満足だ。

「かんぱーい！」

裸足《はだし》になり、プールの縁《ふち》に立って、俺はフルートグラスを掲げた。

ああ、いい気分だ。ちなみに新里さんは、俺の荷物を受け取るためにヴィラを出ている。おかげで思い切りにやけた阿呆面《あほづら》ができた。

くーっと、グラスのシャンパンを一気に飲んだ。

たまらん……これだよ。これぞ休暇だよ。みんなもびっくりするだろうな。アヤカなんかキャーキャー叫ぶに決まってる。さゆりさんはジャグジーが好きだから、きっと喜ぶぞ。

「どうぞ、こちらになります。芽吹様はプールサイドにいらっしゃるはずです。それでは、私は荷物の引き取りをしてきますので」

あ、新里さんの声だ。

荷物を取りにいった途中で、みんなと会ったんだろう。先に案内してきてくれたようだ。うっそー、すっごーい、マジ豪華じゃん、これはたいしたもんだねえ……などという歓声を期待して振り返った俺は、

「へえ」

と低く言ったそいつを見て、口をあんぐり開けてしまった。

「こりゃ豪勢だ」

「ひょ……」

兵頭《ひょうどう》、と言いかけ、身体の向きを変えようとした時だ。プールサイドの濡れたタイルで、足の裏がつるりと滑り……、
ザッパァァァン。

背中を水面に打ちつけ、ぶくぶく沈みながら心の中で『またか』と思う。いったい俺は、この夏何度プールに落ちればいいんだ。なんだかもう慌てる気力もなく、一度沈んだあと、ゆっくり仰向けに浮かび上がる。ああ、空が綺麗。

兵頭はプールぎりぎりまで歩み寄って俺を覗き込み、

「学習しねえな」

と憎らしいことを言った。

いったい誰に聞いたやら——比嘉支配人は俺と兵頭の関係を掌握《しょうあく》していたらしい。

つまり最初から、俺と兵頭をヴィラに招待してくれたのだ。俺が勝手に、事務所のみんなが来ると思いこんでいただけなのである。たしかに、グループでキャイキャイ騒ぐようなとこじゃないもんな……他のヴィラに滞在しているのも、ほとんどカップルみたいだし。両隣のヴィラは見えないように設計されているのだが、庭に出ていると、時々話し声が聞こえるんだ。

だが……。

「俺はあっちで寝るから」

「ああ、そうですか。じゃあ俺は向こうで」

お互いにツンと顔を背け、俺たちは荷物を別々の寝室に移した。

無人島でのケンカは続行中なのである。兵頭が七五三野《しめの》を悪く言うのも許せないし、あのとき携帯電話を持っていたのを黙ってたのも腹が立つ。……ったく、人のことバカにしやがって。

俺はメインの寝室を陣取り、兵頭はもう一室へと消えた。

しばらくすると新里さんから連絡があり、夕食はどうするかと聞かれる。ルームサービスもできると聞き、それをお願いすることにした。ひとりでレストランは格好がつかない。かといって、兵頭といくはずもない。

小一時間が過ぎても、兵頭は寝室から出てこなかった。

かすかにパソコンのキーボードを叩く音が聞こえてきたので、仕事をしてるのだろう。なんなんだよ。そこで仕事してるだけなら、こんなとこ来なきゃいいじゃないか。比嘉に招待されても、断ればいいじゃないか。ケンカしてんだから、俺たち。

これまたゴージャスな料理とワインが届いても、まだ兵頭は籠城《ろうじょう》していた。俺も誘うことなく、ひとりでガツガツ食ってやった。でっかい海老《えび》だの、分厚い肉だの……きっといい食材なんだろうけれど、ひとりで食っても味気なかった。

日が暮れる。

プールがライトアップされる。

俺は庭に出てみる。綺麗だけれど、心は弾まない。最初はあんなにはしゃいでたのに……今はすっかりダウナー入ってる。兵頭の閉じ籠《とこ》もった寝室ばかりが気になっている。

――じゃあ、謝ればいいじゃない。

アヤカの声が聞こえる。

――頑固な所長さんだこと。

さゆりさんの溜息顔が浮かぶ。

――オッサン同士でなに意地張り合ってんだよ、うぜー。

――…………。

智紀が笑い、キヨは困ったように首を傾げるはずだ。

わかってる。わかってるさ。

俺が折れればすむ話で、兵頭はたぶんそれを待ってるんだろう。けど、俺悪いことはしてないんだよ。自分が悪い時は謝るよ？　それは当然のことだ。でも今回、俺が悪いか？　友達のこと貶《けな》されたら、怒るのが当然だろ？　前回プールに落ちたあとの言い争いは、水に流してやった。一度は譲歩したんだ。なら、今度は兵頭が折れるべきじゃないか。俺はそれを、我慢強く待ってる。褒《ほ》めてほしいくらいだよ。なのに、あの頑固スケベヤクザときたら、人の尻馬に乗っかってこんな豪勢なヴィラに来られたくせに、閉じ籠もりやがって……。

早くしろよ。

早く謝りにこいよ。

べつに土下座しろなんて言わない。『悪かった』の一言で……『すまん』でもいい。どうだ、たった三文字だぞ。それだけで俺は、『おぅ』とか返して、水に流してやる。かっこいいじゃないか。男らしいなあ、俺。

……などとシミュレートしつつ、しばらく兵頭の寝室の前をうろうろしていた俺だが、そのうちアホらしくなってきてやめた。ひとりで夜のプールで遊ぶ気にもなれず、テレビでも見るかとリビングのソファに座って、リモコンを手にしたのだが、

「……ん？」

小さな叫び声が聞こえた気がして、顔を上げる。

うぎゃッ、みたいな。いや、うぎょッ、のほうが近かったかな？

なんだったんだろうと俺がソファを立つより早く、すごい勢いで兵頭が寝室から出てくる。ドアをバタンッと乱暴に閉め、いつになく切羽詰まった顔で俺を見て「部屋を替えてください」と早口に言った。

「は？」

「寝室を交換してください。俺はあっちは無理です」

珍しく兵頭が焦っていた。俺が「なんで」と聞いても理由は言わず「無理だから無理なんです」と繰り返す。心なしか、頬が引《ひ》き攣《つ》っている。

「なんだっていうんだ。部屋になにか出たのかよ」

幽霊か？　カマドウマか？　……Gだったら俺もやだなあ。そう思いながら、俺は兵頭の部屋をチェックしに行く。兵頭はリビングから動こうとしない。寝室に入り、ぐるりと見回したが、なにがいるわけでもなさそうだ。兵頭がパソコンを打っていた、小さなライティングデスク周りも異変はない。

戻ろうと思った時……それが窓をちょろちょろっと走っていった。

「あ」

ヤールー。小さなヤモリである。

このサイズだと、まだ子供じゃないかな。俺は窓をそっと開けて、子ヤモリを逃がしてやった。ほんとに小さな隙間から、こいつらは入ってきちゃうんだよ。マンションの高層階なら別だろうが、この島にはそんなマンションないし。

「なんだよ。ヤモリしかいなかったぞ?」

リビングに戻って俺が言うと、兵頭は硬い表情で黙りこくったまま、乱れた前髪を直し、俺から視線を外す。……あれ? もしかして、ひょっとして……おまえ?

「怖いのか?」

「……………」

兵頭は返事をせず、忌々しげに眉を寄せる。

「ヤモリ、怖いの?」

「……………」

なおも黙って、舌打ちひとつ。

「あんなちっちゃいヤモリが? 子供のヤモリが? たった一匹のヤモリが?」

つい楽しげな声になってしまった俺を睨《にら》み、兵頭は「ヤモヤモうるせえな」と怒ったような声を出した。ヤモヤモ?

「誰にだって苦手はあるでしょうが」

「悲鳴上げてたよなあ」

「悪いか。あんたヤモリ好きなのかよ」

「いや、好きじゃないけど。ベッドの中に三十匹くらい入れられた時は、俺も叫んだけど」

ついこのあいだの出来事を話すと、兵頭はサーッと顔を青くして「なんだと……? 俺だったら犯人をぶっ殺す」などと物騒なことを言う。

「それで、あんたどうしたんです」

「どうって。ヤモリはみんな逃げてったから、しょーがないなあって、寝たよ」

「……そのまんまで？」

「うん」

「シーツ替えないで？」

「べつに汚れてなかった」

「うっわ、信じられねえ。こっちくんな」

兵頭が大袈裟《おおげさ》に言い、数歩後退した。俺は「なんだと」と言いつつ、あいだを詰める。兵頭がまた退《ひ》いて、俺が進む。兵頭が本気で怖がってるような素振りを見せるので、なんだか面白くなってきた。

「逃げるなよ臆病者！」

「来るんじゃねえヤモリ男！」

俺はしつこく追い回し、次第にふたりともスピードが上がってくる。ドタバタドタバタと、大の男ふたりが部屋を駆けずり回る。まるで小学生のガキみたいだ。

バカだ。本当にバカだ。でも俺は楽しかった。

兵頭が部屋に籠城してるよりずっとずっと楽しかった。自分がさっきまで怒っていたことも忘れるほどに楽しかった。

「おわっ！」

ソファを避けようとした時、足が引っかかって転びそうになる。

顔を床にぶつける寸前、俺を支えたのは兵頭の腕だった。走り回ったせいで、ふたりとも息が弾んでいる。室内はクーラーで涼しいのに、身体は汗ばんでいた。そのままその場に座り込み、並んでごろんと寝転がった。

自分たちがあまりに滑稽《こっけい》で、笑いがこみ上げてくる。

俺が我慢できずに笑いだすと、兵頭も「なにしてんだか」と声を柔らげた。

「……先輩」

俺の笑いが収まった頃、兵頭が言う。

「あ?」

「まだ怒ってんですか?」

平坦な声を装っていたが、いつもより少し遠慮がちなのがわかった。

「おまえが謝ればもう怒らない」

「心ン中では詫《わ》びてます」

「言葉に出さなきゃ伝わらないだろ」

「俺は嫉妬深いんです。前にも言いましたが」

ふたりとも、天井を見たまま喋っているので、互いの顔は見えない。シーリングファンがゆっくりと回っている。

「七五三野にまで嫉妬されてもなあ……あいつは友人だぞ」

「知ってますよ。親友だ。特別な存在だ。……たとえば俺とあんたが……いつか終わったとしても、やつは先輩のそばにいる」

……おまえ、そんなこと考えてたのか？

いつか、俺とおまえが終わるとか……想像したりするのか。

「あいつはずっと先輩のそばにいられる。おまけに……」

ふいに言葉が止まる。

俺はよいしょ、と上半身を起こし、まだ寝転んだままの兵頭を見下ろして、「おまけに？」と続きを促した。兵頭はまだこっちを見ない。これはかなり拗《す》ねてるね……。

「おまけに、あんたは死んだあとのことまで、あいつに頼んでる」

「え？」

「……ほんとに腹が立ちますよ。あの野郎、俺に言いやがった。『僕は章に遺言の管理を頼まれてるんだからな』って、自慢げに」

「あー……。七五三野、そんなこと言ってたのか……」

嘘ではない。俺は、自分の死後について七五三野に頼んでいる。

「いや、それはさあ……。ほら、俺は両親も死んだし、子供も兄弟もいないだろ？　つまり、俺に万一のことがあった場合、法定相続人はいないんだよ。ってことは、俺の遺産……まあ、雀の涙だけど、それすら国庫に入っちまう。だったら、さゆりさんやキヨに退職金として渡したいと思って……遺言にまとめて七五三野に託してるんだ。あいつ弁護士だし」

つまり、七五三野は俺の遺言執行者なのだ。

「あのなあ……あんた、さゆりさんより早く死ぬ気でいるのかよ?」

兵頭がやっと俺を見て、というより睨んで、呆れ声を出す。

「まだ三十四だろうが。遺言なんか書いてるんじゃねえよ! ……ったく、なに早死にする気まんまんでいやがるんだ! そこが一番腹立つ!」

「あはははは。ごめん」

「笑ってんじゃねえ!」

兵頭が怒鳴るので、俺はもう一度「ごめん」と今度は笑いを噛み殺して言った。

どうやら、最近兵頭がやたらと七五三野につっかかるのはこれが原因だったようだ。まあたしかに、遺言を用意するには早い気もするが……人生には突然のアクシデントがつきものだからな。

ちなみに、遺言には兵頭の名前も出てくる。

ただし、こいつに金を残す気はない。残したって喜ばないだろう。むしろ怒るに決まってる。

俺が兵頭に渡したいと思っているのは、いくつかのプライベートな品物だ。

処分されてしまうのが、ちょっと悲しい気がするアイテム。何枚かの写真。気に入って長いこと使ってる万年筆。英単語がひとつ書いてあるビー玉。……そんな、他人からしたらゴミみたいなものを、兵頭に遺贈したいと書いてある。

もちろん、兵頭には言ってない。

これからも言わないし、そんなものを兵頭が見ないですむのが一番いい。

「安心しろよ。そう簡単には死なない」

そういや、こいつあの無人島でへんなこと言ってたな。俺が殺してやりましょうか、みたいな。

あの時は……うまく返事ができなかった。でも今は大丈夫だ。ちゃんと言える。

「死なないよ」

繰り返して言った。

兵頭は不機嫌きわまりない顔のまま、ただ俺を見つめる。

「なんでそう言い切れるのか、俺にも説明できないけどな」

正直、死のうと思ったことは何度かある。

もしかしたら、ちょっとしたタイミングの違いで、俺はとうに死んでいたかもしれない。でも現実には死んでない。こうして、生きている。

今俺にはおまえがいて、信頼できる家族みたいな仲間もいて、俺を頼ってくれる依頼人がいて……充実してる。今までの人生の中で、一番幸せな時期かもな。

それでも俺は、いまだに……心のどこかで死を待ってる節がある。たぶん、他の人ほど死を嫌っていない。俺の足首を強く握る真っ黒な手を、ただ憎んでいるわけでもない。

俺はいつか死ぬ。

いつか死ねる。人生は永遠ではない。

それがありがたいことなのか、残酷なことなのか、まだわからない。

「最近は……やりきらなきゃいけないって気がしてる。人生ってやつを」

それがどれだけつらい旅でも、ゴールが見えなくても、ゴールなんてないとしても、バカみたいに黙々と歩いて、息を吸って、吐いて、食べて、クソして寝て、それにどんな意味があるのかぜんぜんわからないし、実は意味すらないのかもしれないけど——終わらせてはならないんだ。

終わるまで、終わらせてはならない。

立ち止まるのはいい。座り込んでもいい。

でも終わらせてはならない。自分から、すべてを諦めるのはなしだ。

兵頭は「へぇ」と言っただけだった。その目に少し安堵の色が浮かんで見えたけど、俺の希望的観測ってやつかもな。

「……そういや、おまえさ」

「はい」

「なんであのとき、携帯持ってるって言わなかったんだよ」

いまさらながら思い出し、詰問する。兵頭はシャツのポケットから煙草《たばこ》を出して咥《くわ》え、火をつけないまま、ただフィルターを噛んで「無人島気分の邪魔になると思ったんで」などと吐《ぬ》かした。

「ふざけんな」

「いて。蹴らないでくださいよ。……俺も連中に取られましたよ、いつも使ってるほうは。もう一台、隠してたってだけのことです」

用心深いヤクザの若頭は、日本の高度な技術によって製作された、現在世界最小サイズの携帯を隠し持っていた。

そのサイズはフリスク……ほら、あのスースーする小粒のキャンディね。あれのケースとほぼ同じだという。

「伯田《はくた》さんと別行動の時は、そうするようにしてんです。ほら、これ」

「わっ、ホントにちっちゃいな……。こんな便利なもん持ってたなら言えよ……ちぇっ、俺が無人島でビクつくのを見て楽しんでたのかよ」

なおも責めると「まあ、それもちょっとはありましたが」と平気な顔で言い、

「それより先輩に学んでほしかったんですよ」

と、今度はやや真剣な顔で続ける。

「なにを？　火の熾《おこ》しかた？」

「最近言い飽きてきましたが、あんたバカですか？　そうじゃなくて、迂闊《うかつ》にひとりで行動すると、危険な事態になるってことをです」

「そ……それは……反省してる……さゆりさんからもばっちりお説教されました……。けどさ、最終的にはこんなゴージャスヴィラに泊まれてるんだからさ。悪いことばかりでもなかったじゃないか、な？」

「羨《うらや》ましいほどお気楽な性格だな……」

「兵頭！　プール入ろうぜ！　せっかくあんなでかいのがあるんだし、もったいないだろ」

都合の悪い話を終わらせようと明るく提案してみると、「あんたはさっき、入っただろうが」と突っ込まれる。

「あれは入ったんじゃなくて、落ちたの。ちゃんと水着で入ろうぜ。……あ、でもおまえ、泳いじゃまずいのかな」

傷を気にして俺が言うと「水遊びくらいなら、平気でしょう」と返してきた。もう傷口は塞がっているのだが、腕をグルグル回したりするのは痛むらしい。かといって動かさないと筋肉が固まるので、適度な運動も必要——これはしばらく前に、伯田さんが教えてくれた。

「そっか。水着持ってるか？」

「ああ」

「ふんどし？」

「なんでだ」

「いや、なんか、おまえに似合いそうかなって」

「ならあんたはノーパンにしろ」

「アホ」

バカなやりとりをしながら、俺たちはやっとそれぞれの荷物をウォークインクローゼットに持ち込み、さらにその中の一部を主寝室に移した。もうサブの寝室が使われることはないだろう。

俺はハイビスカス柄のサーフパンツを穿《は》いて、先にプールに飛び込んだ。

「うひゃ！　昼間より冷たいぞ！」

「そりゃそうだろ」

少し遅れてやってきた兵頭が言う。

うわ……。

水着の上に、前を開けたままのバスローブという姿を見て、俺はつい目をそらしてしまった。

べつに……その……気にする必要はないんだけど……。

「なんです？」

「おまえ……わりとすごい水着なんだな……」

「そうですか？　この程度はよくいるでしょう」

「いや、なかなか勇気のいるローライズだと思うんだけど……ぶくぶくぶく……」

そう言いつつ、鼻まで沈んだのは顔が熱くなってきたからだ。

きわどいスイムウエアは、似合ってなくはない。というか似合ってる。引き締まった身体じゃないと着られない水着だし、兵頭のわざとらしくない綺麗な腹筋がよく映える。ただなんか恥ずかしくて直視できないだけだ……不思議だ……海パンの中身はもうよく知ってるのに、なんで恥ずかしいんだ？

バスローブと眼鏡をガゼボに置いて、兵頭も水に入ってきた。

ザッと水音を立てて潜水し、水底をスーッと進んだと思うと、反対側の端でザブリと顔を出す。髪をかき上げて「気持ちいい」と俺に言う。俺も笑って「うん」と答えた。夜の屋外プールで泳ぐなんて、初めての経験だ。

ぷかりと仰向けに浮いてみる。

途端に飛び込んできた星空に俺は息を呑んだ。

すごい。

まさしく、降るような――星。

夜空のほとんどは晴れていて、うまいぐあいに月の浮かぶあたりだけに雲があるのだ。月光の威力が弱まった分、星々の輝きが美しい。目を閉じれば、きらきらと星の瞬《またた》く音すら聞こえてきそうだ。

「兵頭、空」

俺の近くに泳いできた兵頭に言った。

兵頭はすぐに天空を見上げ、やはりしばらくは声もなく見入っていた。やがて俺と同じように仰向きに浮かぶと「すげえな」とだけ呟く。

ゆらゆら漂いながら、ふたりで星を眺めた。

こんな夜がひと晩あっただけで……人生は捨てたもんじゃないと思える。

「おまえ、星座詳しい？」

「いや」

「夏の大三角ってどれ？」

「さあ」

「じゃ、北斗七星は？」

「あれじゃないすかね」

兵頭が空を指さしたが、なにしろ空は広いのでどこなのかぜんぜんわからない。

俺は「え、こっちか？」と自分も腕を上げて指さそうとして、ぶくぶく沈んでしまった。浮かび続けてるのって、なかなか難しいんだよ。水の上で兵頭の笑う声が聞こえる。

「ぷはっ」

浮かび上がった途端、またしてもザブリ。今度は兵頭が俺を水に引きずりこんだのだ。水中で捕まる。ゆらゆらと、あいつの髪が漂っている。兵頭は俺の後頭部に軽く手を添え、自分のほうへと引き寄せた。ふわりと、俺の身体は容易にあいつのそばへ移動する。

水の中でキスするなんて、初めてだ。

口を開けると水が入ってくるので、触れるだけの口づけだった。浮力に助けられて、抱き合ったり、離れたり……そしてまたキス。俺たちの口や鼻から出た泡が、コポコポと水面へ上っていく。照明が反射して、水面はゆらめき光っている。

身体が軽い。

とても不思議な感じだ。

宇宙空間でキスしても、こんな感じなのかな？　あ、宇宙服着てるからキスは無理か。

水の中で戯れるのは楽しいが、なにぶん息が続かない。俺たちは抱き合ったまま水面に出た。ひとつ大きく深呼吸して、息も整わないうちから、またキスする。今度は最初から深い。兵頭の口の中が温かいのが嬉しくて、俺も積極的に舌を絡める。強く抱きしめられて、俺も抱きかえして——お互いがどれくらい相手を欲しているのか、伝え合った。長いキスの合間に「先輩」と呼ばれると、胸が震える。

裸の胸が合わさって、鼓動が重なる。同じテンポでふたりとも速い。

兵頭が俺の首筋に口づけ、頭が仰《の》け反《ぞ》る。

星が見える。煌《きら》めいている。

どうしようもなく好きな男と抱き合っているのに、胸が絞られるような気持ちになるのは、なぜなんだろう。

強く抱き合ったまま、ふたりで倒れ込む。

水にくるまれて沈んでいく感覚は、気持ちがいい。真っ青なタイルを敷いた、綺麗なプールの底に、このまま横たわってしまいたい。そう思うのに、一定のところまで沈んだあと、身体は浮き上がっていく。

人が完全に沈むのは難しいのだ。

どうしたって、浮いてしまう。ふわふわと、ゆらゆらと、星に呼ばれるように浮き上がり……かといって空を飛べるわけでもない。

俺たちもまた、浮き上がる。

浮いてしまえば、立つしかない。この二本の脚で地を踏みしめるしかないのだ。

水中でいちゃつくというのは滅多にできない体験だが、若くはないふたりなので心肺への負荷が大きい。俺も兵頭もハァハァ言ってて、それがなんだかおかしくて笑ってしまった。兵頭もつられて笑っている。

「先輩」

「うん？」

兵頭の濡れた髪を七三にして遊んでいると、腰をぐりっと押しつけてきて「なんとかしてください」と言われた。そこは完全な成長を遂げて熱くなり、小さな水着からはみださんばかりだ。

「うわ……すごいな」

「先輩のだって……ほら」

「あっ、こら！」

器用な指が俺の水着のウェスト紐《ひも》を解《ほど》き、手を入れてくる。七割成長くらいだった俺のものを直《じか》に握り、指先で棹《さお》をあやすように動かされた。くびれのあたりを擽《くすぐ》られ、ピクンと腰が揺れてしまう。

「……っ……やめろって……。おい……っ」

だめだ、と制する間もなく、兵頭は俺のサーフパンツを引き下ろし、足の指を使って脱がしてしまった。うわ……なんか、すごく心許《こころもと》ない。もともと裸同然だったくせに、丸裸になるとひときわ変な感じだ。ふたりしかいないのはわかっているが……それでも羞恥心《しゅうちしん》がわいてくる。俺は水着を取り返したかったが、すぐに手の届かない場所まで流れていってしまう。

「兵頭、ちょっ……あっ……」

「ん？　先からなにかぬるっとしたもんが……」

「バ、バカ。だからやめろって」

「やめません。プールで脱がせてやらしいことするのは男の夢でしょうが」

その気持ちはわかるけど、俺だって若い頃は想像したけど……想像の中で脱がすほうだった俺は、今脱がされているわけである。

「先輩。俺のも」

ねだられて、俺も兵頭のそこに触れた。水着の上から手のひらで押すようにすると、カチカチになってたそれがいっそう力を漲《みなぎ》らせ、とうとうはみだしてしまった。すごいな……しっかりと圧のかかる生地なのに……。

「おまえの、顔出しちゃったよ……」

「ジャマくせえ。脱がせてください」

うん、と俺は水着のウェストに手をかけた。膝くらいまで下げると、あとは兵頭が足を使って脱ぎ捨て、小さな水着はゆらゆら流れていった。

「……あ」

抱き寄せられ、腰が密着する。

剝き出しの性器の擦れ合う感触がたまらない。なんかもう、悔しいくらいに気持ちよくて、小さく喘《あえ》ぎながら、自らそれを押しつけてしまう。兵頭とこんなふうに触れ合うのは久しぶりなのだからしょうがない。

「……くそ……このままここでやりてえな……」

俺の耳を噛みながら兵頭が囁く。南国の開放的な空気のせいか、俺も一瞬流されかけたが、まだ残っていた理性が「それは……だめだろ」とストップをかけてくれた。

「浮力を利用したら、駅弁ファックできんのに」

「だめだってば。ふ……不衛生、だし……」

「わかってますよ。ま、水ン中だとジェルも使えないし……先輩に痛い思いさせられないから、今回は諦めます」

今回ってなんだ、いつか次回があるのか？　という俺のツッコミはキスで塞がれてしまう。長いキスをしながら、兵頭に導かれてプールの端まで移動した。

「あっちに行きましょう」

ガゼボを見ながら、兵頭が言う。俺も賛成だ。このままプールでいろいろしていたら、疲れ果てて溺れかねない。

水から上がると、いっそう真っ裸な自分が恥ずかしい。

ガゼボは畳二畳くらいの広さで、気持ちのいいマットレスが敷いてある。クッションの模様はアジアンテイストだ。置いてあったタオルで髪を拭《ふ》き、俺は兵頭の脱ぎ捨てたバスローブを羽織ろうとしたが「なに着てんです」と取られてしまう。

「う、わ」

そのままのし掛かられてしまった。

押さえつけられ、兵頭に見下ろされる。ろくに拭《ぬぐ》っていない兵頭の髪から、滴がぽたぽたと落ちてきて、俺の顔を濡らす。

「んっ」

一滴目に入って、少し痛かった。

顔を傾けると、水滴は俺の目から流れ出て、まるで泣いてるみたいだ。

兵頭が肩口に軽く歯を立てる。上目遣いに俺を見る目つきは、完全に獣モードだ。

どうやらここでするつもりらしい。最後まで？　プライベートな空間とはいえ、屋外で？　なけなしの理性は『外だぞ、いいのか!?』と戸惑っていたが、俺の腕ときたらもう逞《たくま》しい背中に腕を回し、すっかり受け入れ体勢だ。

もういいじゃないか。

休暇だし、最後の夜だし、南の島なんだし――俺もこいつを……欲しいんだし。

本音を言えば、こっちだって兵頭を食っちまいたいくらいなんだ。鎖骨に舌を這わせてる兵頭の邪魔をするかのように、思い切りギュッと抱きついてやった。

「先輩……なにして……」

頭を起こし「する」と兵頭に言った。

「は？」

「口で……する。ほら」

そのまま腹筋で上体を起こし、今度は俺が兵頭を押し倒す。素直に倒されながら、兵頭が「フェラしてくれんですか？」と聞いた。

「そうだ」

「なんで？」

「したいから」

「なら俺もしたい」

身体を下げようとした俺の腰を軽く撫でて「こっちに」と言う。向きを変えろということらしい。それって、つまり……お互いに口でするってやつだよな……。そういえばやったことないなあ、と俺がグズグズしていると「ほら」と尻をペチンと叩かれてしまった。

「俺の顔を跨《また》いでください」

「……な、なんか……恥ずかしいんだけど……」

「いいですよ、思い切り恥ずかしがって。俺をもっと喜ばせるだけですから」

そんなことを言われると、恥ずかしがるのが恥ずかしくなるじゃないか。俺は「バカやろ」と呟きながら、自分が上に乗るシックスナインの体勢になる。プールの明かりがガゼボに届いているので、充分に明るい。そそり立つそれに顔を近づけると、血管の隆起まではっきりと見えた。

赤黒い道筋に沿って、舌を這わせてみる。

ビクンと脈打ち、舌から外れて俺の頬にぶつかる。元気がいいなあ、と少し笑ってしまった。

根元から舐《な》め上《あ》げる。兵頭が深い息をして、胸が上がり、腹が凹《へこ》んだ。

先端だけを丁寧に舐めていると、「先輩」とじれったげな声がした。もっと深く咥えろと言いたいのだろう。だが俺はその訴えを無視し、鈴口からじわりと滲《にじ》んできた滴を舌先で掬《すく》った。

「……あ」

思わず声が漏れたのは、自分の先端に熱く柔らかな感触があったからだ。

下側で仰向けになっている兵頭が、俺の尻を抱えるようにして、やや下げさせた。位置が遠くて、舐めにくかったらしい。

「……っ、ん……」

ちろちろと、先端ばかりを責めてくる。鈴口を擽られ、深くは咥えてくれない。その動きに、俺は気がついた。同じ動きをしているのだ。俺が兵頭にしているように、兵頭も俺にしている。きっとそうだ。

試しに、浅く咥えてみる。くびれのところまでだ。

すると兵頭も同じようにする。やつの温かな口中を感じると、もっと深く、とつい思ってしまう。けれど兵頭はそこから先へは進まない。

それなら——。俺はずるずると唇を動かし、兵頭を深く咥えた。直後、同じことをされる。やっぱり、だ。俺が口の中で舌を動かし、屹立《きつりつ》をぬるぬる舐めれば、兵頭もまったく同じように仕返してくる。

また浅くする。浅くされる。

亀頭だけ咥え、くるくると舌を回すようにする。同様の愛撫が返ってくる。

「……ん……ふっ……」

気持ちよくて、鼻から漏れる息が乱れてしまう。

俺が熱心に兵頭のものを可愛がるほど、同じように可愛がられるのだ。深く、浅く、ぬるぬると舐めて、時々扱《しご》くようにして——たまらない。

なんというか……まるで、自分のものを咥えているかのような……ちょっと倒錯的な快楽に襲われ、俺は口淫に溺れていく。

「は、あ……っ、あぁ……」

だが、次第にズレが生じてきた。

兵頭が俺に追いつき、追い越してしまう。気持ちがよすぎて、俺の口の動きは鈍くなっているのに、兵頭のほうはどんどん技巧的になっているのだ。喘《あえ》がされながらのオーラルは、下手をすると相手の性器に歯を立ててしまう恐れもある。俺は兵頭のそれを口の中から出すしかなくなっていた。唇に押し当てたり、頬ずりするようにしながら、もはや一方的な快楽に甘んじる。

「ひょ……ど……それ、や……あっ……」

「それって？」

痛いほどに勃起《ぼっき》した俺のものを握り、会陰《えいん》に舌を這わせながら兵頭が意地悪く聞く。俺はフェラにも弱いけれど、そこを舐められるのにひどく弱い。さらに奥の凹《へこ》んだ部分まで、キュウッと収縮してしまう。

兵頭が再び俺のペニスを咥えた。身体を鍛えているやつというのは、舌の筋肉まで強いのだろうか。俺には真似のできない動きで、追い上げられる。

「あ、あ……」

兵頭の右手が大きく動いたかと思うと、そばにあったバスローブをたぐり寄せ、ポケットを探る。なにかと思えば潤滑剤を取り出して、キャップを開けた。

「……ッ」

濡れた指が、俺の窪《くぼ》みに触れる。

クプリ、と潜り込んでしまう。刹那《せつな》、首から背中にかけて鳥肌が立つ。悪寒ではなく、快楽からくる鳥肌だ。俺の身体は、この先になにが起きるのかもうよく知っている。

「待っ……」

それでも、腰を捩《よじ》って逃げようとした。気持ちいいのはわかってるが、この体勢はあまりに恥ずかしい。動いたので、兵頭の口からペニスがぷるんと抜ける。だが、最奥《さいおう》に潜り込んだ指は抜けなかった。

「先輩、じっとして」

「だ、やめ……う……っ」

指がグッと奥に入り込み、俺は喉を震わせた。

兵頭の指が俺の中にある快楽の道を探して蠢《うごめ》く。くちゅくちゅと濡れた音が聞こえ、羞恥のあまり下を向くしかない。するとそこには隆々と勃起した兵頭のものがあり、俺の体温をいっそう熱くする。

「先輩……三本目、入れていいですか……?」

「……っ、だめって言ったら……やめんのかよ……っ」

「やめないけど、イヤって色っぽく言わせたいんです」

なんだよ、それ。俺は言い損になるだけじゃないか。なら言うもんか。イヤなんて言うもんか。

「い……入れれば、イイだろ……っ」

「そうですか？　じゃ」

ぐぷり、と三本目が入り込み、俺は「ひッ」と短く叫んだ。イヤでもイイでも、結局こうされるんだよな……いつもそうだ。ベッドの上では、やつが王様で、俺はやつのいいなりだ。やつに与えられる快楽に翻弄《ほんろう》され、もみくちゃにされ、感じまくってわけがわからなくなる。

くそう。ちょっと悔しい。

三本の指があられもないところを出入りしながら、俺のそこを解《ほぐ》している。その感覚に耐えながら、俺は大きく舌を出して、兵頭のペニスをべろりと舐めた。兵頭の尻の筋肉に、ギュッと力が入るのがわかる。ペニスは俺の舌に押さえられて、ビクビクと脈打つ。

俺はふと気がついた。

王様だって、実はぎりぎりなんじゃないのか。本当はがっつきたいんじゃないのか。だって俺たち、久しぶりにこうしているんだから。

「……兵頭……」

獰猛《どうもう》なやつの息子に吐息をかけながら呼ぶ。

「なんです」

「それ……もういいから……」

「なんで。悦《よ》くないですか？」

「いいけど……足りない」

「……足りない？」

うん、と俺は掠《かす》れ声《ごえ》を出す。録音されたら憤死するほど甘ったるいこの声は、兵頭だけに聞かせるものだ。

「もの足りない……こっちが、欲しい……」

言いながら、鼻の頭で兵頭のそれをなぞる。

三秒くらいの間があっただろうか。

「くそ……！」

「う、あ！」

ずるりと兵頭の指が抜けたかと思うと、太ももに痛みが生じた。がぶりと嚙みつかれたのだ。甘嚙みの範囲を超えた、結構な力である。

「い、痛……兵頭っ、痛い……！」

「……っ、ちくしょう、ほんとに……食らってやろうか……！」

やっと口を離したかと思うと、少しずらしてまたがぶりだ。

「う、う、あ……痛……」

痛いけれど、その中に潜んだ小さな快楽が俺の神経をピリピリと刺激する。股間のものはちっとも萎える気配がなく……やばい。俺ってやっぱりMっ気あるんだろうか。

兵頭が身体を起こした。

「弄《もてあそ》びやがって」

正常位に俺を押し倒し、睨みつけながらそんなことを言う。

「弄んでなんかないだろ……」

「いいんですよ。どうせ俺はいつも、先輩の手のひらの上だ」

拗《す》ねたような台詞《せりふ》に、俺はつい笑ってしまった。なんだよ、おまえもそんなふうに思ってたのか。もしかしたら俺たち……ちょっと似てきたのかな。一緒にいる時間を重ねていくと、人間って似てくるものなのかな。

「笑ってんじゃねえ」

「……じゃあ、泣かせろよ」

ニヤニヤしたまま、意識的に煽《あお》ってみる。兵頭は眉をヒョイと上げ「言ったな？」と顔を近づけてきた。

「言った」

「後悔してもしらねえぞ」

「人生に後悔はつきものだろ」

「……あんたをやり殺したいと思う時があるよ」

冗談にしては真剣な顔で兵頭が言う。

俺もな、少しだけ思う時があるよ。おまえにならば殺されてもいいかなって。でもそれは言わないし、実際に起きたら困る。

だっておまえ、泣くだろ？　俺を殺しちまったあと、悔やんで泣くだろ、きっと。

俺はおまえを泣かせたくない。悲しませたくない。

人生には悲しみが必ずあって……でも俺が生きていれば、その時そばにいてやれる。死んでたらそれができない。だから生きてないとな。俺たちふたりとも、生きてないと。

口づけを交わす。

互いの手が、互いの身体を辿る。ここにいることを、生きていることを確認してる。心臓の鼓動。身体の熱さ。震える呼吸と上擦る声。

いつかは喪失するであろうこいつが、今はまだ生きている奇跡。

兵頭が俺の中に入ってくる。少しきつくて、身体が無意識に逃げる。兵頭の強い腕がそれを阻み、腰をしっかりと抱えられて動けなくなる。

くぷっ、と先端だけが入る。

「あ」

それだけで、俺の身体はぶるりと震える。

「……っ、先輩……」

ジリジリと腰を進められて、やがてすべて収まった。俺は浅い呼吸を繰り返し、身体が兵頭に馴染《なじ》むのを待つ。額に汗を浮かせた兵頭を見上げていると、黙ったまま優しいキスをくれた。キスされながら、乳首を軽く摘まれて、ピクンと反応してしまう。困ったことに、こいつに触られればどこもかしこも性感帯だ。

「真鈴《まりん》ちゃん、おいでよー。プール入ろうぜー」

ふいに聞こえてきた男の声に、俺はギクリと固まった。

「もう疲れたからいい〜」

「そんなこと言わないで泳ごうって。裸で泳ぐと、きっと気持ちいいよ」

「え〜、社長のエッチ〜」

隣のヴィラに滞在しているカップルらしい。これはまずい……と思った俺の気持ちが顔に出たのだろう。兵頭はニヤリと笑って、腰を軽く揺らした。

「……！」

奥にズクンと響く快楽に、俺は思わず唇を噛んだ。兵頭はそんな俺を見下ろしながら、ゆっくりと腰をグラインドさせる。このやろ……わざと……。

バシャンと水音がした。カップルのどちらかがプールに飛び込んだらしい。

「明日帰るんだから、遊び尽くさないとさあ」

「え〜。じゃあ、水着になるからちょっと待ってよう」

「裸でいいって」

「もー。社長の変態！　あたしはやなの！」

ぐちゅっ、と接合部から濡れた音が響く。俺は兵頭の胸に手を当てて、押しのけるようにした。だがびくともしやがらない。

「……っ、……中に戻っ……」

部屋の中に戻ろうと小声で訴えるも「いやだね」とあっさり却下される。

それどころか、俺に打ちつけるリズムが少しずつ速くなってきた。俺は必死に声を殺す。けれど我慢するほどに快楽は増幅して、身体中すみずみに行き渡っていくのだ。

身悶《みもだ》える俺をしげしげと見つめている兵頭に腹が立ち、やつの髪を摑んで引っ張る。

「痛っ……ぬ、抜けよ……先輩、やめろって」

「やですよ……こんなに気持ちいいのに……痛！」

今度は兵頭の耳をぎゅっと引っ張ってやる。それでも兵頭は俺の上からどかず、嚙みつくようなキスをしてくる。そのままでペニスをぎりぎりまで引き抜くと、奥まで一気に貫いた。

「……っ！」

ズンッと響いた快楽が、まるで背骨を灼《や》くようだ。

俺の唇を塞ぎながら、兵頭は何度も腰を打ちつけてくる。激しくなるにつれて、どうしても唇がずれる。俺の口から喘ぎが漏れる。

「……は……あ、うっ……」

だめだ、声を出しちゃだめだ。

隣のカップルはのほほんとプールで遊んでいる。まさか自分たちのすぐそばで、男同士がこんな行為に及んでいるとは想像もしていないだろう。声を出しちゃいけない。絶対にいけない。こんなに気持ちいいけれど、だからこそ、我慢しないと……きっと蕩《とろ》けたような声だから。

呼吸が苦しくなったのだろう、兵頭がキスを解き、上半身を浮かせる。

ふたりとも息が上がっていた。欲望を隠さない兵頭の目に射貫《いぬ》かれ、俺は弱々しく首を横にふる。これ以上はだめだ、許してくれ……視線でそう懇願したが、聞き入れられることはなかった。

太ももを抱え上げられ、より繋がりが深くなる。

兵頭はローションボトルを取って、接合部と、俺の屹立にたっぷり垂らした。腰は動かさないままで、俺のペニスに指を絡める。

「……っ、あ……」

そこを愛撫されると、どうしても中が蠢《うごめ》き、自分の内壁でいっそう兵頭の熱を感じてしまう。キュウキュウと収縮するそこは、まるでもっと動けとねだっているようで……実際、俺は焦《じ》れていた。いつもならば兵頭を引き寄せて「焦らすなよ、早くしろ」と急かすところなのだが、それができない。これ以上されたら、俺はたぶん声を殺せなくなってしまう。いっそ兵頭を蹴り飛ばして逃げようか……と考えた時だった。

ずる、と兵頭のそれが抜ける。

俺の太ももが解放され、兵頭が離れる。やっと部屋に戻る気になったらしい。安堵と同時に、いささかのもの足りなさを感じたが、とにかく助かった。兵頭が大人の判断をしたのは感心じゃないか……などと思いながら俺は半身を起こす。兵頭のバスローブを着ていくつもりで、それに手を伸ばし、摑もうとして……。

「あ……！」

トンッ、と突き飛ばされた。

俺はバスローブを抱えるようにして、腹這いに倒れる。脚を摑まれたのがわかる。まさかと振り返り、

「兵頭、やめ……」

全部言うより早く、やつが再び押し入ってきた。

「ひ、あッ……！」

その衝撃に、声を殺せない。

隣のプールから「社長、なにか聞こえなかった？」と女の子の声がする。俺はバスローブに縋《すが》るようにし、たまたま目の前にあった紐を噛んだ。

「ん？　気のせいだろー」

「そっかなァ」

兵頭が後ろから激しく俺を突く。

「……っ！　ぐ……！」

前から抱き合うのは互いの顔が見られて好きなのだが……正直、俺がより乱れるのは後背位だ。後ろから抉《えぐ》るように動かれると、頭が真っ白になるほど感じてしまう。言葉にしたことはないが、兵頭はちゃんとそれをわかっている。当然、俺が弱い箇所も、角度も知り尽くしている。

浅く、深く……もっと深く。

乱暴な悦楽が、背骨を鳴らす。脳に響く。

俺を穿《うが》ちながら、大きな手があちこちを這い回る。

乳首を抓り、腹を優しく撫で、屹立の先端を弄《いじ》る。そこからはもう、ジェルではない粘性の滴がとろとろ垂れていた。兵頭の手は俺の陰嚢《いんのう》にまで伸びて、柔らかく握る。

「先輩……」

耳元で囁かれる。

「先輩……っ、あぁ……ちくしょう……あんたすげえ……」

兵頭の色めいた声に、こっちまでぞくりときた。

なにがどうすごいのかはわからないが、やつが俺の身体で感じていることは間違いがない。次第に容赦のなくなる腰使いからも、兵頭が夢中になっていく様が伝わってくる。それと同じだけ、俺も高まっていく。

「あっ……兵頭……く、ち……塞いで……」

せめてもの願いを伝えると、兵頭の手が俺の口を覆った。ほぼ同時に、激しいひと突きがくる。

自分のくぐもった悲鳴がどれくらいの音量なのか、もう冷静に判断できない。

「……うっ、ぐっ……んんっ……！」

熱い塊《かたまり》が、俺を苛《さいな》む。傍若無人に振る舞われ、屈服するしかない。ああ、もうだめだ。声が出せなくて苦しい。気持ちよすぎて苦しい。

おまえが愛しすぎて苦しいよ、兵頭。

「はっ、あ、あ……あああッ……！」

兵頭の手が、口から外れる。

身体を起こして俺の尻たぶを痛いほどに強く摑み、獰猛《どうもう》な獣が、ラストスパートをかけてくる。神経が焼き切れるんじゃないかという快楽の中で、俺は射精した。ペニスへの刺激がないままに極めて、膝がガクガク震える。もう身体を起こしていられない。肩をマットレスにつけ、尻を高く上げた姿勢のまま、断続的に白濁を吐き出す。

それでも、まだ終わらない。

「……っ、きつ……」

俺を揺さぶり続ける、兵頭の呻《うめ》きが聞こえた。目の前がチカチカして、自分が声を上げているのか、いないのか、もうわからない。

先輩、と兵頭の声が聞こえた。

兵頭の動きが止まり、やつの身体が震えるのがわかる。どうやら達したらしい。俺の中でドクドクと脈打つもの……そういや、こいつゴム使ったのかな。そんな疑問が頭を掠《かす》めるなか、背中から兵頭に抱きしめられる。ふたりとも、すごい汗だ。

「……先輩？」

兵頭の呼びかけに返事ができない。

身体がふわりと浮くような感覚があり、周囲がブラックアウトしていく。兵頭がもう一度俺を呼び、それがやたらと必死なのを聞きながら——俺は意識を手放した。

翌朝は早くに目が覚めた。
三、四時間しか眠っていないような気がする。窓のシェードを下ろし忘れたせいで、明け方の薄明かりが差し込んできたのだ。俺はあくびをしながら、寝返りを打った。兵頭はまだ眠っている。あ、まつげが一本ほっぺについてるぞ……寝てりゃ可愛い男なんだけどな。
全身が怠いのは、自業自得である。

昨晩、ガゼボで初の屋外セックスのち失神してしまった俺は、すぐに意識を回復した。たぶん、声を殺したり口を塞がれたりで、酸素不足に陥《おちい》ったのだろう。兵頭の手を借りて部屋に戻り、しばらくするとなんともなくなった。

心配だから、とシャワーについてきて兵頭がエロいイタズラを仕掛けてきて、俺もなんだかそういう感じになっちゃって、今度はベッドで二回戦となった。俺はもうかなりへたばっていたのだが、兵頭は脅威のエロ体力を発揮し、夜中まで絡み合って……おかげで全身筋肉痛だ。起き上がったらもっと痛いんじゃないだろうか。

ゆっくりと、ベッドを下りてみた。全裸のまま、可動域をチェックする。腰を捻《ひね》ったり、じわじわ屈伸したり、スクワットしたり。それなりにきついが、思ったほどではなかった。こっちに来てから、多少は泳いだりして身体を使ってたからかな。

「朝のラジオ体操ですか……？」

気怠い声に振り向くと、兵頭がこっちを見ている。

「もうちっと色っぽい動きのほうが……俺は嬉しいんですが……」

「アホなこと吐《ぬ》かすなら、まだ寝てろよ」

「先輩も一緒に寝ましょう」

「俺ちょっと散歩したい。この島とも今日でお別れだし」

服を着ながらそう答えると、兵頭は「しょうがねえなあ」とぼやきながら自分もベッドを抜け出した。裸で俺の背中に抱きつき、項《うなじ》に口づけてから洗面所に行く。つまり、一緒に散歩するということなのだろう。わりとつきあいのいいやつだ。

「どこ歩くんです」

「海辺がいいな」

「なら、車出しますよ」

ここからだと、ビーチまでは少し距離があるのだ。俺は兵頭の運転するレンタカーで『SEA《シー》 TURTLE《タートル》』に近い海岸を目指した。そういえば、兵頭が運転してるのって珍しい。東京にいる時は、伯田さんか松本《まつもと》あたりが運転手で、兵頭はたいてい後部座席だ。

「伯田さん、どうしてんの？」

「のんびり過ごしてるはずですよ。伯田さんはあまり泳がないんで、シーサー作ったとか」

「え、シーサーって作れんの？」

「工房で体験できるらしいです」

へーえ、面白そう。俺もやってみたいな。またこの島に来る機会があったら挑戦してみよう。自分で作ったシーサーを、事務所の魔除《まよ》けにするのもいいじゃないか。……あ。もっと強力な魔除けが俺の隣にいるか……。

ビーチの近くに車を停め、浜辺まで下りる。

風、波、まだ穏やかな早朝の太陽。

とても気持ちいい。俺はウーンと伸びをして、ちょっと腰を反らせすぎて「あたた」とすぐに曲げた。

「無理するとぎっくり腰になりますよ」

俺からいくらか離れた場所で、一服しながら兵頭が笑う。

「うるせー。誰のせいだ」

「俺のせいです。俺がガツガツ掘ったからです。先輩のケツを」

「そんな自慢げに言われても」

「自慢ですから」

あくまで堂々と言い切られると、相手をするのもむなしくなる。俺は「バーカ」とだけ言い捨てて、先に砂浜を歩き始めた。サンダルの隙間から砂が入ってくるけれど、気にならない。ここは海なんだから、そういうものだ。

波打ち際で立ち止まった。

ザザン、ザザン。

……なあ、若林《わかばやし》。聞こえるか？　俺が今聞いてる波の音、聞こえるか？

胸の中で呼びかけてみる。親友からの返事はない。空耳も聞こえない。ただ波音は繰り返される。ザザン、ザザン……。

空を仰いで、目を閉じてみる。

自分が何者でもないということを確認する。この海と空の前では、なんともちっぽけな存在だ。どうでもいい存在だ。この空も海も、何億年も前からあるのに、俺の人生なんか一瞬だ。

それなのに、俺は生きている限り、泣いたり笑ったり怒ったりし続けるんだろう。

そういう自分が、今は好きだ。

今ここに生きていることを嬉しく思っている。死んだ両親にも、そう伝えたい。

波が俺のサンダルを洗った。指のあいだを走る水が少し擽《くすぐ》ったい。自分の足の上で煌めく波を見ていると、ふいになにか黒っぽいものが視界に入ってきた。

「……え？」

思わず目を瞠《みは》る。
四、五センチほどのなにかが、波に攫《さら》われて海の中に消えていった。今のって、もしかして……と思った途端、次のそれがやってくる。
砂まみれの身体が波打ち際で綺麗になり、波に翻弄され、いってから一度戻り、次の波でまたいって——大きな、海へ。

とてつもなく広い世界へ。

「ひょ、兵頭、俺、今ウミガメの……」

興奮気味に振り返った俺は、言葉を失った。

いた。まだいた。たくさんいた。

次から次へと。ぞろぞろ、よたよたと。一心不乱に海を目指す小さなウミガメたち。孵《かえ》ったばかりの、子供たち。

孵化《ふか》だ。ウミガメの孵化。

少し離れた位置に立っている兵頭が、黙ったまま自分の近くを指さす。どうやらその位置にタマゴが埋まっていたらしい。濃い灰色のチビガメたちは、そこから懸命に海を目指しているのだ。ちょっとした砂の隆起ですら、彼らにとっては大きな障害になる。ひっくり返り、ジタバタともがき、なんとか元に戻って、また進む。

生まれたばかりのあんな小さな身体で——果てしない海を目指す。

兵頭がゆっくり近づいてきた。もう煙草は吸っていない。ウミガメたちの邪魔にならないように迂回して、俺のすぐ後ろに立つ。けれどなにも言いはしない。黙って立っているだけだ。

なにかで読んだことがある。

孵化したウミガメの子供のうち、大人になれるのは五千分の一……恐ろしく低い数字だ。理屈で言えば、今俺が見ているチビガメたちは、一匹も残れないのかもしれない。

それでも彼らは海を目指す。

波に揉まれながら、沖を目指す。小さなヒレを必死に動かして。

すべての子供が海に辿り着くまで、俺たちはずっと見守っていた。ふたりともなにも喋らなかった。少なくとも俺には、思いつく言葉がなかった。がんばれ、とすら言えない。だってこいつら、もうこれ以上ないほどがんばってるじゃないか。

最後のチビガメが見えなくなってしばらくしたあと、俺はやっと振り返る。

たぶん、目が真っ赤だったはずなんだけれど、兵頭は見ない振りをしてくれた。そして、

「腹が減りましたね」

いつもの口調で、そんなふうに言う。

俺も「うん」と少し笑って、ふたりでまた浜を歩き始めた。

「朝飯って、届けてくれんのかな？」

「豪勢なのがくるはずですよ」

「俺、ゴーヤチャンプルー食べたいなあ」

「洋食だとないでしょうね。電話してオーダーすりゃあいい」

「おまえゴーヤ食える？」

「食えます」

「しいたけ嫌いなのに？」

「関連性ないだろ。しいたけだってその気になりゃ食えますよ。その気にならないだけで。人生は短いんだし、好きなもん食ってたほうが幸せだ」

「おまえが一番好きなものってなに？」

「先輩です」

「いや、食い物で」

「先輩です。……いてっ」

俺はヒョイと右脚を上げて、兵頭の尻に蹴りを入れてやった。顔をしかめて尻を摩る兵頭を見て、アハハと笑う。声が青空に高く昇っていく。太陽の光はだいぶ強くなっていた。

俺の休暇ももうすぐ終了——最終日も、暑くなりそうだ。

終章

失恋のダメージは、歳《とし》を取るほどに大きくなる。

三十五歳にして、久々の失恋を噛みしめながら小久保美帆《こくぼみほ》はそう思った。

若い頃は違った。初恋が叶わないと知った時、この世の終わりみたいに泣いたけど、数日でケロリとしたものだ。学生時代の恋もそう。恋に恋するとはよく言ったもので、あの頃は恋している自分にいささか酔っていた。

ふったこともある。ふられたこともある。

静かに消えていった恋もあった。芽吹章《めぶきあきら》との関係がそうだった。

芽吹は不思議な人だった。

知れば知るほど、摑み所のない人。

優しいし、楽しいし、すこぶる頭もいい。冗談も言うし、真面目な議論も交わす。たくさん会話したと思う。もちろんセックスもした。それでも彼のことはよくわからなかった。当時はわかったつもりでいたけれど……たぶん、本当はわかっていなかった。

なんでも話してくれる人だったけれど、家族に関しては別だった。

芽吹の母親が他界していることだけは聞いていた。

反射的に「え、事故かなにか?」と聞いてしまい、彼はなにも答えなかった。ただ、うっすら微笑んだだけ。それ以来聞けなくなった。

薄く、透明で、けれど容易には破けない膜の中にいるような人だった。

もしかしたら、そんなところに惹かれたのかもしれない。

互いの勤務地が別々になると、次第に疎遠になっていった。最後の電話を、彼は覚えているだろうか。

――いいなと思う人ができたら、無理しなくて構わないから。

優しくて、残酷な台詞《せりふ》。本当に好きな相手には、決して言わない台詞。

けれど美帆も、たいして傷つかなかったのだ。むしろ気が楽になった。隣にいても透明な膜ごしにしか感じられない人を、遠距離で想い続けるのは難しかったのだと思う。

十余年ぶりに芽吹に再会し、最初に気づいたのは『膜がない』ことだった。

ありのままで、剝き出しで、いっそ滑稽《こっけい》なほどだった。芽吹がどんな時を過ごしたのか、それは美帆には知りようもないが……楽しいことばかりではなかったはずだ。きっと芽吹は、自分の身を掻きむしるようにして、あの膜から脱したのだろう。

思えば、平良《たいら》遼一《りょういち》はかつての芽吹に少しだけ似ていた。

外見ではない、内面的な部分だ。優しくて、どこかさみしげ……失ってしまったなにかを、探しているような男。その雰囲気が美帆には魅力的だったのだ。

実際、平良は失ってしまったものをずっと求めていた。かつての妻と、息子を。

――すまない。申し訳なかった。

平良は美帆に頭を下げた。好きな男に謝罪されるのが、こうも最低な気分だということを、美帆は初めて知った。

――遊びだったわけじゃない。それは本当だ。信じてくれとは言えないけど……本当なんだ。

上擦る言い訳をそれ以上聞きたくなくて、「もう、いいから」と答えた。

平良は妻子のもとへ戻ることになった。息子は小学三年生で、学校でいじめに遭っているらしい。母親は仕事にかまけていた自分を責めて、精神的に参っているそうだ。このままふたりを放ってはおけないと、平良は俯《うつむ》いてまた詫《わ》びた。お母さんとおばあまで、美帆に頭を下げた。息子を許せと言う自分たちを許してくれと、涙を零した。

『SEA TURTLE《シー　タートル》』は、とりあえずお母さんが取り仕切るそうだ。

とはいえ、ひとりでは負担が大きすぎると悩んでいたところに、比嘉未来男《ひがみきお》から連絡が入った。当面、『サンクチュアリ』の従業員を派遣してくれるという。

ただし、条件があります……比嘉は、眼鏡をかけたワニみたいな顔でそう言った。

――今後、もしも遼一さんがおたくのホテルを継がないと決定して……どこかに譲渡することを考えたなら、うちに譲ることを真剣に考えていただきたい。間違っても、例のディベロッパーには売ってほしくないんです。

お母さんとおばあは、条件を呑んだ。『サンクチュアリ』と和解したのだ。

それが今日の午前中のことである。

「美帆は、どうするんだ？」

暮れなずむ空港で、芽吹に聞かれる。

「うん。しばらくはまだ、島にいるわ。お母さんとおばあを、放っておけないし……。場合によっては、弁護士として仕事を請け負うかも」

「そっか。『SEA TURTLE』のために、矢面に立つんだな」

美帆らしい選択だ、と言い添えて芽吹は笑う。

宮乃島《みやのじま》空港のロビーである。夜の飛行機で東京に戻る芽吹たちの見送りに来ているのだ。芽吹の事務所で働いているという賑やかな面々は「最後の沖縄《おきなわ》そば食べてくる！」とレストランに入っていった。

「章は、どうするの？」

「え？　俺？」

「拉致《らち》された件とか……警察に届けなくていいの？」

ああ、と思い出したような顔をして「うん、まあ、あれくらいなら」と笑った。無人島に置き去りにされたというのに、この余裕はどうだろう。

「章……あなた、いったいどんな修羅場《しゅらば》をくぐってきたの……？」

「そんな大袈裟《おおげさ》なことはしてないって。ただ、警察に事情聴取されるの好きじゃないし。……例の連中については、あいつらが調べてくれてる。はっきりしたことがわかったら、連絡するよ。七五三野《しめの》も相談に乗ってくれるはずだ」

あいつら、と示されたのは、ビーチで出くわしたダークスーツの一行である。同じ便で帰るらしい。最初に見た時とは打って変わって、五人がお揃いのTシャツ姿になっていた。今時、ネタとしてしか着れない『島人《しまんちゅ》』Tシャツの色違い……。

「おまえら、おみやげの買い忘れはないか？」

「組長《シャチョウ》には、やっぱ泡盛だよな」

「ほかの構成員《シャイン》にはちんすこうでいいっスかね？　紅いもタルトも捨てがたい……」

「松本《まつもと》さん、奥さんに雪塩《ゆきしお》頼まれてませんでした？」

「しまった！　危ねえ……忘れたらフライパンで殴られるとこだぜ……」

大きな土産袋を抱えた彼らは、もはや浮かれた観光客にしか見えない。芽吹はそんな彼らを眺めながら「平和だなあ」と呟く。それから、少し困ったような顔になり、

「平良さんのこと、聞いたよ」

と声を落とした。

「元奥さんと子供のいる横浜《よこはま》に行くそうだな」

おばああたりが話したのだろう。美帆は肩を竦《すく》めて笑ってみせる。

「そ。あっさりふられちゃった」

「美帆をふるなんて……バカな人だ」

「ありがと。章はいつでも優しいね」

そう返すと、芽吹は真面目な顔になって「本当だよ」と言う。

「美帆はいい女だ。いつも自分のことより、人のことを心配してる。今回だってそうだった。平良さんのためを思って、俺に依頼をして……なのに結局、俺は美帆を傷つけた。ごめんな」

「なに言ってるの、章。頼んだのは私だし、いっぱい迷惑かけたのに」

「だけど……」

「もう、いつも人のことばっか考えてるのは、章のほうでしょ」

苦笑して、優しいモトカレのそばに寄る。

「失恋なんて、よくあることよ。大丈夫」

自分に言い聞かせるように口に出した。

若い頃よりダメージは大きいけれど……それでも、きっとまだ先がある。もっとすてきな人に出会うために、今はこの痛みを引き受けるしかないのだ。

「……いっそのこと、章とモトサヤに収まろうかなー。ね、私ともう一度つきあってみない？」

もちろん冗談で言ったのだが、芽吹は「いやいやいやいや」となにやら慌てふためく。

「ひどいわね。三回もいやを言わなくてもいいじゃない」

ふざけながら、懐《なつ》かしい腕に自分の腕を絡めようとした時、

「触るな」

美帆の手首をむんずと摑んだ男がいた。

「え」

さして力は入っていないが、美帆は驚いて顔を上げる。

芽吹の高校の後輩……兵頭《ひょうどう》、だったか。

背の高い男前がやたらと怖い視線で美帆を睨《にら》んでいる。周りがリゾートスタイルな中、この男だけはすでにワイシャツとスラックスというビジネスモードに戻っていた。背後には、白いポロシャツのニコニコしたおじさんが立って、成り行きを見守っている。

「ひょ、兵頭」

芽吹の声は明らかに動揺していた。

ちょうどそこへ、洗面所に行っていた七五三野が戻ってくる。美帆の腕を掴んでいる兵頭を一《いち》瞥《べつ》すると、やおらに「おい。暴行罪だ」などと言い出す。兵頭のほうも、七五三野を見てチッと舌打ちした。

「なんだ弁護士。トイレで流されちまえばよかったのに」

「美帆から手を放せ、兵頭」

「すぐ放す。だが、言っときたいことがあるんだよ。美帆さん」

「え？　あ、はい」

ちょっと怖いが、これだけ色男だと睨まれるのもまたいいものかもしれない。……などと考えていた美帆だが。次の台詞を聞いた時には耳を疑った。

「この男はあんたのモトカレだろうが、今は俺のもんだ。そう気安く触られちゃ困る」

この男、のところで芽吹を顎《あご》で示し、そう言ったのだ。

「え……えっ？」

美帆は目を見開いて、兵頭と芽吹を交互に見た。自分のモトカレのカレがカレ……すんなりとは呑み込むのが難しい案件だ。七五三野が溜息をつきながら「やめないか」と兵頭に苦情を申し立てる。

「そんな話、今ここでしなくてもいいだろうが」

「俺は本当のことを言ってるまでだ」

「おまえのそういう身勝手さが、章に迷惑をかけているのが……」

お説教モードに入った七五三野を「いや」と止めたのは芽吹だった。

「いいんだ。七五三野」

「章？」

訝《いぶか》しむ七五三野にどこか弱々しい笑みを見せたあと、芽吹は美帆に向き直る。そして、ふぅ、と大きく息を吐いたあと、

「うん。これ、俺のイマカレ」

兵頭を指さしてそう言った。

美帆はどういう顔をしたらいいのかわからない。口がポカンと開いたのが、自分でもわかる。

イマカレって……今の彼……？

「えーと。紆余曲折《うよきょくせつ》あって、男とつきあってる」

「……あ、れ……？　章って……ゲイだっけ……？」

思わず口にした素朴な疑問に、芽吹は「どうなんだろ」と首を傾《かし》げた。

「少なくとも、美帆とつきあってた頃はそういう感覚はなかったなあ。こいつとそうなってまだ二年経ってないし……こいつ以外の男とつきあうのは想像しにくいし……でもこいつとはそういうことになってる。そういうわけなんだよ」

指示代名詞ばかりの、芽吹らしからぬ説明だ。それでも言いたいことは伝わってきた。この男が好きで、それを隠す気はないのだと——芽吹は真摯《しんし》な男だから、ごまかすことなく、美帆に教えてくれたのだ。おそらく、勇気が必要だったはずなのに。

「びっくりした……」

パチパチと瞬《まばた》きをして、美帆は言った。ちらりと横を見てみると、兵頭もなぜか驚いたような顔をしている。美帆の視線に気がつくと、手首から手を放し、気まずそうに目をそらす。心なしか、耳が少し赤くなっているような……。

「……聞いていい？」

美帆は兵頭に向かって言った。「えっ」と声を立てたのは芽吹だったが、無視してモトカノとイマカレで対峙する。兵頭は視線を外したまま「どうぞ」と答える。

「章のどこが好きなの？」

兵頭は片眉を跳ね上げ「ぜんぶ」と即答した。芽吹が「や、やめ」と声を上擦らせる。

「とくに好きなところは？」

「寝顔」

「ちょっと、ふたりとも……」

「それから?」

「器用そうに見えて、実は不器用なところ」

「やめようって。なあ……!」

「あとは?」

「頭がいいくせに、バカなところ」

「バカって、おまえ……」

「もういっこ」

さらに要求すると、兵頭は軽く上を向いて顎《あご》を掻きながら、

「……ポテチをバリバリ食いながら、シャツにボロボロ零して、それを床に落とそうとした瞬間俺と目が合って、エヘへとか笑いながら、シャツの端をこう摘んで持ちあげて、食べカスが零れないようにヨタヨタとキッチンまで行って、シンクに身を乗り出してパタパタするところ」

とひと息に答えてみせた。

「うっわ。いまだにそれするんだ……」

呆れた美帆が芽吹を見ると、情けない顔をして七五三野の後ろに隠れる。そうだった。優しく繊細なこのモトカレは、同時に非常にだらしない部分も持ち合わせているのだ。昔自分も、よく菓子屑《かしくず》を零されて怒ったものだっけ。

「……ぷっ」

つい、噴き出してしまう。

「あはははは、はは……もう、章ったら、ちっとも変わってないのね」

「いや……その……変わったとこもあるぞ……？」

七五三野の後ろからモゴモゴと声がする。

「兵頭さん、だっけ。私と章はもうそういう関係じゃないので、ご心配なく」

「そうか」

満足げに頷いた兵頭は、芽吹の腕を摑んで七五三野の後ろから引っ張り出し、自分の隣に強引に引き寄せた。

「この男はいつもフラフラしてるんでね。気が休まらねえ」

「俺はフラフラなんか……」

「女の尻ばっか見てるし」

「み、見るくらいいいだろ！」

見てることは否定しないのか、と美帆はなお笑う。

「章、あなたの彼、すごく嫉妬深いのね」

そう言うと芽吹は真っ赤になり、兵頭は「まあね」と肯定する。

「少なくとも、私に関しては安心していいわ。……だいたい昔の恋を引きずるのはいつだって男のほうよ。女はね、終わった途端に忘れるの」

「なるほど。薄情なもんだ」

「軽やかかと言って」

兵頭に言い返し、笑ってみせる。

そう。軽やかに。

過去なんか引きずらず。昔にとらわれず。

別れた男にも、自分をふった男にも、笑って手を振ってやろう。それがすんだら、忘れてしまおう。昔という名のガラクタ箱に突っ込んで、もっと歳を取って、おばあちゃんにでもなったら思い出したりするのかも？　よっぽど暇だったらの話だけれど。

搭乗案内のアナウンスが流れる。

沖縄そばを食べに行っていた一行が戻ってきた。小柄な一番若い子が「イマイチだったー。やっぱ、おばあのとはぜんぜん違うなあ」とぼやいている。

「いろいろありがとう。またね、章」

美帆は右手を差し出して言った。

念のため兵頭を窺《うかが》い見《み》ると、鷹揚《おうよう》に頷く。握手は許容範囲らしい。芽吹も面倒くさそうな男を選んだものだ。

「美帆。元気で」

少しだけ陽に焼けたモトカレが笑う。

その仲間たちも口々に礼を言ってくれる。アヤカちゃんが抱きついてきて「今度、東京で飲もうね」と誘ってくれた。兵頭たちは先に搭乗ゲートに向かっていった。兵頭は一度も振り返らなかったが、ポロシャツのおじさんがにっこりと会釈をくれる。

全員が搭乗ゲートに消えると、美帆は踵《きびす》を返して歩きだした。

姿勢よく、髪を靡《なび》かせて、わざと早足で歩く。離れた場所から、ずっと美帆を見ていたその人が、思わず駆けだしてしまうように。ぐだぐだ考えず、勢いで、声をかけてくるように。ほらほら、早くしないと、自分の車で帰ってしまうわよと心の中でその人を急かす。

「み、美帆さん」

駐車場でやっと呼ばれ、振り返った。

先のことなんかわからない。自分の心ですらも。

でもとりあえず——今夜はこの人と、ビールでも飲んでみようか。

やがて、夜空を飛行機が翔《か》ける。

さようなら、昔の恋人。きっと幸せになって。

POSTSCRIPT

YUURI EDA

　こんにちは、榎田《えだ》尤利《ゆうり》です。

　前作『交渉人は愛される』でひと区切りしていたこのシリーズですが、このたび一冊だけ復活させていただきました。記念すべき百冊目になにを書こうかと迷い、読者様が一番喜んでくださるものを……と考えた結果、芽吹と兵頭に再登場してもらうことになったのです。

　今回、バカンスで南の島を訪れた芽吹ですが、結局のところほとんど休めておりません。でも、いいのです。私だって休んでないんだし……！　あ、いや、少しは休みましたけどね。夏の初めに、今回の舞台のモデルとなった沖縄の離島で数日すごしたのです。とてもきれいな島でした。シュノーケリングの最中にウミガメにも出会えました。楽しかったなぁ……仕事も持っていったけど……というか、この十年仕事を持っていかない旅行なんてないけど……。でも平気です。私は芽吹なみに仕事が好きなのです。幸い、小説家という職業は無人島に拉致されたりしないし（笑）。

榎田尤利／榎田ユウリ INFORMATION URL http://edayuuri.jugem.jp/

交渉人シリーズオフィシャルサイト URL http://www.bs-garden.com/feature/koshonin/

このたびも、イラストは奈良千春先生につけていただいております。裏表紙の樹の上に、半分透けている後ろ姿を見つけたとき、ちょっと涙ぐみそうになりました。素晴らしいイラストをありがとうございます。また、担当氏をはじめとして、刊行にご尽力くださったすべての皆様に、深く御礼申し上げます。

そして親愛なる読者の皆様。

どれほどの言葉を尽くしても、皆様への感謝を伝えきれる気がしません。芽吹も兵頭も、読んでくださる皆様なくしては生まれませんでした。百の物語と数百のキャラクターは、私と皆様のあいだに存在し、きっと生きているのです。

願わくばその数が、これからも増えていきますように。

本当にありがとうございました。

２０１３年　秋の月輝く頃

榎田尤利　拝

SHY NOVELS

榎田尤利100冊記念特別版
交渉人は休めない
SHY NOVELS310

榎田尤利 著
YUURI EDA

ファンレターの宛先
〒101-0065 東京都千代田区西神田3-3-9大洋ビル3F
(株)大洋図書 SHY NOVELS編集部
「榎田尤利先生」「奈良千春先生」係
皆様のお便りをお待ちしております。

初版第一刷2013年10月25日

発行者	山田章博
発行所	株式会社大洋図書 〒101-0065 東京都千代田区西神田3-3-9大洋ビル 電話03-3263-2424(代表) 〒101-0065 東京都千代田区西神田3-3-9大洋ビル3F 電話03-3556-1352(編集)
イラスト	奈良千春
デザイン	川谷デザイン、Plumage Design Office
印刷	大日本印刷株式会社
製本	大日本印刷株式会社

ISBN978-4-8130-1278-8
分売不可

One Hundred Thanks

Yuuri Eda

SHY NOVELS
published by TAIYOH TOSHO

このたびは『交渉人は休めない　榎田尤利100冊記念特別版』をお読みいただき、ありがとうございます。榎田尤利です。

おかげさまで、こちらの作品で百冊目となりました。榎田ユウリ名義の作品も含んでのカウントです。ただし、新装版、コミカライズ、企画本などは除いています。それらを合わせると一二〇冊くらいになっているかと思います。これだけの本を刊行してこられたのは、なにより読んでくださる方がいらしたからです。皆様の応援のおかげで、ここまでたどり着くことができました。本当にありがたいことです。

さらに私を支えてくださった各出版社の担当さんをはじめとして、縁の下の力持ちとして活躍くださったすべての関係各位に、感謝を捧げます。営業さん、印刷屋さん、製本屋さん、取次さんに、運送会社さんに書店さん……どれだけたくさんの方に支えられて、私は執筆してきたのでしょうか。お会いしたことのない皆様を思いながら、引き続き精進していく所存です。また、今回の別冊本には、今までイラストでお世話になった先生方からのコメント、イラスト、ショートコミックなどが掲載されています。皆様ご存知のように、ライトノベル業界においては、イラストの先生方のお力添えが本当に大きいものとなっています。百冊以上の拙著に、華を添えてくださったすべての先生方に、心から御礼申し上げます。

後半に収録されている短編小説『夏のリング』はこの別冊用に書き下ろした作品です。

WEB上のアンケートで、拙著のSHY NOVELS作品から人気キャラクター上位三位を選出いたしました。三位に入った作品は二カップルが出てきますので、結局四カップル八人になりました。ふだんではできないことをと思い、この八人をひとつの物語に登場させています。なので作中、魚住が礬田と会話するシーンなども出てくるわけです。書いていて、私も不思議な感じがしつつ、とても楽しかったです。それぞれの発行年を鑑み、彼らも歳を取っています。架空の人物なのだし、歳を取らなくてもいいのかなと考えもしたのですが……やはりそれは私にとって少しばかり不自然でした。

Salutation

私の中で彼らはどこかで生きていて、私たちと同じように歳を取っている気がしているのです。ということで、魚住と久留米の年齢は今現在……。ここではまだ何歳になっているかは明かしませんので、のちほど作品にてご確認ください。少しでも楽しんでいただければ幸いです。

時折、人はなぜ物語を綴り、また物語を読むのだろうかと考えることがあります。小説というのは、乱暴な言い方をすれば嘘八百のフィクションです。もちろん、私の小説には私の経験が反映されることもありますが、たいした分量ではありません。ほとんどは私の想像、空想、妄想です。なのに私の手元に届くメールやお手紙には「共感した」「自分のことのよう」「自分の昔を思い出した」などのお言葉が寄せられます。私の書いた悲しい物語も、また楽しい物語も、実のところ非常に普遍的なものである、ということなのでしょう。そして私は物語を書きながら、その普遍的ななにかの正体を探し続けているのかもしれません。普遍的でありながら、私にははっきりとは見えず、物語の中でだけ生み出されるそれを、これからも探し求めていくのだと思います。読者の皆様にも、おつきあいいただければ嬉しいです。

最後になりましたが、家族、友人、愛猫たちなど、仕事に直接関わらずとも、私の生きる意味になっているみんなへ、この場をお借りして「ありがとう」と伝えたいと思います。

もう百冊。

まだ百冊。

残りの人生で、私はどれくらいの物語を書くことができるでしょうか。あと何回、あなたに本を開いていただけるでしょうか。それが少しでも、多いことを願ってやみません。

二〇一三年　愛と感謝をこめて　榎田尤利・榎田ユウリ

Contents

榎田尤利。そして……

榎田尤利の作品世界を、
より華やいだものにしてくださるのがイラストです。
今回、イラストをご担当くださいました先生たちから、
コメント、イラスト、マンガをいただきました。
普段は見ることのできない作品を、ぜひお楽しみください。

【吾妻&伊万里シリーズ】

イラストレーター：高橋 悠

懐かしい、初ラブコメ。交渉人シリーズ・芽吹《めぶき》の一人称の基礎が、吾妻《あづま》にあることは間違いありません。このシリーズで一人称の楽しさに目覚めたのでした。シリーズものとしては魚住くんシリーズのすぐ後になる作品で、その落差を意外に思った読者様もいらしたと思います。個人的には、早いうちにこのシリーズを書けたことはとてもラッキーでした。いろんなテイストの作品を書く楽しさを学んだ気がします。

伊万里《いまり》が巻数を追うごとにヘタれていくわけですが、その傾向は今も同じ（笑）。

ソリッド・ラヴ

発行年月：2000年11月
発売元：大洋図書
SHY NOVELS

シリーズ作品：
レイニー・シーズン
オール・スマイル
ワークデイズ

吾妻酒店
吾妻《あづま》と付き合いはじめて2年――
ただいまっ！
はじめまして…
伊万里 理想の家族像
おっ
君が伊万里《いまり》君かよろしくな！
今日はおまねきに与《あずか》り…
固い！固い!!
遅ればせながら吾妻が家族を紹介してくれると言うので
日曜の今日伺うことになった
ははは もー兄貴～
カラカラ
まあ上がってよ
まあいらっしゃい！
いらっしゃい
はじめまして！
いらっしゃい
散らかってるけどどうぞ
いや…
ああ…これが僕の考える理想の家族像…
にぎやかだろ～
伊万里んち
舞踊家
書道家
陶芸家
漫画家
家族が全員「家」が付く職業なんてっイヤッ!!

太陽《たいよう》ー おまえはもう ひと仕事だ
これトラックに 積んどいて くれ
OK!
どっしゃあああああ!!!!
3ケース目
2ケース目
1ケース目
太陽3往復
or
兄が2コ、太陽1コ
あっ
僕も 手伝いま…
おっ!!?
…………
かるっ
がるっ
ついでに 配達も 手伝うよ
いや なかなか
すまんー
伊万里 ちょっとゴメン みんなと遊んでて くれる?
コトッ
ハイ…
太陽って力持ちだったんだな
……

リイイイイーチイイイ
ポン
やられた——っ!!
も〜母さん強すぎ〜〜〜
AZUMA
ま〜ま〜伊万里君飲め〜飲め〜
はぁ…
あの……ちょっと飲みすぎじゃないですか？
日も高いし…ピッチ早すぎだし…
訳「オレの酒が飲めねえってのか!!! あんたが来たから飲んでんだろ!!!」
外大出の義姉に知らない外国語でくだを巻かれる
妹さんの恋愛相談
ウッ
バフ
弟さん
弟さんとキャッチボール
………
ただいま…
伊万里君っていい人だね!!!
伊万里!!?
こっちは酒豪家族か…
もう飲めましぇん……
ウップ
あら〜
おひらき！
100冊おめでとうございまお!!

【羽根くんシリーズ】

イラストレーター：金ひかる

　こちらも懐かしい、初期のシリーズです。今では珍しくなくなった受ひとりに、攻ふたりという構図ですが、この頃はあまりありませんでした。主人公の羽根《はね》くんは私と同業なので、比較的書きやすかったですね。そして神業整体師の千疋《せんびき》さんは……私がこの頃、いかに全身が凝《こ》っていたかがわかるキャラです。本当に、こんな人がいれば……。

　物語の中で、羽根くんがネットでの誹謗中傷を受けるという出来事がありますが、これも時代を感じさせます。今ならツイッターやLINEになるのでしょうか。たしかこの頃はまだブログすらなかったような。ホームページ、なんて言っていた頃だと思います。時代はどんどん変わっていくなあと、しみじみ。

ハードボイルドに触れるな

発行年月：2001年5月
発売元：大洋図書
SHY NOVELS
シリーズ作品：
ロマンス作家は騙される

榎田尤利先生！
100冊発刊おめでとうございます！

ご一緒させていただいたのは随分前ですが
おかしい三角関係で楽しかったです！
でかいのが二人で羽根君を取り合ってる内に
でかい二人がケンカしながら仲良くなっていってるのが
ニヤニヤして楽しかったです！
わけわかんない3Pとかしてる内に
間違って違う人にプスッといかないかな～と
思ったりしましたw
懐かしい作品です。

これからもステキな作品をたくさん
書いていって下さい！
応援しています。

金ひかる

相変わらずの羽根くんと他2人のステキな日常♥

コラム1

【デビューの経緯】

かつて『小説 June』という雑誌がありまして、
そちらに最初に投稿したのが『夏の塩』になります。
掲載されたのが 1996 年の 2 月号なので、
もう 17 年前ですね。
その頃は会社員だったので、
時間を見つけて続きを書いて投稿し、
それが掲載され……という状態をしばらく続けていました。
いつしか投稿作から、普通に掲載される作品になり、
物語が後半に入ってきたあたりでクリスタル文庫さんから
「本にしませんか」という内容の
丁寧なお手紙をいただいたのでした。

楽屋ネタとしては、
クリスタル文庫（光風社出版）さんからお話をいただいた
数週間後、別の大手出版社さんからもお電話いただき、
でももうクリスタルさんでの刊行が
決まっていたのでお断りした、
という経緯もあります。そちらの大手さんだった場合、
イラストやタイトルが変わったかもしれません。
個人的には、自由にさせていただけるクリスタル文庫さんで
よかったと思っています。

結果として一冊目の本『夏の塩』が出たのは 2000 年で、
この年に勤めていた会社を退職し、
当時同居していた母親に
「小説家なんて、なれるわけないでしょ！」と
叱られたのを、よく覚えています。

【ラブ&トラストシリーズ】

イラストレーター：石原 理

イリーガルぎりぎりの運び屋兄弟。美形、かつ強い兄弟を書くのはとても楽しかったです。一巻、二巻の本編のカバーは兄弟ふたりなわけですが、でもカップルではないという……よく考えてみると、BL的にはどうなんだろう（笑）。

核《かく》のお相手の沓澤《くつざわ》は、私の作品の中では珍しいほど正統派の攻様です。色男で金と力がある。極道だし。そんな攻より上手《うわて》をいく受がカッコイイなと思い、核がどんどんクールになっていきましたね。天《てん》と正文《まさふみ》はほのぼの担当で、バランスを取ってくれました。

ラブ&トラスト

発行年月：2002年5月
発売元：大洋図書
SHY NOVELS

シリーズ作品：
エロティック・パフューム
100ラブレターズ
ダブル・トラップ

100周年....いや
100冊記念を
祝して!!

【ひとりごとの恋】

イラストレーター：鳥人ヒロミ

恋する企業戦士の話です。受の菱田《ひしだ》がまあ、よく働くこと……。働きながら長い片思いをしています。結局は片思いの相手の弟・悦巳《えつみ》とくっつきますが、今思えばワンコ攻×ツン受という図式ですね。また、この作品は恋の話のほかに、菱田の家族、とくに兄弟関係のことが描かれています。仲の悪かった兄弟が、互いにいい歳《とし》になって、少しずつ歩み寄る……そんな光景もまた、私の書きたかったもののひとつなんだと思います。

ひとりごとの恋

発行年月：2002年9月
発売元：大洋図書
SHY NOVELS

久しぶりに担当した小説作品を
読み返しましたが夢中で読んで
しまいました！
当時のオノレの画力に
死にたくなりましたが
あれでも当時の
精一杯でした…
吸引力の変わらない
ただ１つの榎田尤利先生
１００タイトル達成おめでとうございます！
誰にでも簡単にできる事ではありません
心よりお祝い申し上げます
鳥人ヒロミ
こういうイタズラ
やってそう
キュッ
キュッ
翌朝
油性マジック
ギャーーッ
何してくれるんだーーッ!!
牧野にイタズラされまして…
落ちきれてない
ハハハ

【きみがいなけりゃ息もできない マンガ家シリーズ】

イラストレーター・マンガ：円陣闇丸

こんなにマンガが好きなのに、マンガが描けない私。なので、小説でマンガ家を書くことにしたシリーズです。シリーズですが、キャラは別々、イラストレーターさんも別々というスタイルとなっています。一作目のマンガ家はルコちゃんこと、豪徳《ごうとく》寺《じ》薫子《かおるこ》先生。すごいペンネームだ……（笑）。ルコちゃんは、円陣先生がコミカライズもしてくださっています。ルコちゃんのベースには魚住《うおずみ》を感じます。魚住のほうが理系で、頭はいいのですが、ぼんやり具合はいい勝負ですね。対する東海林《しょうじ》は久留米《くるめ》よりだいぶ世話焼きオカンです。久留米は放置系なのですが、東海林はもう徹底的に面倒をみるという、これまたある意味共依存カップルですねえ（笑）。

きみがいなけりゃ息もできない

発行年月：2006年11月
発売元：リブレ出版
ビーボーイノベルズ
シリーズ作品：
ごめんなさいと言ってみろ
愛なら売るほど
吸血鬼には向いてる職業
きみがいるなら世界の果てでも

きみがいなけりゃ息もできない

発行年月：2007年11月
発売元：リブレ出版
ビーボーイコミックス

きみがいなけりゃ息もできない

発行年月：2003年9月
発売元：ビブロス
ビーボーイノベルズ

「きみがいなけりゃ息もできない」
のシリーズでは挿絵だけでなく
コミカライズも担当させて頂き
大変ありがとうございました。
しかし100冊…！ すごいです!!
これからも素晴らしい作品を
作り続けて下さいませ。
一本20冊分のローソク
なぁ しょーじ 俺が100冊出そうと思ったら どれくらいかかると思う？
来世でもムリだろうな…
榎田先生
100冊記念
おめでとうございます！
「エロティカ」内
「10×3」も
ツボに描
まます〜。
っ…続き…

【神さまに言っとけ】

イラストレーター：紺野キタ

クリスマス時期になると、一定の読者様が「これを読み返しています」と仰ってくださる一作。私も大変お気に入りのややファンタジックな物語です。地味で野暮ったい受キャラが、可愛くなっていくあたりは少しシンデレラっぽくもありますね。童話や寓話をモチーフにするのはわりと好きです。とくに、寒い季節にそういう物語を書きたくなるのはなぜなのでしょう。心が温かいなにかを求めているのかな？　作中には天使まで出てきますが、これもまた変な天使でお気に入りです。

神さまに言っとけ

発行年月：2003年11月
発売元：大洋図書
SHY NOVELS

「神さまに言っとけ」より
惣田さん＆眞くん
黒コートでくるんだマコブーケ一丁あがり
だっだめですっ榎田先生にお届けするブーケがつぶれてしまいますっ
祝・100冊!!
ますますのご活躍をお祈り申しあげます!!
紺野キタ 2013 Summer

【寡黙な華】

イラストレーター：雪舟 薫

無謀にも、華族に挑戦したのです。私は家族はよく書きますが、華族は書いたことがなかったので……そして、なにかこう、特権階級を書くことの難しさを知ったのでした。白百合のごとき受の千早《ちはや》は相当脆弱で、女装なんかさせられちゃって、自分ではなにもできない青年だったのですが、最終的には自立します。私の書く受さんたちは、なんかみんな自立しちゃうんだなあ……。守られ続ける人があんまりいません。たぶん、そういうキャラクターのほうが好きなんでしょう。攻キャラは強引系。千早を拉致監禁までしてしまい、でも最後には解放するという、半端な強引系……ヘタレとも言います（笑）。

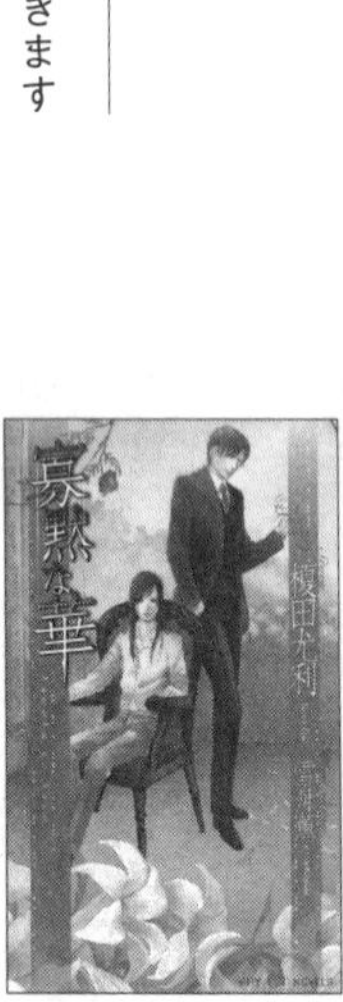

寡黙な華

発行年月：2004年8月
発売元：大洋図書
SHY NOVELS

榎田さん１００冊目おめでとうございます！

昔サイトにのせていらした小説の中の一文はいまでもくっきり憶えています。

これからもご活躍されることを日本の片隅で期待しています！

今回このように絵を描く機会をいただきありがとうございます。

両手で数えきる程のラクガキはしていましたが、正真正銘５年以上ぶりにペンを握りました。トーンにはまだ粘着力が残っていました。

またお会いする事ができましたらうれしいです。

【誓いは小さく囁くように】

イラストレーター：佐々成美

花嫁ものに果敢に挑んだ作品。やはり難しかったと痛感いたしました……。主人公はウエディングドレスのデザイナーで、仕事以外は非常にだらしのない青年。……どこかで聞いたことのある……（笑）。ダメ人間だけど一芸に秀でているキャラが好きなんでしょうね。何度か書いています。

この頃、BL界では花嫁ものがはやっていたのを記憶しています。はやっているから書く、ということはあまりないのですが、多くの方が書いているテーマやモチーフを、自分だったらどう料理するだろう……みたいな挑戦は時々してみたくなるのです。そんなわけで、いつかはアラブものも！　と思っているのですが、今のところなにも思い浮かばず（笑）。

誓いは小さく囁くように

発行年月：2005年5月
発売元：大洋図書
SHY NOVELS

祝
おめでとうございます！
心よりお祝いを申し上げますと共に
新たに紡がれる作品を一読者として
楽しみにお待ちしています。　佐々成美
今日はいつもと違うそう！
薔薇色の世界！
おっ！
ふ
キレイでカッコいいあの人とかあの人とかあの人とか！
榎田ワールドの人たちと同じ空間に!!
記念にドレス贈りたい！
………
いつもと違うバラ色…
絶対に着ない…。
最新の生地見本を
…と思う側から…
甘やかし
「誓いは小さく囁くように」

【執事の特権】

イラストレーター：佐々木久美子

手袋萌えでございます。

通常、手袋しているのは執事ですが、この作品では潔癖症のご主人様が装着。パンツを脱ぐより手袋を取るのが怖い、みたいな。前半は、かなり傍若無人な主に、体育会系の執事見習いがひたすら耐えるという物語です。読者様にご好評だったのは、菜箸シーンです。菜箸を使ったプレイ……ではなく、まあ、菜箸であることをするシーンがありまして、みなさんそこを楽しんでくださったとのこと。未読の方のために詳しくは明かしませんが、私も楽しく書いたシーンなので嬉しかったです。そしてこれを書いたあとに思ったのは「老執事最強」ということでしょうか（笑）。

執事の特権

発行年月：2006年1月
発売元：大洋図書
SHY NOVELS

Congratulations 100 books
榎田尤利 先生、100冊発行
おめでとうございます。
これからも無理なさらずに
200冊、1000冊と
楽しませて下さい。
佐々木久美子

【Pet Loversシリーズ】

イラストレーター：志水ゆき

わが家には猫はいるのですが、犬を飼ったことはありません。犬も大好きなので、飼ってみたいと思う半面「あんなにキラキラした目でずっと見つめられたら、原稿なんて書けるはずがない……」などという躊躇《ためら》いもあります。ワンコの一途さときたらもう……。猫もお腹がすいた時には、一途に見つめてきますが（笑）。

轡田《くつわだ》という孤独な男が、倖生《ゆきお》という孤独な男に出会い、飼い主と犬をロールプレイするという物語。かなり変わった設定なので、読者様に受け入れてもらえるか心配でしたが、ご好評いただきました。

犬ほど素敵な商売はない

発行年月：2006年6月
発売元：大洋図書
SHY NOVELS
シリーズ作品：
獅子は獲物に手懐けられる
秘書とシュレディンガーの猫
蛇とワルツ

榎田先生 100 冊発行
おめでとうございます

すばらしき記念本に参加させて頂けて光栄です。

私がイラストを担当させて頂いた『PET LOVERS』シリーズ最終巻『蛇とワルツ』のラスト、洋館でのパーティシーンを読んだ時から描いてみたいと思っていたシチュエーションを今回絵にすることが出来て私自身も幸せでした。

このような機会を下さった榎田先生に感謝と、今後益々のご活躍をお祈り申し上げます。

榎田先生の書かれる攻が大好きです♥

志水ゆき

【ギャルソンの躾け方　藤井沢商店街シリーズ】

イラストレーター：宮本佳野

ご存じの通り食い意地が張っているので、カフェを書きたいと思い『ギャルソンの躾け方』という作品が生まれました。こちらは藤《ふじ》井《い》沢《さわ》商店街シリーズという一連の作品の中のひとつ。つまり、商店街の中にあるカフェなのです。

ランチメニューを考えるのがとても楽しかった！　そして、この作品もちょっぴりSM風味となっております。定期的に書きたくなっちゃうらしい……。

ギャルソンの躾け方

発行年月：2006年8月
発売元：徳間書店
Chara文庫

シリーズ作品：
ゆっくり走ろう
歯科医の憂鬱
アパルトマンの王子
理髪師の、些か変わったお気に入り

榎田先生
100冊発行記念
おめでとう
ございます♥
次は1000冊記念を
待ってます！
きゃー！♥
宮本佳野

#【交渉人シリーズ】

イラストレーター：奈良千春

みなさまに愛されているこのシリーズ。当初は一冊のみの予定でしたが、気がつけば8冊にもなりました。芽吹《めぶき》の一人称はとても書きやすいです。オヤジギャグなら泉のごとく湧いて出ます（笑）。

コメディベースの中に、ラブとシリアスが垣間見えるというスタイルは、私にとって一番自然な書き方なのかもしれません。ほとんどの場合楽しく書いてますが『嵌められる』『諦めない』を続けて書いた時は、かなり疲れました（笑）。毎回登場するゲストキャラを考えるのも、楽しい作業です。

交渉人は黙らない

発行年月：2007年2月
発売元：大洋図書
SHY NOVELS

シリーズ作品：
交渉人は疑わない
交渉人は振り返る
交渉人は嵌められる
交渉人は諦めない
交渉人は愛される
交渉人は休めない
スウィーパーはときどき笑う

榎田先生100冊目、
おめでとうございます!!
今作は無人島のシーンが
お気に入りです、新次は
期待を裏切らないっ!
2013、奈良千春

【華の闇】

イラストレーター：蓮川 愛

花嫁、華族と挑戦し、とうとう花魁《おいらん》へ挑む時がきたのです。もともと遊郭というシステムには興味があったので、資料読みがとても楽しかったのを覚えています。が、ここに男花魁を入れ込むのはなかなか難しかった……。陰間ではなく、花魁が書きたかったのですが、花魁はやっぱり『女』じゃないと、据わりが悪く、哀しみが表現しにくかったんですね。自分の修行不足を感じました。雪の中に裸足《はだし》で出て、愛を告げるシーンはお気に入りです。他にも、現代日本にはない日常の細々を描くのも楽しかったです。

華の闇

発行年月：2007年5月
発売元：大洋図書
SHY NOVELS

榎田尤利先生100冊発行おめでとうございます！

榎田先生とは、大洋図書様発行の「華の闇」でお仕事をご一緒させて頂きましたが、遊郭ものは初挿絵で、とても楽しかったです。これからもますますのご活躍をお祈り申しあげます！

蓮川愛

「華の闇」で脇を固める→
絵師、歌呂久です。
絵的にはワンカット登場だったので描いちゃいました～♪

【宮廷神官物語シリーズ】 榎田ユウリ

イラストレーター：カトーナオ

こちらはBLではなく、コリアン風ファンタジーとなっております。額に慧眼を持ち、特別な力を得た少年・天青《てんせい》が、成長していく物語。……ですが、私が書いているので、美形男子がゴロゴロ出てきます。男前女子も出てきます。全11巻という長いお話なのですが、その間ずーっと楽しかったのです。なんというか、一度も「疲れた……」と思うこともなく、走り抜けた感覚があります。宮廷謀略ストーリーなので、気を抜いている暇がなかったのかもしれません。基本的には中・高校生くらいの読者様を意識して書きましたが、大人の女性にもぜひ読んでいただきたいです。妄想は自由です。担当さんがカップリング妄想で盛り上がっていました（笑）。

宮廷神官物語Ⅰ

発行年月：2010年2月
発売元：角川書店
ASUKA Comics DX
シリーズ作品：
宮廷神官物語Ⅱ

宮廷神官物語シリーズ作品：
少年は学舎を翔ける
渇きの王都は雨を待つ
ふたりの慧眼児
慧眼は主を試す
王子の証と世継の剣
双璧の王子
鳳凰をまといし者
書に吹くは白緑の風
運命は兄弟を弄ぶ
慧眼は明日に輝く

宮廷神官物語
選ばれし瞳の少年

発行年月：2007年9月
発売元：角川書店
角川ビーンズ文庫

「宮廷神官物語」のファン感謝祭が開催された。
今日は私と二人で司会進行だ
頑張ろうな 天青《てんせい》
ああ 櫻嵐《おうらん》!
ザワザワ
キリッ
オレ主人公だしな
がんばる
櫻嵐様ーーー!
キャー
櫻嵐様ーー
キャー
キャー
キャー
帰りたい…
では早速ゲストを紹介します

我が弟
藍晶《らんしょう》王子です！
後ろに居るのは
赤烏《せきう》ですね！
デカ過ぎて見切れた
ようです。
そして
観客席には
なんと
鶏冠《けいかん》と曹鉄《そうてつ》が
来ています！
曹鉄
ちゃんと天青を
撮るのだぞ
晴れの舞台
だからな
全然ピント
合わないんだが…
あれ…
天青
TENSEI
がんばれ
天青!!
なんだと！
気合入り過ぎてて
恥ずかしい…！
司会だけ
なのに！
えっと
ビデオメッセージが
届いてます
苑遊《えんゆう》様が
宮廷神官物語について
語ってくれました
鶏冠は私の可愛い
後輩でね

なにかにつけて面倒をみてきました。私にだけ懐《なつ》いてとても可愛かったんですよ
もちろん今も可愛いですよ アレは私の兎《うさぎ》ですから 誰にも渡しませんよ…
この人鶏冠の事しか語ってませんね！
アレの流す涙は美しいんですよ…
流石《さすが》の鶏冠も引いているようです！
苑遊様の愛が重い…
気をとりなおして——
続いては成長していく姿を懐かしい映像でご覧ください
うわ、ちっさいなー
え、オレの映像？
王都へ旅してる時だな
これは神官書生なりたての頃かな

ハク、大きく成長しましたね!
ハクかよ!
ガウッ
オレじゃないの!?
そろそろ終わりのお時間になりました
ズーン
最後に藍晶王子から一言お願いします
今日はこうして皆で集まる事が出来てとても嬉しく思う
今度は藍晶王子が見切れました
赤鳥のコワイ顔は見えてます!!
えっ今私は見えてないのか?
うそだろ…
では、皆さん本当にありがとうございました!
ありがとう
櫻嵐様ーー!
櫻嵐様
キャー
キャー
キャー
感謝祭は無事に終わりました。

コラム2

【榎田ユウリ】

私は榎田尤利と榎田ユウリ、
ふたつの筆名を使い分けています。
基本的にボーイズラブ作品は榎田尤利で、
その他が榎田ユウリです。榎田ユウリのほうは、
最初は中高生読者を意識したライトノベルだったのですが、
最近はもう少し幅広く読んでいただける物語も書いています。
近著ですと『妖琦庵夜話』『カブキブ！』あたりですね。
実は、自著の中で一番長いシリーズは
ＢＬではなく榎田ユウリ名義の
『宮廷神官物語』全11巻なのです。
額に慧眼を持つ少年を主人公とした
コリアン風ファンタジーですが、
最初から最後までとても楽しく執筆しました。
ＢＬであろうとなかろうと、美形男子を登場させるのは、
もはや私のサガというやつでしょう。
もちろん女子もたくさん出てくるのですが、
なぜか男前女子になりやすいという傾向もあります。

小説の書き方としては、ＢＬもその他もまったく同じです。
話の軸に恋愛がくるかどうか、という違いくらいでしょうか。
近年、ＢＬの割合が減りつつあるので、
「ＢＬはやめてしまうんですか」という
ご質問をいただくことがありますが、
生まれながらの腐女子ですので、それはないと思います。

【菫の騎士】

イラストレーター：ライトグラフⅡ

架空のヨーロッパの小国を舞台にした中世騎士物語です。妖精さんなんかも出てきたりして、かなりファンタジー度が高い作品になりました。中世ってどんな時代だったのだろうと、資料を何冊か読んだのですが、食事に関する本が面白かったです。時代によっては、まだフォークがなかったりする……ナイフしかないんですよ。たとえ貴族様でも、ナイフで肉をぶった切ってほぼ手づかみで食べるのです。ワイルド〜。作中に食事シーンが出てきますが、メニューに悩みました。せっかくなので中世っぽい食卓にしたくて（笑）。

菫の騎士

発行年月：2008年5月
発売元：大洋図書
SHY NOVELS

菫の騎士
榎田尤利先生
100冊ご発行おめでとうございます！
ライトグラフII

【普通のひと】

イラストレーター：木下けい子

コンビニのおにぎりは赤飯が一番美味しい、と思っていた頃の作品です（笑）。今は焼きタラコも好きになりました。

出版社が舞台なので、出版業界で会社員をしていた私にはとても書きやすい物語でした。特殊能力もなく、超絶美形でもなく、本当に普通の人々の恋物語。今はそうでもないですが、当時のキラキラしたBL界ではちょっと異色だったかもしれません。定食屋でランチを食べるシーンをよく覚えています。そういった日常の中に埋もれている恋物語っていいですよね。

今思うと、的場《まとば》という攻キャラは、多少久留米《くるめ》に似ているところがあるのかな、という気もしております。

普通のひと

発行年月：2009年3月
発売元：大洋図書
SHY NOVELS

なんか最近ヤバイんだ
普通の恋人達
……へえ?

なんとなく聞きたくない気がするけど何
――花島《はなしま》がかわいく見えすぎてヤバイ
――…恋人なんだし普通じゃない？
でもちょっと異常じゃないかな
メシ食っててもかわいいしこの間さシュークリーム食って口の横にクリームついてんの
なんつーの？神？あ萌《もえ》とかいうの？最近は
あれの意味を花島で知ったねオレは
けど問題はこっちなんだよ
この間ついに

まぁ聞いてやるけどさ
的場《まとば》さんが最近かっこよすぎるっていうか
よすぎる？おやまあ…
本当ちょっと俺 おかしいんじゃないかなって
メシ食っててもなんかかっこいいし
会計する時カード出すじゃんその出し方がすげぇかっこいいの
なんつーのあれってスキルだと思うワケ俺は
話それちゃったその辺はいいんだけど
この間さ

こっそり鼻くそ
ほじってんの見ちゃって
なんとそれが
かわいかったんだよ
きん○まかいてんの
もかっこよく
見えちゃった
おかしく
ないかな!?
これ

え――っと
思ったより進行してるわね
でも
花島も的場さんも
同じ風に思ってるみたいだからいいんじゃない
そ……か
ホントお幸せねぇ

【恋愛シリーズ】

イラストレーター・マンガ：町屋はとこ

コラボというのは、なかなか難しいものです。自分だけの都合で仕事を進めるわけにはいきませんし、先方の事情もわかりませんし、時に意見がすれ違い、食い違い……ということが、いっさいなかった！（笑）。

町屋先生は優しくて可愛い方で、いつも気を遣っていただきました。本当に楽しいコラボでした。マンガ原作を考えるのは大好きなので、途中から小説も「……これ、マンガになればいい」と思ったくらいです。そしてこのシリーズといえば子猫のやきのり。四人の主役たちを食ってしまう人気……やきのりエコバッグ、やきのりスクールカレンダーと、グッズまで作っていただきました。ちなみにやきのりは女の子（笑）。

愛とは言えない1

発行年月：2010年12月
発売元：リブレ出版
ビーボーイノベルズ
シリーズ作品：
愛とは言えない2,3,4

恋とは呼べない①

発行年月：2010年12月
発売元：リブレ出版
ビーボーイコミックス
シリーズ作品：
恋とは呼べない②,③

『恋愛シリーズ』より
やきのり おしごとにゃ

おお さすが プロ
可愛く撮れてますねー
うん
よかったねー、やきのり
なうん♥
さっきあっちのショップで買った首輪も似合ってる♡
しかし すごいですね このネコアート展
アート作品は もちろん
専門フォトスタジオに 猫グッズデザイナー さんのブース
譲渡会も あるんだよね
そして ネコカフェ☆
はい。
お待たせー サガンさんは アメリカンで 英《えい》はブレンドね
名嘉真《なかま》くん そのカッコ なつかしいね
今日だけ 臨時バイトです 橘高《きったか》さんに 頼まれちゃって
ほら 津森《つもり》さん 見とれちゃってるよ
やっぱり 淳平《じゅんぺい》 似合うなー
…
えっ… いえ、そんな

ん？
どうかした？
ああもしかして…
うずうず
なうん！
やきのりもおてつだいするにゃっ
あっちにネコしゃんいっぱいいるにゃ
きになる人もいるにゃ
たのしそうにゃ
やきのりちゃんが接客!?
他人のいいように触らせるなんておかーさん許しませんっ
ははは
おさわり禁止？キャバクラじゃないんですからもー
そうな(ん)わけで
ハラハラ
やきのりはじめてのおしごとにゃ

①ひょーどーしゃんとめぶきしゃん

ニャンニャン天国《パラダイス》…それはかわいい女の子たちがいる…
ャンニャン パラダイス カフェ
へー
先輩 そういうつもりで来たんですか
だってお前が持ってくるチケットだったらそう思うだろー
ニャンニャンて…
姐さんが行きたそうだったんでとっておきました!
って話だったんですけどねえ
言った…言ったけどさ…
はじめてのおきゃくさんにゃっ
なー
やきのりきんちょー
あー ごめんごめん
うん 君もかわいいよ
ワンポイントがチャーミングだ
女の子かな?

わっ くすぐったい♡
やっぱいいなー ネコ
飼いたいけど うちは事務所と兼用だし…
イチャ♥ イチャ♥
チョン
ごあいさつにゃ
あっ おまえんとこ ペットOKだったよな
うちは まにあってます
は? おまえ何か飼ってたっけ?
ええ
愛玩動物は 気に入ったのが 一ついれば充分 なんで
キラリ…
特別かわいいのが いるんですよ 実は
なんでこっち見るんだよ
ぴくっ
みゃっ
わぁっ
もみっ
ああはやく もち帰りてー
手どけろ バカッ
やだなー ペット撫でてるだけ じゃないですか
やきのりしってるにゃ こーいうときは みにゃいふり するにゃ

②しょーじゃんとルコたん
↑うまくいえにゃい
ほえー
おまえ こういうのも 企画するんだな〜
ああ 今回は知人に 頼まれて特別 ……
あっ
やきのり!
えっ?
ねえ東海林《しょうじ》 こっち向いた!
ほらっ
やきのり〜
なんだ猫のことか また変な名前を 勝手につけて…
よんだ?
よばれたニャ♥
ごしめいにゃっ
タタタタタッ
うわー こいつ なつこい
やきのりー
大サービスにゃ
なうん♥
ほんとに…ずいぶん 警戒心のない猫だな…
あれれっ こんなところまで 来ちゃってたんですね
ブースの外に
ほっ よかった
あ、どうぞ そのまま
その猫《こ》の飼い主 なんですが 姿が見えなくなって しまったもので 心配で…

あれま
俺が呼んだから来ちゃったのか
お迎えだってさ や・き・の・り
おまえ おじょーさまなんだなー
なうん♡
また遊ぼうな や・き・の・り
おいあまり連呼するな失礼だろ
なに？
名前！
す、すみません
（変な名前で呼んでしまって…）
や・き・の・り？
よくわかりましたね！
え？
やっぱりやっぱり？！
そうだと思ったんだー
この猫の名前やきのりなんです！
俺の感性がおかしいのか？！
すごくふつうの人に見えるのに同じネーミングセンス…
また逃げたんだって？
のり・子・は今日も元気だな
にげてにゃいもんっ おてつだいしてたニャっ
ああ 東海林さん なかなか盛況ですね
はい おかげさまで
カフェ出店にご協力いただき ありがとうございました
似てる？
歳《とし》はちがうけど
髪型似てんなー
かきわけがむずカシそうにゃ
「のり子」か… 近いけど微妙に違うな…
榎田先生♡100冊 おめでとうございます！
奈良先生・円陣先生 大変尊敬しております。 拙絵で失礼いたしました。

コラム3

【マンガ原作】

マンガが好きです。大好きです。
小説よりも圧倒的に多くのマンガを読んで生きてきました。
私に物語の作り方を教えてくれたのは、間違いなくマンガです。
子供の頃はマンガ家になりたかったのですが、
画才がないので諦めました……。そんな私ですので、
マンガ原作のお仕事も大好きです。
最初からマンガになるのが前提の原作となると、
恋愛シリーズ（町屋はとこ先生）、
海シリーズ（峰島なわこ先生）があります。
マンガ原作は脚本の形でお渡ししています。
セリフと、その時のキャラの動き、心情、表情などを書きます。
稀に「ここは大ゴマでほしい」「見開きで」
「背景で海が光っている」など、絵に関するリクエストも入れます。
キャラの心の動きを絵で表現することは難しく、
やり甲斐を感じます。

もともと小説があったものをコミカライズにする場合は、
基本的にマンガ家さんにおまかせです。
ネームが上がった時点で拝見し、場合によっては
少し提案をさせていただく場合があります。
小説と同じ情報量をマンガに入れるのは無理なので、
どのあたりをカットするのかが難しいところかなと思います。
いずれにせよ、自分の書いたストーリーがマンガになるのは
とてもわくわくするものです。
マンガ原作のお仕事はこの先も続けていきたいと思っており、
できれば自分でネームが切れるようになりたいですね。
問題は人間を描くとみなコケシになってしまうことでしょうか……。

【優しいSの育て方】

イラストレーター：草間さかえ

はい、またSMが書きたいターンがきたわけですね（笑）。そして担当さんに牽制されるというパターンです。自分の書きたいもの、出版社の出したいもの、読者様の読みたいもの、これが完全一致する場合も稀にありますが、まあだいたいちょっとズレます。そのズレをうまく消化するという作業もなかなか楽しいものです。というわけで、この作品はほとんど痛くない、ラブコメ仕立てのSM。美しきMの大学准教授が、恋人の学生をよきSに育てるという物語です。SMには痛みがつきものですが、同時に非常に繊細な気遣いと愛情が必要だということが、少しは書けたかなと思っております。

優しいSの育て方

発行年月：2011年11月
発売元：大洋図書
SHY NOVELS

草間さかえ・作

やっぱり七輪買って良かったよ
外だと煙たくない
でもこれで縄も炙《あぶ》るんですよね
どっちもおいしく頂くための儀式だから
縄でも鶏《とり》でも魚でも豚でも…
豚…
焼いて
?
盛りつけて
賞味する
ピギ
ショーでやったら面白かったから発案者にお礼でもと思って
栄田《さかえだ》君、肉か海鮮かどっちがいいかって
じゃあ肉?

【Blue Rose　榎田尤利作品集】

イラストレーター：高階　佑

　こちらはかなりの初期作品。ＢＬというよりＪＵＮＥの雰囲気かもしれません。当時の私はそのへんの差違をまったくわかっていなかったので、ニュートラルな気持ちで書いていただけなのですが。

　愛を全く知らない者が、愛を売ることで、その飢餓感を満たそうとする……などと説明すると、ますますＪＵＮＥっぽいですね（笑）。

　新装版の書き下ろしについては悩みました。これを書くのは蛇足なのではとも思いましたが、薄幸だった主人公に、落ち着く場所を与えてやりたかったのかもしれません。

Blue Rose
榎田尤利作品集

発行年月：2012年6月
発売元：大洋図書
SHY NOVELS

祝100冊!!
榎田先生、ご刊行100冊目
おめでとうございます!
『BLUE ROSE』新装版で
イラストを担当させていただいた
高階佑です。
切なくて退廃的でセクシーな
世界観がとっても素敵でした。
青くんが海辺でお母さんを想うシーンで
すごく泣いた覚えがあります。
これからも素晴らしいお話を
たくさんこの世に送り出してください!
ますますのご活躍を楽しみにしております。
高階佑

【erotica《エロティカ》】

イラストレーター：中村明日美子・他

エロス。ＢＬ作家として、エロスをおろそかにはできません。というか、エロが好きなのでＢＬ書いてますと言ってもよいのです。ただし男同士限定。いろいろなエロの宝石をギュッと詰めたような本が作りたいなあ！　と思ったので、自分で企画を持ち込みました。「エロばっかり書かせてください！」という感じですね。実に楽しかったです。この本は帯にイラストがあります。そのイラストについても、中村明日美子先生と膝をつき合わせて「こんな雰囲気で」「こんな？」「それそれ、そんな感じ！」と、その場でラフが完成したのでした。本を作る楽しさを再確認した一冊でもありました。エロスばんざい。

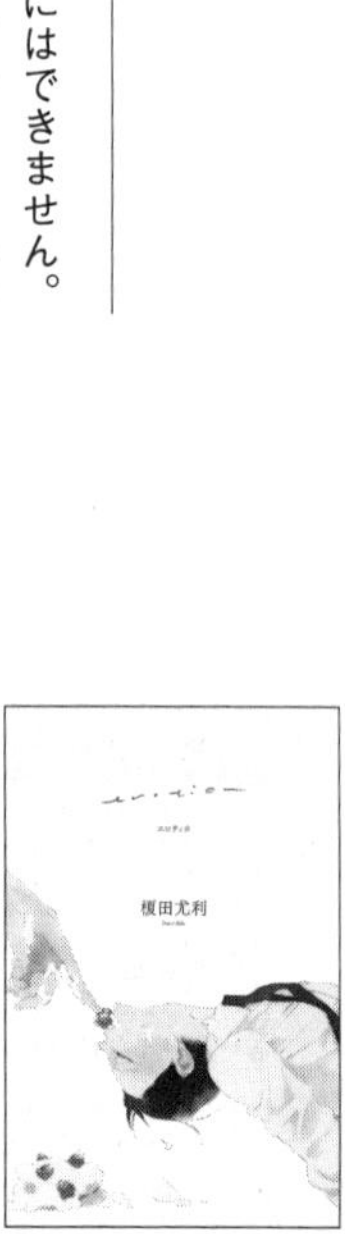

erotica エロティカ

発行年月：2012年8月
発売元：リブレ出版

アニバーサリー

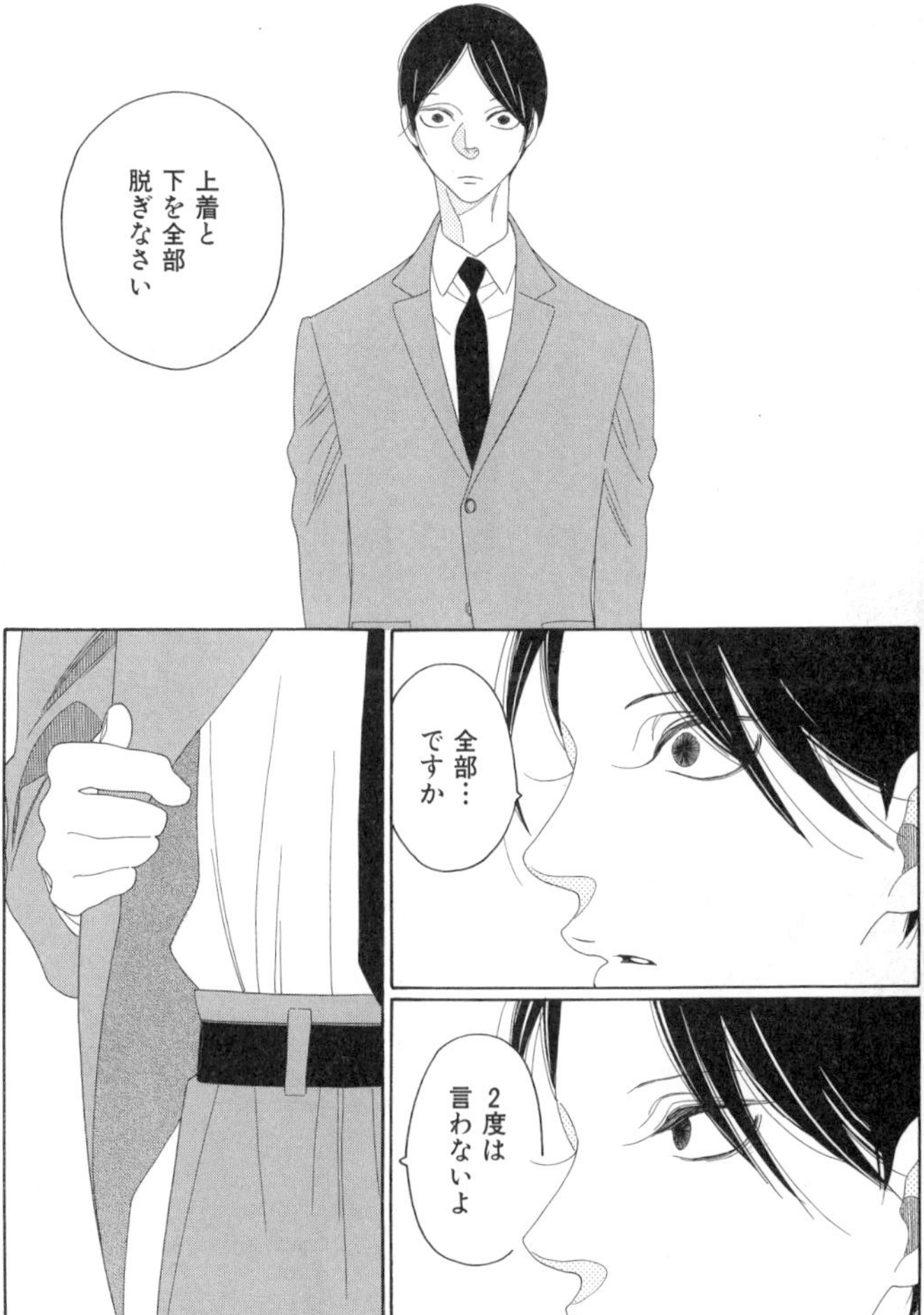

上着と下を全部脱ぎなさい
全部…ですか
2度は言わないよ

カチャ
おや

はしたない
もう何か期待しているのかな
恥ずかしい子だ
あっ
あん
あ…っ
あ…

はぁっ
はぁーーっ
は…
はっ
はぁっ
今日は君
誕生日だったね
おめでとう

【妖琦庵夜話】

人間とは少し違うDNAを持つ『妖人』。自分と違うものを敏感にかぎ分け、時に排他的になる『人間』。両者が存在する架空の現代日本の物語です。当初は四六判の単行本として発売され、やまねあやの先生にカバーイラストをつけていただきました。現在は角川ホラー文庫になっており、こちらは中村明日美子先生のカバーイラストです。両方ともに、とても雰囲気のあるすてきな表紙になり、嬉しいかぎりです。このシリーズは今後、角川ホラー文庫で継続する予定です。

ソフトカバー四六判
イラスト：やまねあやの
発行年月：2009年12月発行
発売元：角川書店

文庫版
イラスト：中村明日美子
発行年月：2013年6月発行
発売元：角川書店
角川ホラー文庫

【ハンサムは嫌い。 榎田尤利作品集】

イラストレーター：小椋ムク

美容室オーナーと、カリスマ美容師のお話。カリスマ美容師なる言葉が死語なのは重々承知です。でも当時はまだ生存している言葉でした。小説に時代性を入れようとすると、こういうことがしばしば起きます。流行語などは使わないようにすることも可能ですが、私は気にしないで使ってしまうほうです。どのみち、いつかは古くさくなってしまうものだろうし、逆にレトロ感が出ていいかもしれない（笑）。

またこの小説にはなかなか強烈な女性キャラクターが出てきます。BL小説にはあまり女性を出さない方がいい……というお作法を知らないままデビューしてしまった経緯上、私の作品はかなり女性が出ばる傾向が……。

ハンサムは嫌い。
榎田尤利作品集

発行年月：2012年9月
発売元：大洋図書
SHY NOVELS

じっ
…。
……
ハンサムだなぁ…
むに
はぁ…
店長さあ
わっ
みてた?
髪のびたね
僕でよければ切るけど
えっ
あでも
行きつけとかあるなら…
若葉《わかば》がいい…!!

はいっ
希望とか ある？
んー
任せる
じゃ
動か ないでね
しゃきん

しゃき
しゃきん
…へへ
……
なに?
いやあ…俺 次に髪を 切る時は
絶対 若葉にって 思ってたんだ
そんなの
毎日一緒に いるんだから いくらでも
うん そうなん だけどな
そうじゃ なくて…
カウンターって さ
いらっしゃいませ
お客様が外から 入ってくる時と 外に出ていく時
両方 一番はじめに 見るだろ

わあ
…違うんだよなあ やっぱ
別人に なっちまう
店長
がんばって下さい
ご自身が本来の由比《ゆい》さんのタイプとは違うことを忘れないように――…
若葉が切ると
がんばってるつもりだけど
今だって役立たずには変わりない
…ほら 俺
どうしようもなかったろ?
だから俺も
若葉に自信をもらいたかったんだよ
…
英生《ひでお》 動いちゃだめだよ
あ、わるい…

ちゅ
そういう所すきだよ英生
もちろん顔も中身も申し分ないけど
今から
ぼくがもっとよくしてあげる
ほら
ほんとに動かない…

わかばーっ!!!
わわわわ
ガターーン!!
じゃきん
でっ
あ
ばか…っ
ちょ
あぶ…
わ～～～…
ダンデライオン
チーフが失敗するなんて…!!
すごーい
……
いつも なんとなく 全てを察する ルイちゃん
・おしまい・
榎田先生、100冊!!!
おめでとうございます!!

コラム4

【秘密のプロットノート】

外出するときは、いつもプロット帳を持ち歩きます。
かさばらないサイズの小振りのノートで、
いわゆるネタ帳でもあります。
ほとんど殴り書きの勢いで、
プロット案をいろいろと書いていき、
少しずつ煮詰めていきます。
急いで書くので、漢字率が低く、
かつ漢字がめちゃくちゃだったりもします。
後日、自分で読んで意味がわからないこともしょっちゅうです。
人間関係などは図にする場合も多いですね。
エロティックなシーンのネタ出しをしている
走り書きなども多くあるので、
あまり人様には見せられません。
一度宿泊しているホテルに置き忘れ、
冷や汗を掻きながら宅配便で戻してもらいました。
私にはとても大切なものなので……。
このプロット帳をもとにして、
編集さんに提出するプロット案をパソコンで作ります。
これは作家にとってプレゼン資料みたいなものなので、
見やすく作るように心がけています。

【nez［ネ］シリーズ】

イラストレーター：湖水きよ

最新シリーズです。私自身わりと鼻のいいほうなのですが、これは一概に長所とはいえないな……と。人間って、いい匂いより嫌な臭いに敏感らしいですね。チリちゃんの場合、度を超した嗅覚なので、ある程度クサイのはスルーできるという設定になりました。でないと、生きていくのがつらすぎる（笑）。書いていくうちに、チリちゃんより鷹目《たかめ》が書きやすいことに気がつきました。いわゆるエリート攻のくせに、ほどよくバカで可愛いのです。今後、ふたりがどうなっていくのか、作者の私も楽しみなシリーズです。

……正直、ぜんぜん先が読めない（笑）。

nez［ネ］

発行年月：2012年10月
発売元：大洋図書
SHY NOVELS
シリーズ作品：
nez［ネ］-Sweet Smell-

榎田先生
100冊発行
おめでとう
ございます!!!
仲良し
ねー!♥
nezの挿絵を
描かせて頂いております
湖水と申します。
100冊発行!
おめでとうございます!
主役の2人もさることながら
個性的なパンドラ・ボックスの
面々が大好きです!
榎田先生の
よりいっそうの
御活躍を
お祈り致します!
湖水きよ。

【聖夜　榎田尤利作品集】

イラストレーター：ヨネダコウ

長い恋愛ストーリーを書いてみたくて、生まれた作品です。少年、青年、大人の男……。キャラたちが歳《とし》を取り、考え方が変化し、時代もまた変化していく。そんなドラマチックな物語を目指しました。

北海道から沖縄まで、舞台が大移動するというのも、やってみたかったことです。私はほとんど東京に住んでいるので、地方都市の空気を描くことに憧れます。なかでも沖縄というのは、私にとって特別な場所になっており、この作品に出てくる『夏のサンタ』のシーンはとても心に残っています。

聖夜
榎田尤利作品集

発行年月：2012年12月
発売元：大洋図書
SHY NOVELS

したらな、シマ
俺、東京行く

ふうん そっか
ん そうなん だわ
したっけさ アマチ 大学どうすんの 志望校、小樽《おたる》商大と違うんか
あー
でも母ちゃん こっちの大学は いやがるしよ
…だよな もともと おまえの母ちゃん 東京ン人だもんな
な、シマ。東京って 二月とかになんないと 雪降んねぇんだって
ホワイトクリスマス ってめったに ねぇんだってさ
へぇ
俺 実は東京 行ったことねぇの
へぇ そうか

いつ
東京
うん。来週はじめ
手紙
書くからさァ
……
…なんか言えよシマ
…
元気で、とか
遊びに行くぞ、とか
言えって

なんか言えって冷てーヤツだな
それでもトモダチかよ
うるせーな
勝手にどこでも行けっつーの
…
ぶ

したらな

「聖 夜」より

【LOVE and EAT 榎田尤利のおいしい世界】

私の作品には食事シーンがよく出てきます。人は日に三度食事をしますし、私にとってはキャラクターがどんな場所で誰となにを食べているかは、とても重要な問題なのです。おしゃれなカフェでガレットとシードルを楽しむキャラがいれば、牛丼屋さんでやたらと紅ショウガを入れてかきこむキャラもいる。そのキャラクターがどんな人なのか、食事はおおいに語ってくれます。

そんな拙著に出てくる料理たちのレシピ本がこちらです。ご協力いただいたまんまるさんのおかげで、とても素敵な本になりました。書店さんのレシピコーナーにあっても、まったく違和感のないデザインです。手軽にできるひと品から、パーティメニューまで、いろいろな料理が掲載されています。また、Pet Loversシリーズ、交渉人シリーズから、それぞれ書き下ろしの短編も入り、さらに奈良千春先生によるフルカラーの交渉人ショートコミックつきと、盛りだくさんな内容となっております。

B5変型
発行年月：2012年12月発行
発売元：大洋図書
共著：まんまる

【明日が世界の終わりでも　榎田尤利作品集】

イラストレーター：藤たまき

コメディとシリアスを織り交ぜて書くのが好きなのですが、こちらはシリアスだけでできあがっています。私の作品の中でも、暗いカラーの初期作品です。もともと、WEBで発表していた短編でした。

最近思うのですが、若い頃のほうが暗い作品を書けた気がします。年齢を重ねるにつれて、現実の中にいくらでも悲劇や苦しみがあることが実感として湧いてきて、そうすると暗い作品を書くのに、非常に大きなエネルギーが必要になってくるのです。ましてBLという恋愛エンタメで暗い作品を書くのがなかなかしんどくなり、キャラたちに救いを与えたくなります。この作品においては、『集い』が私にとっての救いでしょうか。

明日が世界の終わりでも
榎田尤利作品集

発行年月：2013年3月
発売元：大洋図書
SHY NOVELS

congratulations
100
100冊記念おめでとうございます！
辛いお話の2人でしたけど
やっぱ甘いのが好きー♡です♡
藤たまき

【海シリーズ】

マンガ：峰島なわこ

マンガ原作を書くようになったのは比較的近年なのですが、これがもう楽しくて……。もともとマンガ大好きなので、すごく張り切ってしまうのです。原作は脚本の形でお渡しする場合が多いのですが、それがネームになるたびに「おお、ここはこんなコマ割りになったのか」「ああ、やはりここは大ゴマ使ってくださった！　嬉しい！」などと喜んでいます。実は一度だけ自分でネームを切ったことがあるのですが、前後編の前編で力尽きました……。小説を書くときに使う脳とは、また違った場所を酷使した感じです。脳が筋肉痛になりそうだった（笑）。峰島先生に描いていただいたマンガは、近々、リブレ出版さんから発売予定になっています！

Citron vol.18
榎田尤利×峰島なわこ特集

発行年月：2013年1月
発売元：リブレ出版
シトロンコミックス
『海とヘビースモーカー』
11月25日発売予定
（2013年9月の情報です）

100冊記念感謝の焼肉パーティをしました。
じゃ
あ そっちもう焼けてるね
食べていい?
うん
待って待って
じゅ
ええと… 榎田《えだ》先生 100冊発行 おめでとうございます!
きゃ
まーす! すごいね〜!!
じゃ 食べていい?
まだ! まってね! まって!!
ちゃんとやることやってからね
何すれば良い?
えーと おめでとうコメントとか…あいさつとか…?
かな…?
ふーん
あ、そっかなら
おーい 畠《はた》ー!

あ？
ほら！トップバッターなんだし！
色々とお礼言わなきゃ
？何だトップって
知らねーよ
ぴょん
はい愛想ゼロ!!!
全っ然ダメ!!
あ
アンリ起きたの？
酔いつぶれてた
もてなしの精神ってのがわかってないね！
グイ。
ここはやっぱり華が要るだろ？
俺達の踊りでもてなそうよ
ね？教えてあげる
酔ってる
わっ
あれっ!?
これっ社交ダンスでしょ!?
バレエは!?
俺、教養全般いけるから
何ソレ
華って…おっさんじゃん
ぴくっ

田端《たばた》の悪口は許さないよ
大体あんたもおっさんじゃねーのかよ
あっ んだこの生意気なガキ
うるさいな 作中唯一タチネコハッキリしてないくせに
おい やめろ
コラー！
もー 仲良くしなよ！
アンリ 駄目だろ こんなおめでたい席で
大人なんだから！
うっ‥
…ちっ やってられっか！
空。
…おい 俺の分の肉は…？
は？ないよ あるわけないじゃん
食べつくした
畠おまえね 病人なんだよ 節食しなきゃだめなの！
は⁉
おまえなんかに残してやるもんか
あ⁉
あっ 来た！
ピンポーン

榎田先生、100冊発行
本当におめでとうございます！

先生と、先生の作品と出会えて
たくさんのすてきなキャラクター、
お話に巡りあえました。
ますますのお仕事のご発展を
お祈りいたします！
ありがとうございました！

峰島なわこ

コラム5

【好きなもの1】

舞台が好きで、時間を作っては劇場に赴きます。
歌舞伎、狂言、バレエがとくに好きです。
歌舞伎は好きが高じて『カブキブ！』という
小説まで書いてしまいました。
高校生たちが部活で歌舞伎に挑戦するという青春物語です。
私自身、歌舞伎は好きだけど詳しいわけではないし、
わからないことがたくさんある……という立場ですので、
取材先のみなさまのご協力によって、
歌舞伎ビギナーの方にもわかりやすい物語を目指しました。
同じく伝統芸能の狂言は、
歌舞伎にはまるより先に観始めていました。
能舞台のコンパクトな空間に、シンプルだけれど奥深い世界が
充満している雰囲気がとても好きです。
また、狂言の持つおおらかさもとても魅力的。
最近は和泉流と大蔵流が同じ舞台に立ったりと、
興味深い試みも多くなっています。

バレエ鑑賞はもう十五年ほど続いているでしょうか。
優雅なクラシック音楽が私を夢の世界に連れていってくれます。
あの優雅な動きをするために、
身体がどれほど過酷な訓練を受けているかを知ったとき、
ますますその魅力に取り憑かれました。
お気に入りの演目は『ジゼル』などのバレエブラン。
基本的に古典が好きなのですが、最近になって
コンテンポラリーの面白さも少しずつわかってきました。

【懐かしの…】

諸般の事情で流通がなくなり、新たな姿で刊行される本もあります。新装版が出る場合、文字通り『装いも新たに』ということで、イラストが変更になるケースも多いです。作者としては、同じ作品を別のイラストレーターさんで見られるという贅沢なことになります。こちらにあるのは、旧版の表紙を飾ってくれた美しいカバーたち。それぞれの素敵なイラストに、心から御礼申し上げます。

タイトル：永遠の昨日
イラスト：山田ユギ
発行年月：2002年2月
発売元：笠倉出版社
CROSS NOVELS

タイトル：Sleeping Rose
イラスト：金ひかる
発行年月：2001年10月
発売元：雄飛
i novels

タイトル：Blue Rose
イラスト：金ひかる
発行年月：2001年1月
発売元：雄飛
i novels

タイトル：聖 夜
イラスト：山田ユギ
発行年月：2002年12月
発売元：笠倉出版社
CROSS NOVELS

タイトル：ハンサムは嫌い。
イラスト：杜山まこ
発行年月：2002年5月
発売元：ムービック
GENKI NOVELS

タイトル：名前のない色
イラスト：宮本佳野
発行年月：2002年7月
発売元：雄飛
i novels

タイトル：普通の男
イラスト：宮本佳野
発行年月：2003年10月
発売元：光風社出版
クリスタル文庫

タイトル：明日が世界の終わりでも
イラスト：茶屋町勝呂
発行年月：2003年2月
発売元：笠倉出版社
CROSS NOVELS

タイトル：眠る探偵
イラスト：青海信濃
発行年月：2003年2月
発売元：マガジン・マガジン
June Novels

タイトル：普通の恋
イラスト：宮本佳野
発行年月：2006年10月
発売元：成美堂出版
クリスタル文庫

タイトル：無作法な紳士
イラスト：金ひかる
発行年月：2005年8月
発売元：ムービック
GENKI NOVELS

タイトル：largo
イラスト：依田沙江美
発行年月：2004年2月
発売元：笠倉出版社
CROSS NOVELS

【発行リスト】

001：2000/06　夏の塩／光風社出版
002：2000/10　プラスチックとふたつのキス／光風社出版
003：2000/11　ソリッド・ラヴ／大洋図書
004：2001/01　Blue Rose／雄飛
005：2001/02　メッセージ／光風社出版
006：2001/05　ハードボイルドに触れるな／大洋図書
007：2001/06　レイニー・シーズン／大洋図書
008：2001/06　過敏症／光風社出版
009：2001/10　Sleeping Rose／雄飛
010：2001/10　ロマンス作家は騙される／大洋図書
011：2001/12　放蕩長屋の猫／大洋図書
012：2002/02　オール・スマイル／大洋図書
013：2002/02　永遠の昨日／笠倉出版社
014：2002/04　リムレスの空／光風社出版
015：2002/05　ハンサムは嫌い。／ムービック
016：2002/05　ラブ&トラスト／大洋図書
017：2002/07　名前のない色／雄飛
018：2002/09　ひとりごとの恋／大洋図書
019：2002/12　弁護士は恋を自白する／大洋図書
020：2002/12　聖 夜／笠倉出版社
2002/12　I'm home／光風社出版
021：2003/02　眠る探偵／マガジン・マガジン
022：2003/02　明日が世界の終わりでも／笠倉出版社
023：2003/03　猫はいつでも甘やかされる／大洋図書
024：2003/04　エロティック・パフューム／大洋図書
025：2003/05　丘の上の愚者／角川グループパブリッシング
026：2003/06　ワークデイズ／大洋図書
027：2003/09　きみがいなけりゃ息もできない／ビブロス
028：2003/10　普通の男／光風社出版
029：2003/10　聖者は街にやって来ない／角川グループパブリッシング
030：2003/11　神さまに言っとけ／大洋図書
031：2004/02　largo／笠倉出版社
032：2004/03　神を喰らう狼／講談社
033：2004/05　少年はスワンを目指す／ビブロス
034：2004/06　100ラブレターズ／大洋図書
035：2004/06　秒針を止める放浪者／角川グループパブリッシング
036：2004/08　寡黙な華／大洋図書
037：2004/08　ゆっくり走ろう／徳間書店
038：2004/10　隻腕のサスラ／講談社
039：2004/12　片翼で飛ぶ鳥／講談社
2005/04　[新装版]人形の爪／講談社
040：2005/04　鏡よ、鏡／講談社
041：2005/05　誓いは小さく囁くように／大洋図書
042：2005/07　権力の花／大洋図書
043：2005/08　無作法な紳士／ムービック
044：2005/08　歯科医の憂鬱／徳間書店
045：2005/08　おまえが世界を変えたいならば／講談社
046：2005/12　沙漠の王／講談社
047：2006/01　執事の特権／大洋図書
048：2006/03　生まれいずる者よ／講談社
049：2006/06　犬ほど素敵な商売はない／大洋図書
050：2006/07　傀儡の巫女／講談社
051：2006/08　ごめんなさいと言ってみろ／リブレ出版
052：2006/08　ギャルソンの躾け方／徳間書店
053：2006/10　愛なら売るほど／リブレ出版
054：2006/10　普通の恋／成美堂出版
2006/11　[新装版]きみがいなけりゃ息もできない／リブレ出版
055：2006/12　銀の騎士金の狼／講談社

056：2007/02 交渉人は黙らない／大洋図書
057：2007/02 始まりのエデン／講談社
058：2007/04 Stepbrother／リブレ出版
059：2007/05 華の闇／大洋図書
060：2007/08 青い鳥／講談社
061：2007/09 吸血鬼には向いてる職業／リブレ出版
062：2007/09 ★宮廷神官物語 選ばれし瞳の少年／角川書店
：2007/11 きみがいなけりゃ息もできない 漫画：円陣闇丸／リブレ出版
063：2007/11 ダブル・トラップ／大洋図書
064：2007/11 アパルトマンの王子／徳間書店
065：2008/01 ★宮廷神官物語 少年は学舎を翔ける／角川書店
066：2008/05 ビューティフル・プア／リブレ出版
067：2008/05 菫の騎士／大洋図書
068：2008/06 理髪師の、些か変わったお気に入り／徳間書店
069：2008/06 ★宮廷神官物語 渇きの王都は雨を待つ／角川書店
070：2008/08 獅子は獲物に手懐けられる／大洋図書
071：2008/09 きみがいるなら世界の果てでも／リブレ出版
072：2008/10 交渉人は疑わない／大洋図書
073：2008/11 ★宮廷神官物語 ふたりの慧眼児／角川書店
074：2008/12 秘書とシュレディンガーの猫／大洋図書
：2009/03 [新装版]普通のひと／大洋図書
075：2009/04 ★宮廷神官物語 慧眼は主を試す／角川書店
076：2009/05 交渉人は振り返る／大洋図書
：2009/07 [新装版]夏の塩／大洋図書
：2009/07 [新装版]夏の子供／大洋図書
077：2009/09 蛇とワルツ／大洋図書
078：2009/10 はつ恋／リブレ出版
079：2009/10 ★宮廷神官物語 王子の証と世継の剣／角川書店
080：2009/12 ★妖琦庵夜話／角川書店
：2010/02 ★宮廷神官物語 Ⅰ 漫画：カトーナオ／角川書店
081：2010/04 ★宮廷神官物語 双璧の王子／角川書店

082：2010/07 交渉人は嵌められる／大洋図書
083：2010/07 交渉人は諦めない／大洋図書
：2010/11 [新装版]永遠の昨日／白泉社
084：2010/11 ★宮廷神官物語 鳳凰をまといし者／角川書店
：2010/11 ★宮廷神官物語 Ⅱ 漫画：カトーナオ／角川書店
085：2010/12 愛とは言えない 1／リブレ出版
：2010/12 恋とは呼べない ① 漫画：町屋はとこ／リブレ出版
086：2010/12 スウィーパーはときどき笑う／大洋図書
087：2011/01 愛とは言えない 2／リブレ出版
088：2011/04 ★宮廷神官物語 書に吹くは白緑の風／角川書店
089：2011/07 交渉人は愛される／大洋図書
090：2011/07 ★妖琦庵夜話 空蝉の少年／角川書店
091：2011/07 ★宮廷神官物語 運命は兄弟を弄ぶ／角川書店
092：2011/11 優しいSの育て方／大洋図書
093：2011/11 ★宮廷神官物語 慧眼は明日に輝く／角川書店
：2012/02 恋とは呼べない ② 漫画：町屋はとこ／リブレ出版
094：2012/02 愛とは言えない 3／リブレ出版
：2012/06 [新装版]Blue Rose／大洋図書
095：2012/08 erotica エロティカ／リブレ出版
：2012/09 [新装版]ハンサムは嫌い。／大洋図書
096：2012/10 nez[ネ]／大洋図書
：2012/11 恋とは呼べない ③ 漫画：町屋はとこ／リブレ出版
097：2012/11 愛とは言えない 4／リブレ出版
：2012/12 [新装版]聖 夜／大洋図書
：2012/12 ■LOVE and EAT／大洋図書
：2013/03 [新装版]明日が世界の終わりでも／大洋図書
098：2013/05 nez[ネ] -Sweet Smell-／大洋図書
：2013/06 ★[文庫版]妖琦庵夜話／角川書店
：2013/07 ★[文庫版]妖琦庵夜話 空蝉の少年／角川書店
099：2013/08 ★カブキブ！ 1／角川書店
100：2013/10 交渉人は休めない 榎田尤利100冊記念特別版／大洋図書

■印は企画本になります。
★印は榎田ユウリ名義になります。
新装版、文庫版、コミカライズ、企画本はナンバリングに入りません。

コラム６

【好きなもの2】

私の日常はだいたい、猫、仕事、猫、ごはん、猫、
仕事、猫、ごはん……の繰り返しです。
って書いてるそばから猫が来ました。
撫でます。ぐりぐりぐり。あああ可愛い……。
私はほとんど猫を撫でるために生きているのではないか……
だとしても幸福なのでまったく問題はありません。
ちなみに犬もウサギもフェレットもカメも、
動物はほとんど好きですが、猫は溺愛の域です。

ごはん関係。日常はわりとシンプルなものを食べています。
一汁一菜と小鉢がひとつくらい。料理は嫌いではありませんが、
さぼりたい時はさぼります。玄米も炊くけど、レトルトも食べます。
よい意味で適当にしておくと、心が楽です。
そうだ、先日、とてもお高いブレンダー（ミキサー）を買いまして、
毎朝グリーンスムージー作って飲んでいます。なんて健康的！
私はお酒も飲めませんし、脂っこい食べ物は苦手なので、
自由業らしからぬ健康的食生活です。
全国の名産・名菓などをお取り寄せするのも好きで、
そちらは現在中村明日美子先生とコラボで書いている
『先生のおとりよせ』（クロフネ ZERO/pixiv コミック）に
生かされています。来年あたり一冊にまとまる予定です。

考えてみると「猫」も「仕事」も「ごはん」も、
すべて私の好きなものです。
好きなことだけして暮らしています。幸福です。

あ、もうひとつ好きなもの。それはあなたです。
私の作品を読んでくださるあなたが大好きです。

榎田尤利作品人気アンケート

100冊記念特別版を発行するにあたり、
交渉人シリーズを除いたSHY NOVELSを対象として、
読者のみなさまにアンケートのご協力をいただきました。
人気作品として選ばれた上位3作の登場人物が、
今回収録の『夏のリング』に登場いたします。
そちらをお楽しみいただく前に、トップ3作品について、
榎田先生に語っていただきました！

【魚住くんシリーズ】イラスト：茶屋町勝呂

上製本 夏の塩
発行年月：2009年7月

上製本 夏の子供
発行年月：2009年7月

処女作にして代表作となったシリーズです。この作品でデビューしたことが、私のその後を決めたといっても過言ではないと思います。今は懐かしい『小説June』に掲載されていた、小説道場というコーナーへの投稿作でした。道場主は中島梓先生であり、一作目の『夏の塩』に評をいただきました。残念ながら一度もお会いすることはありませんでしたが、私と読者様の架け橋になってくださった恩人です。

その後も魚住の物語をJuneに投稿し続け、毎回掲載されて、いつ頃だったか忘れたのですが「あのー、まだ小説道場あてで送ったほうがいいですか……？」と聞いたら、当時の編集長に「あっ、そうだね！　次からもう僕に送っていいよ！」と言われたという経緯があります（笑）。その後、クリスタル文庫で発売になり、のちに新装版として、きれいな本を作っていただきました。魚住真澄というキャラは、永遠に私の支えになってくれることでしょう。

文庫版 夏の塩
発行年月：2000年6月
発売元：光風社出版
クリスタル文庫

2位

【犬ほど素敵な商売はない】

イラスト：志水ゆき

犬ほど素敵な商売はない
発行年月：2006年6月

この頃、SM作品が書きたいなと思っていたのですが、担当さんに「本気のSMはやめてください……」と頼まれ、かつ読者様もそんなに痛い作品は求めていないだろうな……と、いろいろ考えた結果『犬ほど素敵な商売はない』ができあがりました。SMどころか超甘い共依存ラブストーリーです。おかげさまでご好評をいただき、他のペットも書くことに。二冊目でライオンが来て、三冊目は猫。そして最後はイグアナを書きたかったのですが、ヘビになってしまいました。イグアナはおとなしい爬虫類すぎて、プロットが思いつかなかったのです。ちなみに『蛇とワルツ』に出てくる絵本『ヘビのニョロリ』は私の想像本で、モデルとなっているのは『へびのクリクター』というトミー・ウンゲラーの絵本です。

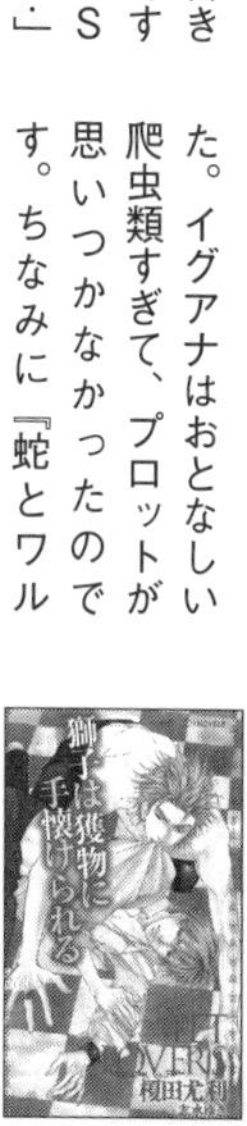

獅子は獲物に手懐けられる
発行年月：２００８年８月

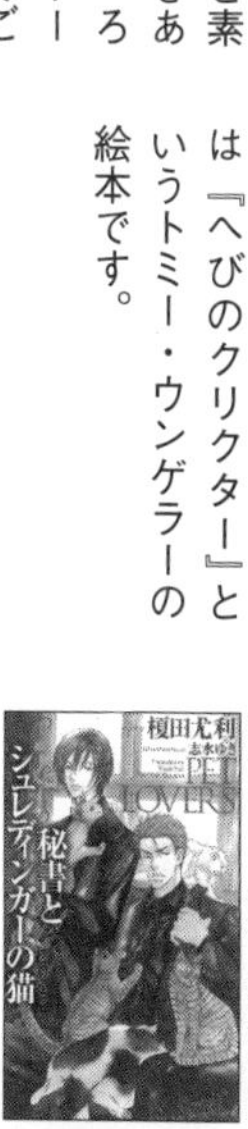

秘書とシュレディンガーの猫
発行年月：２００８年12月

蛇とワルツ
発行年月：２００９年９月

3位

【ラブ＆トラストシリーズ】

イラスト：石原 理

ラブ＆トラスト
発行年月：2002年5月

小洒落たアクション映画みたいなオープニングを意識して書いたシリーズです。動きがあって、BGMが聞こえてきて、最後にタイトルがドン、と出る……みたいな。そうできたかどうかは……精進します……（笑）。

　主人公たちは実の兄弟です。兄弟BLは大好きなのですが、なぜか兄弟カップリングにはなりませんでした。自分でも不思議。でも天と核の場合、すごく愛しあってるけどあくまで家族である、というのがいいところかもしれません。恋愛においては、他者である沓澤と正文が必要になってくるわけです。他者もいないと、世界が閉じてしまいますものね。ひとつの事件を追い、解決に導いていくというスタイルの先駆けになったシリーズでもあるかも。のちの交渉人シリーズもこの型です。ドタバタな雰囲気も少し似ているかな？　そしてどうでもいいことですが、沓澤と轡田（『犬ほど素敵な商売はない』の攻キャラ）って音がすごく似てますよね……作者も時々混乱します（笑）。

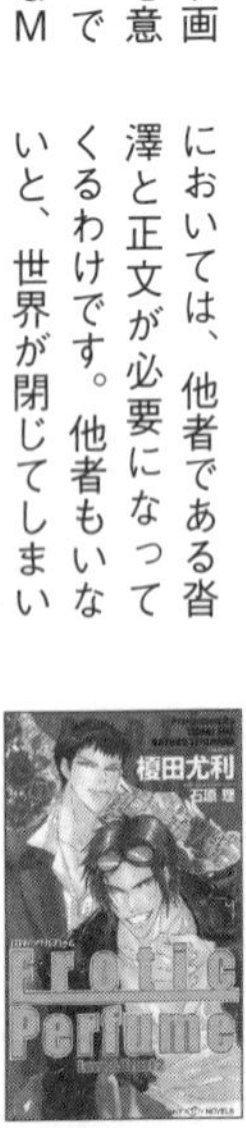

エロティック・パフューム
発行年月：2003年4月

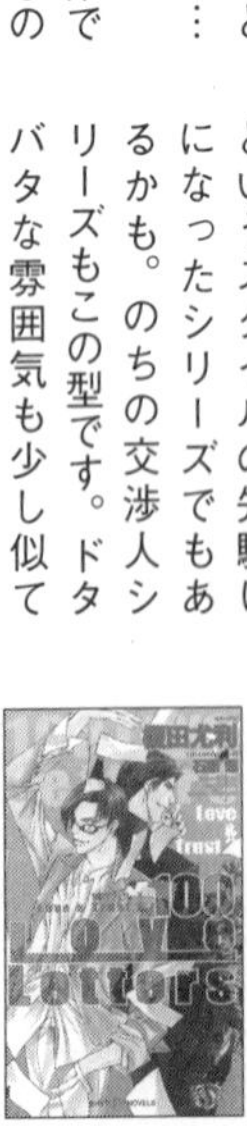

100ラブレターズ
発行年月：2004年6月

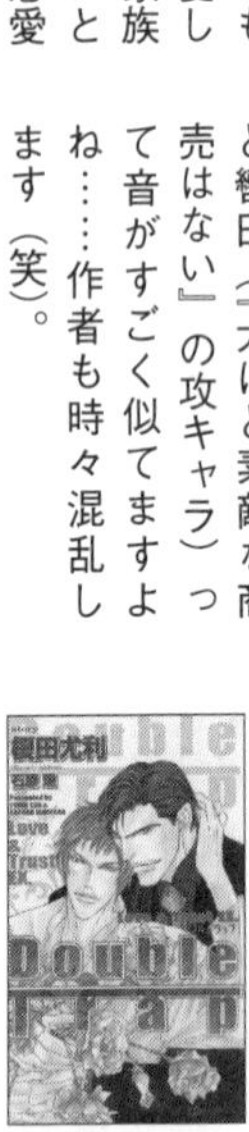

ダブル・トラップ
発行年月：2007年11月

夏のリング　榎田尤利

1

「ヨシくん、ミミガーってどういうのだっけ？」

「ええと……豚の耳ですね。こう、コリコリしてて和えものとか……」

「うんうん、アレね。ジーマミー豆腐っていうのが、泡盛に漬けたチーズみたいなやつ？」

「いえ、それはたぶん豆腐よう……。ジーマミー豆腐は、落花生の……」

「あっ、そうか！　ちょっと甘いタレで食べるやつよね。あれ好き！　沖縄《おきなわ》初めてだから楽しみだなー。……へえ、那覇《なは》市に免税店あるんだ。国内唯一の路面免税店だって」

「い、行きたいですか？　帰りの飛行機を変更すれば、本島に半日くらいの滞在は……」

良樹《よしき》が慌ててガイドブックを捲《めく》り始《はじ》めると、サヤカは「いいよ、大丈夫」と笑う。

「そんなに行きたいってわけじゃないから」

「あ……ほんとに？」

「ほんと。今回は海でも眺めながら、のんびり過ごそうよ。ホテル楽しみだなあ。憧《あこが》れのオーシャンビューだもの」

上機嫌な声で言い、細い指先がアームカバーを直した。八月後半、那覇空港の窓の外は快晴だ。サヤカはパーツモデルという職業柄、紫外線にはかなり気を遣っている。

「……日焼け……大丈夫でしょうか……」

良樹が独り言のように呟くと「平気平気」と軽い調子が返ってきた。

「最近の日焼け止めは効果が高いし、このアームカバーもUV加工だし、海ではちゃんとラッシュガードも着るし。昔は海に行くこともなかったけど……なんだか最近、それももったいないかなあって」

「もったいない？」

うん、とサヤカが頷く。

ふたりは離島へと向かう乗継便を待ち、搭乗ゲート前の椅子に腰掛けているところだ。

高い位置でくるんと括《くく》った髪の、うなじにかかる後《おく》れ毛《げ》に良樹は見とれた。主に手のパーツモデルとして活躍しているサヤカだが、綺麗なのは手だけではない。ちょっと吊り目の顔も魅力的だし、脚だってすらりとしている。あと十センチ身長があったら、きっとショーモデルとしてランウェイを歩けたはずだ。サヤカは一六五センチで、それでも良樹より五センチ高い。

「二十代でぜんぜん海に行ってなくて、もちろんスキーも行ってなくて、屋外で遊ぶことのないまま三十も過ぎて……もったいないなあって。あたしの知らない、楽しいことが、世の中にはいっぱいあるんだろうなあって」

「はい……」

「だからヨシくんが沖縄誘ってくれて、すごく嬉しかった！」

サヤカがこっちを見る。良樹を見て微笑む。

「自分から動くのってなかなか難しいから、きっとこれはいい機会なんだって思ったの。水着買ってる時からドキドキだよ。楽しもうね」

「は、はい……」

夢なんじゃないか。

良樹はいまだにそう思う。幾度同じことを思ったかしれない。

最初は、メアドを教えてもらえた時だった。

友人に誘われた異業種交流会に参加した夜だ。良樹はアパレル関係の会社に勤めているが、所属は経理部である。ファッションに無関心とは言わないが、小柄で小太りな自分がめかし込んだところで、滑稽《こっけい》なだけだろう。結局、いつも無難な格好しかしない。異業種交流会に参加したのも、急に行けなくなった友人の代理にすぎなかった。

そこでサヤカに出会った。

すらりとした美人なのに気さくで、彼女が笑うと周囲の空気まで変わるような人だった。良樹ともいろいろな話をしてくれた。動物が好きで、特に猫が好き。でも引っ掻かれて手に傷ができると、仕事に差し障《さわ》るから飼えないと嘆いていた。ちょうど、良樹の実家で飼っている猫が子供を産んだばかりで、その写真を見せると「可愛い！」を連発して喜んでくれた。

たった五分の会話で、もう恋に落ちていた。

引っ込み思案な良樹が、渡した名刺にプライベートのメアドを書いたことは奇跡に近い。だがさらなる奇跡は、後日彼女からそのメアドにメールが入ったことだった。きっと夢だと思いながら携帯電話を見つめて、良樹は小さな目を何度も瞬《またた》かせた。

夢のような出来事は続いた。

サヤカとふたりで食事に行くことになった。

華やかな業界で活躍する女性の喜ぶレストランなど、良樹が知るはずもない。無理して笑われるよりはと、行きつけの居酒屋にした。焼き鳥が美味しいと、サヤカは喜んでくれた。今度は映画の話が盛り上がった。恋愛コメディが好きというふたりの趣味は似ていて、次は映画を見に行くことになった。サヤカから誘ってくれたのだ。

夢だ、きっと夢だと良樹は思った。こんなにとんとん拍子なんて、あり得ない。

だが夢はなかなか終わらなかった。

五回目のデートの帰り際、サヤカは「部屋に寄っていかない？」と言った。都合のいい空耳まで聞こえるなんて、のぼせすぎてるなあ……良樹はそう思いこみ「はい、またメールしますね」ととんちんかんな返事をした。サヤカは困ったように笑って、ちょっとのあいだ黙り、もう一度「コーヒーでも、飲んで行かない？　狭いとこだけど」と繰り返してくれた。そこでやっと空耳ではないのだと気づき、思った。ああ、僕はきっと明日死ぬんだ。だから神様が憐《あわ》れんで、こんな幸運を授けてくれたのだ、と。

けれど、死ななかったのだ。

良樹は翌朝も生きていて、隣ではサヤカがすやすやと眠っていた。

ふたりは恋人同士になった。

サヤカは良樹をヨシくん、と呼ぶようになり、良樹はサヤカをサヤさん、と呼ぶ。あまりに幸せで、あまりに長い夢だ。こんな夢を見てしまったら、目覚めた時の絶望に耐えられない。

——そのうち、幸運の壺《つぼ》とか買わされるんじゃないのか？

旧《ふる》い仲間と会った時に報告すると、そんなふうに笑われた。

——そうそう、よくわかんないセミナーに連れていかれたりな？

——でなきゃ、金貸してくれって言いだすかも。気をつけろよ〜。

棘《とげ》のあるからかいを聞きながら、無理もないと良樹は思った。良樹自身、この幸運が信じられないのだから。

冴えない容姿。ありきたりな学歴。金があるわけでもない。気の利《き》いた会話ができるわけでもないし、これといった特技もない。サヤカより五つも年下で、頼りにもならない。人に嫌われることも少ないが、そのぶん印象が薄い。中学高校の同級生で、いったい何人が良樹を覚えているだろうか。

こんな自分のどこを気に入ったというのか？

サヤカに聞きたいけれど、怖くて聞けない。聞いた途端に、夢が終わりそうで怖い。

そう、怖いのだ。

サヤカとつきあい始めて半年、ずっとずっと怖い。サヤカをどんどん好きになっていく自分が怖い。夢の終わりが怖い。小心者と笑われるだろうが、それが良樹の正直な気持ちである。

自信がない。徹底的に、自信がない。

自信がないことにかけては、自信がある。と、ややこしい表現をしたくなるくらいだ。

「ヨシくん、このホテルすごく素敵で……でも、高そう。あたし、やっぱり半分出すよ」

ホテルのパンフレットを見ながらサヤカが言い、良樹はぶんぶんと首を横に振った。確かに『サンクチュアリ』は宮乃島《みやのじま》で随一の高級ホテルだけど、サヤカに金を出させるなんてとんでもない。金のかかる趣味もない良樹なので、そこそこの貯金くらいはある。

「大丈夫。旅行代理店の友人から、お得なパックを教えてもらったし」

「でも……」

「一緒に来てくれるだけで、嬉しいんです。ありがたいんだ。拝みたいくらいに」

真面目に手を合わせて言ったのだが、サヤカは冗談だと思ったらしく「やーだ、もう」と笑って、良樹の背中を叩いた。自分の肉がぷるん、と震えるのがわかる。

もっと痩せていれば。もっと背が高ければ。イケメンなら。会話上手なら。

いくら考えても虚しいだけだけれど、思わずにはいられない。サヤカと会うたびに嬉しくて、そのぶん不安が大きくて——苦しい。

サヤカが好きだ。どうしようもなく好きだ。

良樹にとってサヤカは、茶目っ気のある女神みたいな存在だ。おそらくもう二度と、こんなすてきな女性には巡り合えないだろう。

ならば、勇気を振り絞ろうと思った。

この旅行でけじめをつけよう。良樹は二十九、サヤカは三十四になった。ちっとも早くはない。

手荷物の中に入っている、小さな箱を渡せばいい。先週、思い切ってそれを買った。ダイヤモンドのきらめくリング……買っただけでドッと疲れた。無駄になる可能性が大きいことは百も承知だが、美しい南の島で渡したかった。

「ヨシくん？」

緊張した顔になっていたのだろうか、サヤカが良樹を覗きこむ。良樹は「なんでもないです」と無理に笑って、さんざん読み尽くしたガイドブックをまた開いたのだった。


宮乃島に到着したのは夕刻、まだ日没までは間がある頃だった。

高い建物の一切ない拓《ひら》けた空に、サヤカは感動してはしゃいだ。迎えに来てくれたホテルのスタッフが「海をご覧になったら、もっと感動しますよ」と教えてくれる。

「わあ、海、めちゃめちゃ楽しみ！」

「お客様、宮乃島は初めてですか？」

「初めてです！　気持ちのいい所ですねえ」

サヤカは車の窓を開けて、島風を頬に受けている。窓の外は一面のサトウキビ畑だ。ざわざわと、まるで良樹の心のように揺れている。

およそ二十分ほどで、ホテルに到着した。

サヤカはなにを見ても「すてき」「すごい」「きれい」を連発し、本当に嬉しそうだ。その笑顔を見ていると、良樹の中にも小さな自信が湧いてくる。サヤカを今、笑顔にしているのは紛れもなく自分なのだ。サヤカを大事に思う気持ちならば誰にも負けない。そうだ、人間の価値は見てくれだけで決まるものではない。それに、イケメンは三日で飽きるけど、ブサメンは三日で見慣れるって誰かが言っていたではないか。

……という自信は、ほどなく砕け散ることになる。

ホテル内を見て回りたいというサヤカのリクエストで、まずはメインプールへ行ってみた。日中よりも過ごしやすい時間帯のせいか、何人かの客がそれぞれくつろいでいる。

青いタイルがとても美しいプールだ。ここでのんびりしたら気持ちいいね、と話しながらそぞろ歩いていると、ザブリと誰かがプールから上がってきた。

背の高い男——その肢体から、滴る水滴。

ショートスパッツタイプの、身体にピタリと添うスイムウエアを着ている。

長い腕に、長い脚。バランスのいい筋肉……背中のラインが美しく、肩胛骨《けんこうこつ》まで綺麗な形をしていた。ムキムキの筋肉自慢ではなく、むしろ痩身なのだが、脆弱《ぜいじゃく》さはかけらもない。

彼が濡れた髪をかき上げる。

良樹の口が開いた。ポカンと開いた。隣でサヤカが「わ」と小さく言った。

サヤカだけではなく、やはり散歩をしていたらしい別のカップルも足が止まっていた。

それくらい、印象的な男だった。

少し長めの、癖のない黒髪。尖《とが》り気味《ぎみ》の顎《あご》に、すっきりした鼻筋。なにより、切れ長な奥二重の目……すべてを見透かすような、その眼差し。男性に向ける言葉ではないかもしれないが、アジアン・ビューティーなる単語が浮かんでしまう。年齢的には三十前後だろうか。わずかに青年の香りを残しながら、完全な大人の男に変貌中という風情だ。

携帯電話が鳴る。プールサイドのデッキチェアの上だ。水から上がった男が大股で歩き、右手で電話を、左手でタオルを取る。

「喂《ウェイ》？」

彼が喋り始める。少し気怠い声まで綺麗だ。

日本語ではなく、中国語だった。ああ、中国人なのか。そういえば、どこか異国情緒のある風貌だな……などと思っているうちに通話は終わった。そして、

「こんなところまで来て、仕事か？」

小さなテーブルを挟み、隣のデッキチェアに寝そべっていた男が言う。顔の上に伏せていた雑誌を取ると、またしてもちょっと見ない色男だ。年の頃は四十くらいだろうか。

「向こうで少しばかりトラブルがあったようです。まあ、天《てん》がなんとかするでしょう」

すらすらと日本語で返した。やはり日本人らしい。

「あいつ、まだ向こうなのか」

「明日の便でこっちに来ますよ。正文《まさふみ》も一緒に」

「正文の仕事は東京だろ？」

「夏休みを利用して上海《シャンハイ》に行ってるんです。なかなか会えないから、天はいつも文句ばかりだ。僕たちは一年の半分は日本にいないですからね」

「俺だって文句を言いたい。おまえは忙しすぎるんだ」

そう言って男は笑った。どこか危険な香りのする笑みからは、成熟した男のフェロモンがにおい立つようだ。きっちり鍛え上げた身体に、タオル地のパーカを羽織っていた。不思議な雰囲気のふたりだった。友人にしては歳《とし》が離れているし、兄弟や親戚という感じもしない。

あまりじろじろ見ているのも失礼だ。良樹たちは再び歩きだし、その場を離れる。プールサイドからホテルのロビー内に戻ると「はぁ」とサヤカが息をついた。

「すんごい美形だったね！」

「あ……うん、ほんとに」

「あたしも一応モデル事務所に所属してるから、イケメンはわりと見慣れてるんだけど……あのレベルは心臓に悪いわぁ」

「彼も……モデルなのかな……？」

少し先を歩いていたサヤカがくるりと振り返り「違うんじゃない？」と言う。黄色いマキシ丈のスカートがふんわり揺れた。

「なにか、仕事の話してたし。中国語ペラペラだったし……輸入関係かなあ？　それに、モデルってもっとこう、チャラいというか……明るい感じの人が多いの。今の人は、もっとミステリアスだった！」

声が弾んでいる。無理もない。女性は色男を見るとテンションが上がるものなのだ。心の中で溜息をつきながら、良樹は「お腹《なか》すきませんか？」と聞いた。

「うーん、まだ平気。ちょっと海辺も散歩したいな」

「そうですね。そしたらお腹も減るかも。……あ、レストラン予約しておきましょうか。なにがいいかな……」

ホテル内には、イタリアン、鉄板焼き、沖縄風懐石料理などのレストランがある。けれどサヤカがリクエストしたのは「沖縄の家庭料理」だった。コンシェルジュに相談してみると、海の近くにぴったりの店があるという。

「ウミガメが産卵にくる砂浜があるのですが、その近くの『くわっちー』というお店です」

「くわっちー？」

「はい。沖縄の言葉で『ご馳走』という意味です。レストランというより食堂という雰囲気のカジュアルなお店ですが、家庭料理でしたらおすすめしますよ。チャンプルーや沖縄そばがあって、店のおばあが三線《サンシン》を弾いてくれたりもします」

「すごくよさそう！」

初日のディナーが食堂でいいのかなとは思ったが、サヤカがそうしたいならば異存はない。浜までは歩くと三十分くらいかかってしまうらしく、車を出してくれた。

「ちょうど夕焼けの海が見られますよ」

ドライバーの言葉に、サヤカが目を輝かせる。

夕焼けに染まる海……指輪を渡すには、最高のシチュエーションだ。

いや、でも到着したばかりだし、早すぎるか？　もしサヤカが受け取ってくれなかったら……想像しただけで、背中が寒くなる。最悪の事態だ。もしかしたら、サヤカはその足で東京に帰ってしまうかもしれない。ここは慎重にならなければ。

海辺に到着し、車は引き上げていった。帰りは『くわっちー』から電話を入れれば、迎えに来てくれるそうだ。

「うわぁ……ヨシくん、見て。海の色が……」

うっとりとサヤカが言う。良樹もまた、言葉もなく海に見入る。

茜《あかね》の空を、海が映し出している。雲は複雑な層を描き、光が波に反射する。壮大なのに、どこかせつなく胸を絞られるような、素晴らしい眺めだった。

「広いね……海も空もこんなに広くて……世界はすごく広いのに……あたしたち、ちゃんと出会えてよかったね……」

空を見上げながらサヤカが呟く。

そんなことを言われたら、涙が滲んでしまいそうだ。声を出すと絶対に上擦ってしまうと思い、良樹は黙ってサヤカの手を握った。サヤカもギュッと握り返してくれる。サヤカはこんないい女《ひと》なのに、自分はなにを躊躇《ためら》っているのだろう。なにを怖がっているんだろう……。

手を繋いだまま、浜辺を歩いた。

サヤカのオレンジ色のサンダル。自分の茶色いサンダル。四つの足跡がサクサクと砂浜を進んでいく。こんなふうに、ずっとふたりで歩けたら——良樹は左手で、そっとハーフパンツのポケットを探る。小さな箱はそこにある。

どうしよう。

やはり今出して、渡すべきなのか。

「あれ、ヨシくん。なんかやってるよ?」

俯《うつむ》きがちに思い悩んでいた良樹は、サヤカの声に顔を上げた。

少し先に、数人が固まっているのが見える。やや奥まった場所にはタープテントが設置されていて、そこにも人がいる。海水浴という雰囲気がしないのは、みな着衣のままだからだ。

キラリ、となにかが光った。

「あ。レフ板」

サヤカが呟いた。確かに、それらしきものが見えた。

近づくにつれて、人々の様子がわかってくる。レフ板を持つ者。カメラを構える人。メイクパフを持って待機する人……ということは……。

「撮影してるみたいね。ヨシくん、あっちに回ろ?」

パーツモデルとして、こういう現場には慣れているサヤカが言う。撮影の邪魔にならないように迂回して歩くと、タープテントが近くなってきた。

ひとりの男が中に置かれた椅子に腰掛けている。

生成《きな》り色《いろ》のシャツに、くるぶし丈の白いパンツ。サングラスをかけており、髪はきちんと整えられていて、カジュアルな中にも清潔感が溢れていた。

「岡《おか》」

男が、タープの前に立っていた男を呼んだ。スタッフのひとりらしい。

「はい?」

「……あれはやりすぎじゃないのか。あんなにべったりくっつかなくても」

「お言葉ですがね、社長。ぜんっぜんやりすぎじゃありません。今回のキャッチは『ヤケドしそうに、セクシー』です。企画書、ちゃんと読んでくださいよ」

「読んだ。読んだが……」

「公私混同はいいかげんにしないと、もう現場に連れてきませんよ。今回だって、同行しなくていいって言ったのに……」

「………」

どうやら社長と呼ばれた男のほうが、形勢が悪いようだ。波打ち際でポーズを取っている女の子が、彼のお気に入りなのだろうか。真っ青なサマードレスを着た黒人の美女だ。隣にいる男性モデルはさっきまで彼女を抱き締めるようなポーズを取っていたが、今はメイク直し中だ。黒人美女のセクシーボディに一瞬見とれた良樹は、いやいや、サヤカのほうがずっと綺麗だと思い直し、手を繋いだ恋人をチラリと見る。

サヤカは、こちらを見ていなかった。

モデルのほうをじっと凝視してる。なにか気になるのだろうかと、良樹がもう一度波打ち際に視線を戻した時、

「じゃ、改めていきまーす」

とカメラマンが声を上げる。メイク直しが終わったらしい。

モデルふたりが再びポーズを取る。

抱き合う男女……だが、女性の顔の向きが変だ。あれでは、彼女の顔がカメラに収まらないのではと思った良樹だが、次の瞬間にその理由を知る。

違うのだ。

主役は彼女ではない。男性モデルのほうなのだ。

遠目にもわかる、そのオーラ――海と一緒に輝いているような男だった。

当然背は高く、モデルとして申し分のない身体つき。栗色の髪は計算された無造作さで靡《なび》いている。くっきりした鼻筋や頬骨の感じからして、純粋な日本人には見えない。おそらく白人系の血が混じっている。上半身は裸で、穿《は》いているのはハーレムパンツ。見ているほうがドキリとするくらいの浅い腰穿きだ。

ふたりは様々なポーズを決める。

男のカメラ目線は猛禽類《もうきんるい》のように鋭く、獲物を蕩《とろ》かす色気に溢れていた。ある程度の距離を置いている良樹にすら、その威力が伝わってくるほどなのだ。

「……ユキ」

ぽつりとサヤカが言った。知ってる人ですか、と良樹が問い返すより早く、タープの下の男がこっちを見る。社長と呼ばれていたほうだ。

「うん？　サヤカじゃないか」

男がサングラスを取った瞬間、良樹は軽く目を見開いた。

またか。またイケメンか。今日だけで、規格外の美形四人目だ。

歳は結構いっていていて、四十を回っているだろうが、美形には変わりない。隙のない目つきに聡明さが滲《にじ》み出《で》ていて、仕事のできる男だというのが伝わってくる。

「えっ、社長?」

「驚いたな。なんでここに?」

「あたしもびっくりです。休暇なんですよ〜。うふふ、彼と来ました」

繋いでいた手を放し、代わりにクイッと腕を組まれて、良樹は真っ赤になる。嬉しいけれど、恥ずかしくて、しかも社長とやらがわざわざ立ち上がってくれたのでなお恐縮してしまった。うわ、背も高い……この人がモデルだと言われても、少しも違和感はないくらいだ。

「どうも、轡田《くつわだ》です。モデル事務所を経営しています」

「ひ、廣田《ひろた》良樹です」

見下ろされるようにしながら、握手をした。

「サヤカには、よくうちのモデルと組んで仕事をしてもらっているんです。ああ、あそこにいる倖生《ゆきお》も時々ご一緒してますよ」

「えっ……あの彼、と?」

「もちろんあたしは手だけよー」

サヤカが笑って話す。

「一番最初はアレでしたよね。……こう、仰向けに寝そべったユキが、あたしの摘んだアメリカンチェリーを食べてる写真」

「そう。トワレのポスターだったかな。まだ倖生が慣れてない頃で、サヤカにはなにかと助けてもらったんですよ」

「あの頃のユキ、可愛かったなあ」

思い出すようにサヤカが言った。

「まだ二十二、三だったかしら？　今じゃすっかり事務所の看板よね。身体もいい感じにできあがって、男っぷりも上がって……いくつになったんです？」

その質問に轡田はしみじみと「三十だよ」と答え、モデルたちに視線を戻した。それと同時に「はい、オッケーです！」の声が上がり、撮影が無事終了したらしい。黒人美女が倖生という男の頬にチュッとキスをし、その瞬間、轡田が「おい」と部下を睨《にら》んだ。さきほど岡と呼ばれていた男が「あれくらい挨拶《あいさつ》でしょうが」と呆れた顔をする。この社長は、あの黒人モデルがよほどお気に入りらしい。

「あれ？　あれあれ？　サヤ姉だよね！」

倖生が駆けてくる。

陽はかなり傾いているのに、彼の周囲だけがキラキラと輝いて見えて……とても同じ人間とは思えない。

というか、倖生が人間ならば、自分はなんなのだろう。

なにか別のみっともない生き物のような気がして、良樹は一歩後ずさった。サヤカは倖生に駆け寄って、再会を喜び合っている。

「ユキー。いい撮影だったねー。大人の色気出てたよ」

「マジで？　俺も演技力ついてきたかな」

満面の笑みになると、撮影中の鋭い雰囲気はなくなり、甘さのある色男になった。

「演技力つきすぎると、社長がヤキモキしそうだけどね」

「あははは、ほんとほんと。岡さんが苦労してるんだ。……こちらは？」

倖生が良樹を見た。それだけで、砂浜に穴を掘って埋まりたい気分になる。できるならいますぐ、ヤドカリになってしまいたい。

可哀想だ。サヤカが可哀想だ。

自分のような男を彼氏だと紹介しなきゃならないなんて、可哀想すぎる。とても耐えられない。

「あ、この人はね……」

「サヤさん。い、行きましょう……」

「え？」

「すみません、僕たちちょっと急いでますので。これで失礼します」

ぺこりと頭を下げ、サヤカの腕を取って、良樹はその場を後にした。

逃げるようにして……というか、まさしく逃げたのだ。振り返らないようにしたので、彼らがどんな顔をしたのかは確かめようもない。

早足で、かなりの距離を移動し、やっと歩調を緩める。

恥ずかしい。自分が恥ずかしい。ユキという男にきちんと挨拶できなかったことも、逃げたことも、そもそもこの自意識が恥ずかしい。誰も自分のことなど気にしていないだろうに、それはわかっているのに、時々こんなふうにどうしようもなくなるのだ。

「……ヨシくん?」

遠慮がちに、サヤカが声をかけてきた。

「あの……ごめんね。……つい……ヨシくんのこと紹介したくなって……ヨシくんにとっては、ぜんぜん知らない人なのに……」

そうじゃない。謝らなければならないのは良樹のほうだ。コンプレックスを抱え、卑屈になっている自分のほうなのだ。

「ヨシくん……」

サヤカの声がなお小さくなる。良樹は自己嫌悪を押し殺し「いいんです」とぎこちない笑顔を見せる。

「こっちこそ、すみません。ああいう華やかな世界の人たちって、僕は慣れてないもんだから……いい歳して、人見知りしたりして……」

「ううん、気にしないで」

サヤカがまた、良樹の手を握ってくれる。

とても綺麗で、温かいその手……なんていい人なんだろう。なんて優しいんだろう。サヤカがすてきな女性だと思うたびに、自分が情けなくなる。こんな自分のどこがいいのかと、また同じ疑問で自らの短くて太い首を絞める羽目になる。

「ヨシくん、お腹すいた！　ごはんに行こう！」

わざと明るい声を出し、サヤカが言ってくれた。良樹は頷き、『くわっちー』を目指してふたりで歩きだした。


なるほど、レストランというより、食堂だ。

『くわっちー』の店内を見回して、良樹は思う。飾り気のない店内、テーブルには箸入れになっているビールジョッキ、塩胡椒《しおこしょう》の容器に、沖縄ではお馴染《なじ》みのコーレーグース。

「なににしよっか。まずはビールでしょ、それから気になってたミミガーと、ジーマミー豆腐、やっぱり海ぶどうも外せないよね！　あっ、見て。島らっきょうの天ぷらだって。美味しいのかなあ？」

楽しそうにメニューを開くサヤカを見ていると、落ち込んでいた良樹の気分も少しずつ浮上してきた。数冊のガイドブックでじっくり学んできた沖縄食材の説明をすると、感心顔で聞いてくれる。ちゃんと下調べしてきてよかった。

次々と料理が並ぶ。

コンシェルジュの言葉に嘘はなかった。どの皿もとても美味しいのだ。初沖縄である良樹たちにとっては、冒険心でオーダーしたナーベラー炒《いた》めも、味噌《みそ》味《あじ》が効いていて白飯との相性が抜群だった。ヘチマがこんなふうに食べられることを、良樹も初めて知った。

うまい店なので、当然混雑する。

八時を回ると、地元客も増えてきた。さほど広くないテーブルはあっというまに埋まってしまう。すぐ近くに小さなホテルがあって、そこの宿泊客も多いようだ。

「出遅れた。満席だぞ」

入り口で男の声がした。

黒いTシャツを着た三十代後半の男が、店内を見回して言ったのだ。後ろにもうひとり男が立っている。こちらは三十二、三だろうか。フレームのない眼鏡をかけ、ゴーヤ柄のシャツを着ている。……あんなの、どこで売っているんだろう。口を半開きにして「あー……」と残念そうな顔をしたのち、フッと良樹たちのほうを見る。

「あの」

声を掛けられ、サヤカが「はい」と答える。

「いい……ですか？」

「え？」

「そこ……席……」

曖昧模糊《あいまいもこ》とした質問に、サヤカはしばらくポカンとしていたがやがて「ああ！」と気がつき、良樹もほぼ同時に理解した。良樹とサヤカが座っているのは四人席なので、椅子がふたつ余っている。ようするに、相席させてくれないかと言いたいらしい。

「おい、迷惑だろ」

もうひとりの男が言った。こちらのほうが背が高く、身体つきもしっかりしている。とりたてハンサムではないし、愛想もよくないが、悪い人間ではなさそうだ。むしろ、ぼんやり眼鏡のほうより、気を遣うタイプなのかもしれない。

「あ、大丈夫ですよ。ね、ヨシくん」

「は、はい。どうぞ、よかったら」

そう返すと、ぼんやり眼鏡がほわんと笑って「ありがとう」とさっそく席についた。サヤカの隣である。もうひとりは「すんません」と軽く頭を下げて良樹の横に座る。かすかにボディソープかなにかの香りがする。どうやら風呂かシャワーのあとらしい。

「「腹減った……」」

ふたりが同時に呟き、黒Tシャツのほうがすぐに店員を呼ぶ。浅黒く陽に焼けた女性の店員が「お決まりですか?」と朗らかに聞く。

「オリオンの生」

黒Tが言い、ぼんやりが「おれも」と続ける。

「島らっきょう浅漬けと、ゆしどうふ」

「クーブイリチー」

「テビチ」

「フーチャンプルーとソーキそば」

「ゴーヤの天ぷら。以上」

締めくくったのは黒Tのほうだった。あまりにもスルスルとしたオーダーに、良樹は聞き入ってしまったほどである。なにを食べるか相談する、という行程は一切なかった。お互いに、相手の食べたいものを熟知しているような雰囲気だ。

かといって、仲がよさそうというわけでもない。

ビールがきても、乾杯することもなくゴクゴク飲みだして、つまみが届くとそれぞれ勝手にバクバク食べている。どれほど空腹だったのか、会話はまったくないままだ。サヤカも不思議そうに、彼らをチラチラ見ている。

「お」

しばらくすると、スマホを弄《いじ》りだした黒Tが声を上げ、ぼんやり眼鏡が「ん?」と反応する。口の端に、島らっきょうにかかっていたかつおぶしがついている。

「マリからだ。……なんだよ、結局来られないのかよ。自分が行きたいって言いだしたくせに」

「え。なんで?」

「――が熱出したと。あの子、扁桃腺《へんとうせん》弱いからな」

厨房《ちゅうぼう》で皿かなにかが割れたのだろう、大きな音に邪魔されて言葉の一部が聞き取れなかった。

「それじゃ仕方な……あっ……」

ぴちゃ、と飛んだのはテビチの汁だ。どうもぼんやり眼鏡のほうは、手先が不器用らしい。茶色い汁が眼鏡にかかり「ありゃー」とぼやきながら、眼鏡を外す。

「あ」

今度は良樹が声を上げてしまった。

「え?」

斜め向かいのぼんやりくんがこっちを見る。慌てて「いえっ」と答えて、首を横に振る。言えない。言えるはずがない。

眼鏡を取ったら、綺麗な顔だったので驚いた、などと……。

不思議だ。

どうして、最初から気づかなかったのか。

たしかに眼鏡は顔の印象を変える。繊細に整った顔だからこそ、眼鏡ひとつに影響されてしまうのかもしれない。さらに、彼の服もちょっといただけない。いくら沖縄だからといって、ゴーヤがプリントされた、いかにもお土産用なシャツでは美形が台無しだ。しかも、彼はそのシャツの裾で眼鏡をゴシゴシ拭《ふ》いている。黒Tの男は「汚《きた》ねえな」と顔をしかめるものの、止めることもなく見ているだけだ。

「そっか。マリちゃんたち来られないのかー。残念」

「濱田《はまだ》さんはどうなってんだ？」

「すごく来たがってたけど、出張が入っちゃって……響子《きょうこ》ちゃんは友達とのバリ旅行とぶつかっちゃったんだよねー」

「……結局、おまえとふたりかよ。おい、魚住《うおずみ》。テビチよこせ」

美形ぼんやりくんの名前が、やっとわかった。彼は魚住というらしい。テビチの入った器を向かいの男に差し出し、まだ少し汚れの残っている眼鏡をかける。

そうこうしているうちに、ゴーヤの天ぷらが届いた。

これまた大きな天ぷらだ。もとのゴーヤのサイズがかなりのものだったのだろう。サヤカが皿を見て驚き「わ」と小さく言う。すると魚住という男が「イッコ」と言いながら、皿をサヤカのほうへ向けた。

「えっ？」

「イッコ、どうぞ」

「え……いいんですか？」

「うん。こんなでかいのがくるとは思ってなかった。あ、彼氏のもいるよね。ニコどーぞ」

魚住に屈託なく勧められ、サヤカも素直に「わーい」と小皿にもらっている。魚住は「塩で食べると美味しいよ」と教えてくれた。黒T男のほうは、チラとだけ魚住を見て、あとは黙々とテビチに齧《かじ》りついている。

「はーい、お待たせしました。ソーキそばは？」

「あ。おれ」

魚住がちまっ、と小さく挙手する。なんだか子供みたいな仕草だ。目の前に置かれたソーキそばを見て「きたきた」と嬉しそうである。好物なのだろう。

「久留米《くるめ》」

魚住が向かいの男を呼んだ。

「なんだ」

「これってソバじゃないよな。どっちかっつーとウドン？　なのになんでソバっていうの？」

「知るかよ」

「蕎麦粉《そばこ》使ってないよなあ？」

「どうでもいいだろ、食えれば」

どうやら久留米という男は、かなり大雑把な性格らしい。魚住のほうは麺を一本箸で持ちあげ、じっと観察しながら「色からして、蕎麦じゃない」などとぶつぶつ言っている。

「あの……蕎麦粉は使ってませんよ」

あまりに熱心な観察ぶりに、つい話しかけてしまった良樹である。魚住はがばっと顔を上げて良樹を見ると「だよね？」と勢いづいて答えた。

「これはさ、小麦粉の麺だよねえ？」

「はあ。小麦粉とかんすいでできてるので……中華麺とほぼ同じですね。茹《ゆ》でた麺に油をまぶすところが違うらしいですが」

「へー。油まぶすんだ？」

「こっちは暑いので……保存のための工夫だと思います」

「すごいな。詳しいね。もしかして、専門家？」

大真面目に聞かれて「いやいや、観光客です」と慌てて否定する。単にガイドブックのコラム欄で読んだだけの知識だし……そもそも、沖縄そばの専門家ってなんだ？

「なるほどー。ラーメンに近いのか。ソバっていうのは、麺、くらいの意味なんだろうな。あ、そうだ。あの辛《から》いやつちょっと入れたい……」

テーブルの上が皿だらけになっていたので、コーレーグースの瓶が端に寄せられていた。魚住がそれを取ろうと手を伸ばした時、悲劇は起きた。

「あ」

「ぎゃっ！」

叫んだのは良樹である。ザバーと汁が……ソーキそばの汁がテーブルを斜めに走り、だばだばと良樹の膝めがけて落下してきた。

「あちっ、あちちっ！」

「ヨシくん！」

反射的に立ち上がり、わたわたとハーフパンツの生地を指でつまみ、皮膚から離す。

「なにやってんだおまえ……すみません、おしぼりください！」

久留米が声を上げ、店員がすぐに冷たいおしぼりを持ってきてくれた。サヤカが受け取り、拭いてくれる。ハーフパンツを少し捲《まく》ってみると、太ももの前面が赤くなっている。

「ヤケドしてないかしら……」

「す、すいません……」

一番驚いて固まっているのが、こぼした本人の魚住である。

「大丈夫です。ヤケドってほどじゃないし、痛みもないし」

「でも、ズボンがびしゃびしゃだ……」

「魚住。部屋に案内して、着替えてもらえ。おれのならサイズ大丈夫だろ」

「あ。うん。そだね」

「いえ、そんな、平気ですから……」

「おれたちのホテル、隣だから」

確かにハーフパンツは汁まみれで、濡れていることよりにおいが気になった。軽く洗わせてもらったほうがいいかもしれない。

「ヨシくん、あたしも……」

「サヤさんはここで待っててください。まだデザートのココナッツアイス食べてないし……」

「おれもここにいるぞ。チャンプルー食ってないからな」

久留米が言い、魚住が「うん」と頷く。

すぐ戻るから、と言って良樹は魚住と連れだち、『くわっちー』をあとにしたのだった。


魚住たちの宿泊しているホテルは『SEA《シー》 TURTLE《タートル》』というそうだ。『くわっちー』に入る前、ちらりと見かけた小さな宿である。

「なんかね、近くの浜にウミガメ来るらしいんだよ。だからこういう名前なんだろうね」

のほほんと喋りながら廊下を進み、奥から二番目の部屋の鍵を開ける。

「どうぞ。散らかってるけど」

謙遜ではなく、本当に散らかっていた。

あまりじろじろ見るのも失礼なので、すぐに目をそらしたが、特に片方のベッドがぐしゃぐしゃだった。ツインの部屋なのだが、ひとつだけが寝乱れていて、もう一方は使った様子はなく、ボストンバッグが放り出されている。床には何点かの衣類が落ちていて、魚住が「あ」と言いながら慌てて拾った。……パンツ……下着のパンツのようなものがあったのは、気のせいだろうか。

「えっと。こっちバスルーム。シャワーで軽く流したほうがいいかも。タオル、これどうぞ」

「すみません」

「いや、こぼしたのおれだから……」

まあ、それはそうなのだが、魚住が親切なのも事実だ。

良樹は洗面台のある小さな脱衣所でハーフパンツを脱いだ。どうやら、ギリギリでその下のトランクスには被害が及んでいない。不幸中の幸いだ。

「おっと」

ポケットから、小箱が転がり出た。

「あーあ……これはだめか……」

リボンにも箱にも、茶色い汁が染《し》みてしまっている。開けてみると、中にあるビロードのケースに被害はなく、良樹は少し安心する。

洗面台の端にケースを置いて、シャワーを借りた。

脚は少し赤くなっているだけだ。テーブルに広がった時点で汁の温度が下がったのだろう。海水浴にも影響なさそうで、良樹はホッとする。自分が海に入れないのはいいとして、そうするとサヤカも遠慮してしまうかもしれない。サヤカには思い切り楽しんでほしい。

脱衣所に戻ると、チェック柄のバミューダパンツが置いてある。

久留米という男のものだろう。向こうのほうが背丈はだいぶあるが、ウエストはたぶん良樹のほうが太い。

穿いてみると、ややきついが大丈夫そうだ。

「あ。入ったね」

ウンウンと頷いて、魚住が言う。

「おれのじゃどう考えても無理だもんなあ。なんか太れない体質なんだよね」

「いいじゃないですか。僕みたいなデブじゃなくて……」

「デブ?」

魚住が目をきょろりとさせて言った。

「デブじゃないでしょ、べつに。えーと……」

「あ。廣田といいます」

「魚住です。魚住真澄《ますみ》。廣田さんデブじゃないよ。アメリカでそんなこと言ったら笑われるよ?

向こうの人たち、ほんとにすごいんだから、おれの前に立つと、もう壁だよ。おれが完全に隠れるからね。廣田さんなんて、せいぜいぽっちゃりってくらいだ」

「はあ……アメリカにいらしたんですか？」

「うん。なんだかんだで結構長くいたなあ……」

「魚住さん、お仕事は？」

単なる興味本位での質問だった。この、造作は綺麗だが、どうにもぼんやりしている男の職はなんなのだろう。肉体労働系や営業系は無理な気がする。

「おれ？　大学の先生」

「先生、ですか」

「うん。専門は免疫学で、最近は樹状《じゅじょう》細胞《さいぼう》機能《きのう》研究《けんきゅう》」

「じゅじょう……」

「説明してもいいけど、三時間くらいかかるよ」

「あ。じゃあ、結構です」

先生、といっても大学の講師かなにかなのだろう。研究職と考えると、独特な彼の雰囲気にしっくりくる。

「一緒にいたのは同僚の方ですか？」

「久留米は会社員。あいつってばもう課長なんだよ。すごくない？　課長！」

意気込んで聞かれたので「え、あ、すごいですね」と話を合わせておく。見た目では、久留米という男のほうが年上に感じられたが、実はさほど変わらないのだろうか。

「魚住さんもすごいです。まだ若いのに、大学の先生なんて」

「そんなに若くないよ。廣田さんいくつ？」

「二十九です」

「おれ、三十八」

ええっ、と驚いてしまう。自分より二、三歳上かと思っていたが、予想以上だ。

「なんか若造に見られるんだよね……国内ならまだいいんだけど、海外に行くと、よく教授のおつきの学生に間違われて……そんで、おれのおつきのヒゲモジャの学生が、学会の主催者に挨拶されてたりするの。あれはちょっと気まずいんだよね……」

ぼやく魚住がなんだか可愛くて、良樹はつい笑ってしまった。魚住は気を悪くした様子もなく、うっすら微笑んでいる。

「廣田さん、それ、彼女にあげるの？」

良樹が手にしているビロードのケースを見て、魚住は聞いた。借りているバミューダパンツのポケットには入らなかったのだ。

「……そのつもりで……準備してきたんですけど……」

気持ちは挫《くじ》けてばかりだ。

もともと気の弱い良樹である。大好きな人に求婚するだけで心臓が口から出そうだというのに、この島に到着して以来、あまりに上等な男とばかり遭遇して、ますます気持ちが折れまくっていた。精神的全身骨折みたいな気分なのだ。

「自信がなくて……」

「あー」

少し上を向いて気の抜けた声を上げた魚住は、そのあとグッと顎を引いてウンウンと頷いた。

「難しいよね、そういうの」

やけにしみじみとした口調だった。

「魚住さんも、経験あるんですか？　あ、もうご結婚されてる……？」

「してない。したことない。そして、しようと思ってる」

「えっ？　プロポーズを？」

「……いやプロポーズじゃないけど。まあ、近いようなことかなあ」

そう言うと、ボストンバッグの中から、なにかを取り出した。ほら、と見せられたそれはやはり黒いビロードのケースだ。良樹の持っているものとそっくりだが、指輪のケースというのはだいたいこんなものなのだろう。

コトン、コトン。

ふたりで、ケースを窓辺のテーブルの上に置いた。

籐椅子《とういす》も二脚あるので向かい合って座る。ケースを眺めながらふたりで腕組みし「ふうぅぅぅぅぅ」と深い溜息をつく。

「なんでそんなに悩むんですか。魚住さんなら楽勝でしょう。大学の先生で、ハンサムで」

「でもおれ、ソーキそばの汁こぼすようなヤツだよ？」

「いや、それは……」

「ミートソースもいまだに飛ばしまくるんだ。カフェテリアのおばちゃんは、おれを見ると絶対に紙ナプキンをくれて、涎《よだれ》かけみたいにつけろって言うんだよね。確かにそうするとシャツは守れるんだけど、学生たちに笑われるんだよ」

「それは……そうでしょうね……」

「そもそも仕事や顔は関係ないよ。おれがこれを渡したい奴は、人の価値をそういう条件で決めるタイプでもないし」

ケースを手にして、魚住が言う。

「……そんな女《ひと》、いますか……？」

思わず、聞いてしまった良樹である。

「いるでしょ、たまには」

「でも……やっぱり外見は大事じゃないですか。僕なんか……そりゃ病的な肥満ってわけじゃないけど、むっちり小デブで、背は低くて、地味だし、面白いことひとつ言えないし……」

「でも沖縄そばに詳しかった。ポイント高いよ」

「それたぶん魚住さんしか思わないですよ」

「そうなの？」

小首を傾《かし》げ、ケースをテーブルに戻す。

「おれの好きな奴も……地味だし、おしゃれじゃないし、面白いこと言わないけどな」

「……綺麗な人ですか？」

「いや。べつに。ふつう？」

そう言われたが、あてにはできない。魚住は毎日自分の顔を見ているわけで、それならよほどの美女ではない限り、綺麗だとは思わないだろう。

「さっきの彼女は、可愛かったね。手がすごく綺麗で驚いた」

「あ、気がつきました？　彼女、手のモデルなんです。だから手や腕が綺麗で、触るのが怖いくらいなんですよ」

「そうなんだ」

「綺麗なの、手だけじゃないですけど。可愛いし、優しいし……本当に、なんで僕なんかとつきあってくれてるのか……」

「そりゃ廣田さんのことが好きだからでしょ。プロポーズしなよ。きっとＯＫもらえるよ」

ずいぶん気軽に言ってくれるものだ。良樹は少し眉を寄せて「なら、魚住さんもすればいい」

と言い返した。

「うん……しようと思ってるんだけど、なんかこう……タイミング難しくて……なにしろずっと遠距離恋愛だったから……それに……あいつがどう考えてるのかわかんないし……」

自分のことになると、急に歯切れが悪くなる。

「そんなものいらないって言われるのは……やっぱり怖いし」

ああ、同じだ。

魚住のような人でも、そう思うのか。

もしかしたら……誰でも、そうなのだろうか。どんなにかっこいい男でも、美しい女でも、この世のすべてを手にした権力者ですら——愛を告白する時は、不安に苛《さいな》まれるのだろうか。

「説明がつかないんだ」

テーブルの上のケースをつつきながら、魚住は言った。

「説明……?」

「そう。人が人を好きになる過程って、説明できない。たとえば優しい人を好きになったとして……でも、優しい人はたくさんいる。どうしてその相手じゃなきゃいけないのか。脳の中でなにが起きているのか。フェロモンの関係? ドーパミン? 脳システムの誤作動? おれは論文を書くのも仕事のうちだけど、この現象については一枚だって書けやしないよ。てんでわかんない。説明できない。お手上げ」

だから、と魚住は続ける。

まだ残っているレンズの汚れが気になったのか、眼鏡をかちゃりと外して、やや目を細くして良樹を見た。なんて長い睫《まつげ》なんだろうか。

「おれたちはずっと不安なままなんだと思うよ」

にこりと笑う。

「残念だけどこの不安は解消されない。遺伝子配列の解析ができる時代なのに、人の心や愛情や……そういうものはいまだに、神様の領域だ。だから、おれたちはなかなかコレを渡せない」

ちょい、と箱をつついて言う。

「そう……ですよね」

魚住はいったい誰に指輪を渡したいのだろう。会話に出てきたマリという人だろうか。ちょっと聞いてみたいなと思った時、魚住が突然立ち上がった。膝がテーブルの裏にぶつかり、その弾みでケースが滑り落ちる。

「痛、いたた……。食堂で待たせてるんだった……早く戻らないと久留米に怒られる」

「そ、そうだ。僕もサヤさんを」

ふたりであたふたとケースを拾う。良樹は紙袋をひとつ借りて、そこに軽くすすいだハーフパンツを入れた。一緒に指輪のケースも入れたが、こちらは汚れが移らないようにポリ袋にくるんでからにした。

急いで『くわっちー』に戻る。

「おせえ」

開口一番、久留米が言った。

魚住より先に良樹が「す、すみません」と謝ってしまい、久留米が困った顔をする。

「おたくに言ったんじゃないけどさ。……ああ、着られたみたいだな」

「あ、はい。お借りします。ありがとうございます。あの……お返しする時は……」

「いいよ。ウニクロで千四百円で、三年着た。元は取れてるから、適当に処分しちゃってくれ」

「いえ、そんな」

「どうしても返したかったら、隣のホテルのフロントに預けといて。久留米宛てで」

「はい。本当に助かりました」

「いや。悪いのはこいつだから」

魚住を指さして久留米が言う。糾弾するような口調でもなく、いつものことだけど、というニュアンスがある。きっと長いつきあいなのだろう。魚住のほうは、すでに元の位置に腰掛け、サヤカに「ココナッツアイス美味しかった?」などと聞いている。子供のように屈託のない人だ。

そのあとすぐ、『くわっちー』のおばあによる三線の演奏が始まった。

地元の人たちがそれにあわせて踊りだす。

さらに、観光客を引きずり込む。カチャーシーという踊りらしい。

サヤカが巻き込まれ、最初は戸惑っていたものの、やがて踊りの輪の中に溶け込んでいった。
両手を頭上に挙げ、左右に振り、脚も踏み鳴らす。

唐船《とうしん》ドーイさんてーまん　一散走《いっさんは》えーならんしや
ユーイヤナ　若狭町村《わかさまちむら》ぬサー　瀬名波《しなは》ぬタンメー
ハイヤセンスルユイヤナ　イヤッサッサッサ……

とても楽しそうで、見ているこっちまで明るい気分になってくる。
そんなふうに、一日目の夜はすぎていった。

2

彼はハンサムではない。

背も高くない。

特別頭がいいわけでもないし、運動神経がいいわけでもないし、お金持ちでもない。

年下で、ちょっと太ってて、なにかにつけて遠慮がち。いつまでたっても、タメグチにならない。デートの相談はいつでも「サヤさん、どこに行きたいですか?」と聞いてくる。サヤカが「どこでもいいよ」と答えると、サヤカの好きそうな場所や店を下調べして連れていってくれる。でも方向音痴なので、よく道に迷う。汗をたくさん掻きながら「すみません、すみません」と携帯電話で地図を調べる。

とても美味しそうにビールを飲む。

とても美味しそうにごはんを食べる。

犬が好き。猫も好き。道の真ん中でのそのそ歩いていた大きなカエルを、車に轢《ひ》かれたら大変だと道路の端に寄せたりもする。

なぜかよく人に道を聞かれる。

なぜかよくお年寄りに声をかけられる。

以前、デートの待ち合わせ場所をお互いに勘違いしていて、その時たまたまサヤカは携帯電話を忘れていた。サヤカは小一時間待って諦《あきら》め、彼は三時間四十分、真冬の屋外で待ち続けた。ひとりで買い物をして帰ってきたサヤカが家の電話に出ると、「よかった」と心から安堵する声を出した。よかった、事故とかじゃなかった。本当によかった。

ほとんど泣きそうな声で、そう言ったのだ。

良樹《よしき》は、そういう人。

彼のどこがいいの？　と聞かれたことはある。けれどサヤカは逆に聞きたい。良樹のどこがだめだというの？　私はこんなすてきな人に、二度と会える気がしないのに、と。

だから今回の旅行を、サヤカはとても楽しみにしていた。

良樹がポケットにこっそり忍ばせている箱のことも知っていた。中身についても予想できている。嬉しくて、顔に出さないように注意しなければならないくらいだった。良樹はロマンチストだから、きっと海辺で渡すつもりなのだと思う。初日に夕暮れの海を散歩した時も、ドキドキしながら待っていた。だが、偶然にも知人に会ったせいか、そういう展開にはならなかった。サヤカはちょっぴり、倖生《ゆきお》を恨んだほどだ。

そして二日目。

今日は午前中から海へ出た。インストラクターと一緒にシーカヤックでポイントまで移動し、そこからシュノーケリングを楽しんだ。

天気は上々だったけれど、風が強くて、海面は少し波うっていた。シュノーケリングはダイビングと違って、波の表面で浮かび続けている。そのせいで、波酔いしてしまう人が時々いるそうで、良樹がまさしくそうなった。インストラクターの判断で、予定時間より早く、浜辺に戻ることになった。

「ごめん……ほんとに、ごめんなさい」

デッキチェアで休みながら、青い顔で良樹は言う。

「大丈夫。ここでゴロゴロしてるだけでも、天国みたいだもの」

ハイ、と良樹にかき氷を食べさせながらサヤカは言った。良樹は「美味しい」と弱々しく笑って、やっぱりまた「ごめんなさい」と言うのだ。

海辺でしばらく休憩し、一度ホテルに戻った。

「ヨシくん、もう気持ち悪くない？」

「うん、ほぼ全快です。もっと魚見たかったなあ……ほんとにすみませんでした」

「あはは、謝りすぎだよ。じゃ、プールサイドで軽く食べない？　泳いだらお腹減《なか》っちゃった」

「いいですね」

プールサイドのカフェレストランは、ドリンクや軽食を提供してくれるのだ。レストラン内は水着では入れないが、デッキチェアにも料理を届けてくれる。

「僕がオーダーしてきます。なにがいいです？」

「ピザとフレンチフライは？　ヨシくんも好きでしょ？」

「はい。それとビール？」

「モヒートにしようかな」

「あっ、僕も真似しよう」

にこにこと、良樹がレストランのカウンターへ向かっていく。よかった、顔色はすっかり元に戻っている。いつもの、クマのぬいぐるみみたいに温かな彼になっている。

サヤカはUV加工のパーカを脱いだ。

水着の上に羽織っていたもので、手の甲までしっかり覆うデザインだ。ここは木陰だし、まもなく夕方なので大丈夫だろう。多少面倒だけれど、この手は商売道具なので仕方ない。

ふ、とサヤカは顔を上げる。

なにか聞こえたのだ。ピッ、というような小さな機械音……水音に混じって聞こえたので、明確ではない。けれど、聞き覚えのある音だった。なんだっけと考え、思い当たる。

携帯電話についている動画を撮影する時の起動音だ。

この綺麗なプールでの記念動画を撮りたいという人はいるだろう。だが、サヤカが見る限り、そういった素振りを見せている人はいない。

なんだか、いやな感じがする。

サヤカはサングラスをかけた。

なにも気づかないふりで、デッキチェアに寝そべり、濃いレンズの下で周囲を注意深く見守る。

サヤカたちの他に、カップルが二組、男性のひとり客がデッキチェアに。プールの中では女性三人組が楽しげに泳いでいる。

そして、プールサイドをのんびり歩いている男がふたり。

彼らは着衣のままだ。通りすがりの宿泊客のようにも見える。

そのうちのひとりが携帯を手にしていた。

「メールきたか?」

「あー。きたきた。だめだなあいつ、また遅れるみたいだ」

「今どこにいるって?」

「えーと、レンタカー屋で手続きしてる」

そんな会話をしてはいるが、携帯をもっているほうの動きがおかしい。突然立ち止まったり、意味もなく一回転したり――ふたりの歩調もやたらゆっくりで不自然だった。

ふたりは次第にサヤカに近づいてくる。

通り過ぎるまで待ち、直後、身体を起こして確認した。やはり携帯の画面はメールなんかではない。動画撮影だったのだ。すなわち盗撮である。

「ちょっと。なにしてるんです?」

背後からいきなりかかった声に、男たちがギクリと足を止める。

携帯を持っていた茶髪のほうは、すぐに撮影をやめ、画面をホームに戻した。もうひとりは短髪にサングラス、体格がよくて、身長は一九〇近くありそうだ。

「なにって？　なんもしてねーけど？」

茶髪がニヤニヤととぼけて、携帯をシャツのポケットにしまう。一方で、サングラスの男は口を歪めながら「なんだよ、あんた」と低く言う。

「今、盗撮してましたよね。携帯で」

「いやいや、メール読んでただけだし」

「撮ってるの、後ろから見ましたから」

茶髪の顔からニヤニヤが消えた。眉を寄せ「言いがかりつけてんじゃねえよ」と凄む。自分に非があるからこその態度だ。プールサイドの人々がこちらを注目し始めていた。

「サヤさん？」

戻ってきた良樹が、サヤカの横に立つ。

「ど、どうしたんです？」

「この人たち、携帯で盗撮してたのよ」

「えっ？　サヤさんを？」

「プール全体。誰が撮られてたのかはよくわからないけど……」

はっきりと、大きな声で言った。宿泊客たちは明らかに動揺している。

「おいコラ、いいかげんなこと言うんじゃねえぞ！」

「誰がてめーなんか撮るか、思い上がってんじゃねーよ！」

暴言を吐き、男たちは肩を怒らせる。悪いのは相手だとわかっていながらも、大きな声にビクリと竦みそうになる。

「サ、サヤさんに失礼なことを言うな！」

サヤカの代わりに怒ってくれたのは良樹だった。一歩前に出て、チンピラ風情のふたりに向かい「と、盗撮してないって言うなら、ケータイを見せてもらう！」と言い放った。

小柄で小太りな身体がプルプルと震えていた。

きっと怖いのだ。それはそうだ。誰だって怖い。なのに良樹は、サヤカのために勇気を振り絞って、チンピラたちに対峙《たいじ》してくれている。

「なに、このチビデブ」

嘲笑を浮かべて、茶髪が良樹に歩み寄る。

「はは、おねーさんの彼氏かよ。やれやれ、もーちょっとマシなのいなかったのかあ？　なんでミニブタがプールサイドにいるのかと思ったぜ」

良樹の顔が真っ赤になる。

「ミニブタのペット、今はやってんだろ？　ほれ、鳴いてみろよ。ブーブーって言ってみ？」

茶髪はなおも近寄ってきて、良樹のパーカの襟首をグイと掴んだ。

「やめて!」

サヤカが叫ぶより早く「そーれ、豚ちゃんの水浴びだ!」と、良樹をプールへ突き落とした。

ザッパーン、という音とともに、プールの中にいた女の子たちの悲鳴が上がる。良樹はすぐに浮かんできたが、その姿を見て、茶髪とサングラスはケタケタ笑っている。

ひどい——サヤカは唇を嚙みながら怒り、同時に強く後悔した。

こんな連中にまともな話が通じるはずはないのだ。自分で動かず、ホテルのスタッフを呼ぶべきだった。そうしたら、良樹がこんな目に遭うこともなかったのに……。

「さあて。どうよ、おねーさん」

どきりとした。図体のでかいサングラスが、のっそりとサヤカに近づいてきたのだ。わざとらしく、羽織っていたシャツを脱ぐ。タンクトップの上半身には肩から腕にかけて、悪趣味な髑髏《どくろ》のタトゥーが入っている。

「俺たちは、なんもやましいことなんかしてないだろ? あんたの見間違いだよなあ?」

「あ……あたしは、見ました」

「はあ? なにを見たって? おいおい、あんたも頭冷やしたほうがいいのか? それとも、もっといやな夏の思い出を……」

「ぎゃあ!」

叫び声に、サングラスの言葉が止まる。

「痛《いて》ぇ！　痛ぇよ！　放してくれ！」

「ああ、本当だ。盗撮されてる」

「う、う、腕が折れる……！」

「まったく……のんびりくつろいでもいられない。削除、と」

ピロン、と音がした。

茶髪の右腕を背中の後ろにねじり上げ、左手では届かない絶妙な位置に立ち、携帯を操作している男がいる。おそらく、さっきまで俯《うつぶ》せに寝ていた男で……昨日も見た、中国語で電話をしていた美形だ。

「てめ、なにし……おい！」

サングラスが驚いたのは、男がその携帯電話をプールに投げ捨ててしまったからだ。ポチャンと小さな音をたてて、携帯は水底に沈んでいった。

「いっ、いっ……本当に腕折れるから……ッ」

「これくらいじゃ折れない。折るならとっくに折ってる」

「……この野郎！」

サングラスをかなぐり捨て、タトゥー男が飛びかかろうとした。だが、その大きな身体がカクンとつんのめる。なぜかといえば、いつのまにか別の男が背後に立っていて、タトゥー男のタンクトップを摑んだからだ。

「兄貴、なにごと？」

「天《てん》。ついたのか」

「うん。さっき。上海《シャンハイ》から沖縄《おきなわ》って近いのな」

「ああ。二時間くらいだろう？　正文《まさふみ》はどうした」

「あいつ、ゴーグルないと泳げないって、売店で買ってる。沓澤《くつざわ》は？」

「今日は別行動だ。夕食で合流予定。おまえたちも一緒に食べるだろ？」

「もち。あー、兄貴の顔見るの一か月ぶりだぜ？　今日もやっぱりかっこいいなあ、兄貴……」

「おまえも可愛いよ、天」

ふたりの台詞《せりふ》だけだと非常に平和的な雰囲気になるのだが、実際はこの台詞のあいだにバキッとかドゴッという音が入っている。どうやら兄弟らしいふたりは、それぞれの相手に対し、実に的確に、最小限の動きで攻撃を加えているのだ。

音の最後は、バッシャーンで締めくくられた。

つまり、茶髪とタトゥー男はプールに落とされたのだ。

「ち、ちくしょう……！」

「覚えてろよっ」

負け犬たちは吠《ほ》えつつも、逆サイドから上がり、びしょ濡れのまま逃げるように去っていく。

サヤカは心の中でざまあみろ、と快哉《かいさい》を叫んでいた。

「兄貴ー」

「天」

兄弟にしては熱すぎる抱擁《ほうよう》は、サヤカの眼前で堂々と行われた。

一瞬、恋人同士なのかと思ったほどだが、それにしては顔や体格に共通点が多い。あとから現れたのが弟だろう。似てはいるが、雰囲気はだいぶ違う。兄がミステリアスな豹《ひょう》なら、弟は毛並みの美しい狼《おおかみ》のようだ。両者とも一筋縄ではいかない雰囲気を身に纏《まと》い、下手なチンピラよりよほど迫力がある。体格は弟のほうが勝っており、無造作に伸ばした髪を一束に括《くく》っている。

「あの……ありがとうございました……」

サヤカが頭を下げる。そこへプールから上がった良樹もやってきて、ボタボタと水滴を垂らしながら一緒に礼をする。天と呼ばれた弟のほうが、兄に「知ってる人？」と聞いた。

「いいや。さっきのふたり組が携帯で盗撮をしていて、この女性がそれを指摘したら、難癖をつけてきたんだ」

「盗撮？　兄貴を盗撮しようなんざ……腕くらい折ってやりゃよかったな」

「べつに僕を撮っていたわけじゃなさそうだけどな。目的がなんにしろ、ろくでもない連中なのは確かだ」

苦笑しながら、兄のほうがバスタオルを良樹に渡してくれる。良樹は「すみません」と項垂《うなだ》れながら、それを受け取った。

「彼女を助けてくださって……本当にありがとうございます」

「僕は正義感からあなたの彼女を助けたわけじゃありません。ただ、自分が勝手に盗撮されるのがいやだっただけでね」

「それでも……僕では彼女を助けられなかったし……」

良樹の言葉に、弟のほうが「あはは、そりゃそうだよ」と明るく笑った。

「すみません。フツーの人は、ああいうのとまともにやり合っちゃダメ。俺や兄貴は例外なの」

「一般的に考えれば、あたしが、最初からホテルの人を呼べば……」

「そうですよ。それが安全策ですけどね。ホテルの人間が来る前に、あいつらは逃げてたかもしれません。勇気ある行動だったと思いますよ」

兄のほうがそう言ってくれたが、サヤカはやはり反省していた。今回は、たまたまこの兄弟が助けてくれて運がよかっただけだ。正しい行動でも、無謀だった。

「天ちゃん、お待たせー。あっ、核《かく》さん、ご無沙汰してます。んん？　なにかありました？」

ペタペタとプールサイドを小走りでやってきたのは、目のぱっちりした男だった。いろんな意味で規格外の兄弟に比べると、一般的と呼べる範疇《はんちゅう》の青年だ。……青年、でもないのだろうか。童顔なので若く見えるが、年齢不詳な雰囲気がある。

「フミ……おまえの顔見ると、ホント平和な心持ちになるぜ……」

「うわ」

弟のほうが、フミとやらにガバリと抱きついて言う。

「こら、天ちゃんっ。公共の場でのハグは禁止！」

「じゃあキス」

「もっと禁止！　核さん、なんとか言ってくださいよ……店に来てもこんなふうだから、困ってるんです」

抱きすくめられたまま、フミが言う。困った口調ではあったが、頬を赤らめて満更でもなさそうだ。このふたりはきっとカップルなのねとサヤカは理解した。

「諦めたほうがいいよ、正文。天は昔からスキンシップの好きな子なんだ。カフェのほうはどうだい？　客足は？」

「まずまずです。今、豆の値段が上がってるんで楽ではないですけど……でも味だけは妥協したくなくて」

「東京に戻ったら、また店に行くよ」

「ありがとうございます！　……ちょ、天ちゃん、お腹撫《なか》でないで！」

上機嫌の狼が、笑いながらじゃれついている。

サヤカと良樹は兄弟に一礼してから、自分たちのデッキチェアに戻った。プールサイドには明るい雰囲気が戻っていたが、サヤカたちだけはまだそうなれない。

「……ヨシくん、大丈夫？」

「……うん。サヤさんは？」

「あたしはなんともない」

「よかった」

下を向いたまま良樹は言う。

すっかりしょげてしまっている。サヤカを助けようとして、あんなにひどいことを言われたあげく、プールに突き落とされたのだ。深く傷ついたに違いない。

「ヨシくん、ごめんなさい。あたしのせいで」

「サヤさんのせいじゃないです。僕は……なんていうか、自分が情けなくて……」

「そんなことないよ。ヨシくんが来てくれた時、すごく安心した」

「……でも、僕は役に立たなかった。あのふたりが来てくれなかったら、サヤさんは怪我《けが》してたかもしれない。僕がいくらサヤさんを守りたくても……現実には無理なんです……」

サヤカは懸命に「無理なんて言わないで」と続ける。

「それにあたし、ヨシくんに守られたいなんて思ってない。トラブルがあった時は、一緒に解決できればそれでいいと……」

「僕なんか頼りになりませんしね」

完全にネガティブモードに入ってしまったらしく、良樹はサヤカと目を合わそうともしなかった。ここまで頑《かたく》なな良樹は初めてだ。

「なんでそんなに……自分を否定するの？」

「サヤさんにはわからない。僕みたいに……なにも持ってない男の気持ちなんか……」

「なにも持ってない……？」

「そうです」

やっと良樹が顔を上げた。

いつになくきつく、だが卑屈な目でサヤカを見て「なにもないんだ」と言い切る。

「そんなこと、サヤさんだってわかってるはずだ。正直、サヤさんがなんで僕とつきあってくれてるのか、ほんとに不思議ですよ。まったく理解できない。サヤさんなら、もっとかっこよくて、条件のいい男がいくらでもいるだろうに。なんで僕みたいな、チビで、小デブで、小心者でなんの取り柄もない……」

「やめて！」

サヤカは声を張った。

「あたしの好きな人の悪口言わないで」

強い口調になってしまった。良樹は一瞬驚いた顔を見せたが、すぐにまた下を向く。

「それはあたしを侮辱するのと、同じことだから」

ああ、言ってしまった……口にした直後に後悔したが、もうどうしようもない。飛び出た言葉は戻らない。サヤカはデッキチェアに置いてあったビーチバッグを掴み、踵《きびす》を返す。

振り返らずに歩いた。歩きながら腹が立って、悲しくなった。

こんなの、どっちが悪いという問題ではない。

誰だって自分がいやになる時はある。自分を否定してしまう時だってある。それはサヤカもわかってるのに、どうしてもっと辛抱強く、聞き流してあげられなかったのだろう。

なんのことはない、サヤカは自分の感情に振り回されてしまっただけなのだ。

部屋に戻り、シャワーを浴びて着替えた。

気持ちはだいぶ落ち着いてきたが、良樹にどんな顔を見せればいいのかわからない。向こうもきっとそうだろう。いずれにしても、このままサヤカが部屋にいては良樹が戻りにくい。

サヤカは再び部屋から出る。

白いサマーワンピース姿で廊下を進む。お気に入りのワンピは、良樹に見せたかった一枚なのに……今はひとりだ。行く当てがあるわけでもない。唯一の救いは『サンクチュアリ』の敷地が広いことだ。島風で濡れ髪を乾かしながら、ふらふらと遊歩道を歩く。

指輪は、もうもらえないかもしれない。

そう思うと足取りも重くなった。小さな滝の流れる小道で、サヤカは歩くのをやめる。なんでこんなことになってしまったのだろう。楽しみにしていた旅行なのに。結局、自分と良樹は相性がよくないのだろうか。サヤカのような、ものをはっきり言う年上の女なんて、良樹はいやになってしまったのではないだろうか。

やっと出会えたと思ったのに。

穏やかで、優しくて、でも本当は男らしい素敵な人に。

「あれ、サヤ姉」

その声に振り向くと、倖生《ゆきお》がいた。

パーカにハーフパンツという軽装だが、顔にはメイクが残っている。撮影が終わったところなのだろう。

「ちょうどよかったー。フロントにサヤ姉の部屋番号聞こうと思ってたんだよ」

「え、どうして？」

「これからさ、撮影の打ち上げやるの。ちょっとしたパーティだね。サヤ姉と彼氏も一緒にどうかなって」

「でも……あたしたち、関係者じゃないし……」

そんなのいいって、と倖生が笑う。

「俺たちの泊まってるヴィラでやるから、人数増えてもぜんぜん平気。……あっ、ふたりきりで過ごしたいなら、もちろんそれはそれで……」

「ううん、行く。行きたい」

早口に答えると、倖生が首をゆっくり傾げて「……なんかあった？」と聞いてきた。サヤカの顔がよほど変だったのか、あるいは倖生の勘がいいのか。

「ちょっと……ケンカしちゃって」

「そっか。まあ、ケンカするほど仲がいい……って言うけどねー。けど、旅行先でケンカなんかしたくないよな」

「……ユキたちも、ケンカとかする？」

倖生の恋人は、轡田《くつわだ》社長だ。

業界の人間はよく知っていることで、本人たちも隠していない。それどころか、現場でも堂々とキスを交わすふたりであり、マネージャーの岡《おか》に「はい、そこのリア充、職場では自重！」とよく叱られている。

「うん。たまにはあるよ。言うのが恥ずかしいくらいのつまんないことでケンカする」

「……いいな。そういう、つまんないことでケンカしたい……」

「あれれ。深刻な感じなの？　俺でよかったら愚痴る？」

優しい倖生に誘われ、サヤカは彼らが宿泊しているヴィラへ向かった。一棟ごとに大きなプールがついている『サンクチュアリ』の中でも最高級の空間だ。口を開けて見とれていると「ここ撮影に使ったんだよ、つまり経費」と倖生が笑う。

ヴィラのリビングには、すでにスタッフが入ってパーティの準備をしていた。屋外のプールサイドではバーベキューグリルが設置されつつある。

「このガゼボ、いいだろ？　ここで話そっか」

プール脇にある居心地のいいガゼボに並んで腰かけ、倖生に今までの経緯を語った。サヤカがひととおり話し終わると、倖生は「そっか」と深く頷き、

「ふたりとも、お互いのことがすごく好きなんだねえ」

としみじみ言った。サヤカは自分の頬が熱くなるのを感じる。

「か、からかわないでよ。ケンカしたっていう話なのに」

「でもそうだろ？　良樹さんはサヤ姉のことが好きだから、自分に自信が持てない。サヤ姉は良樹さんが好きなので、自信を持ってほしい」

「……そうなるの？」

「たぶんね。けど、俺、良樹さんの気持ちわかるなー。俺も昔、自信なかったから」

「ユキが？　モデルを始めた頃？」

「それもあるけど、もっと前から。……なんていうか、人として自信がなかった。自分の存在意義みたいなのがわかんなくて」

存在意義、などという難しい言葉にサヤカは戸惑う。倖生はガゼボのクッションに寄りかかり、美しい獣が休息を取るかのようなリラックスした格好になり、「俺ってね、本当にろくでなしだったんだよ」といたずらっぽく笑う。

「生まれつき顔だけはよかったけど、あとはぜんぶ最低だった。自信も誇りもないまま、だらだら生きてたね。生きててもちっとも楽しくなかったけど、自分で死ぬほどの度胸もなかったし」

「ユキ……」

「けど、清巳《きよみ》に会って変わった」

「轡田さんに？」

「そう。……ね、サヤ姉。人が変わるのって、自分の力だけじゃ難しいと思わない？　自分で努力して、自分を変えられる人もいるかもしれないけど……俺は無理。絶対無理。誰かの力を借りないと……変われなかった」

　今は明るく、誰にでも好かれる倖生に、どんな過去があったかは知らない。

けれど倖生にとって、轡田という存在が大きいことは理解できる。倖生はいつだって轡田を信じているし、轡田も同じだ。何度か一緒に仕事をしたけれど、その絆《きずな》は傍から見てても感じられた。ふたりがアイコンタクトを取るたび、サヤカまでドキドキしてしまうほどなのだ。

「俺が思うにさ。人は基本、変わるのってイヤなんだよな。まして他人の影響で変わるのは抵抗ある。よっぽど好きな人のためじゃなければ、変われない」

「好きな人のため……？」

「良樹さんは変わろうとしたんだろうね、サヤ姉のために。でもそれはうまくいかなくて……そしたら、凹《へこ》むのは当然だ。多少自虐的にもなる」

「そうよね……。それなのにあたし、ひどいことを言った」

　力なく言ったサヤカに「ひどくないよ」と倖生はクッションを抱き締める。

「だって『あたしの好きな人の悪口言わないで』だろ？　それってすごい愛の言葉。俺が言われたら感動する。すぐプロポーズしちゃう」

「もう、ふざけないで」

「ふざけてないって。良樹さんも嬉しかったと思うけど……でも、サヤ姉が出ていっちゃったからなあ。心配してんじゃないの、今頃。ねえ、ケータイ見てみなよ」

サヤカはクラッチバッグから携帯電話を取り出してみた。倖生が覗きこんで「ほらほら～」とニヤニヤ笑う。

いくつもの、メッセージ。

『ごめんね』『どこにいますか』『僕がバカでした。反省してる』『サヤさん？』『返事待ってます』『夕食どうしようか』『サヤさん』『返事ください』『お願いだから』

最後には、どこで見つけたのか、子豚が泣いている絵文字まであった。それを見て笑いそうになっているのに、なぜだか涙が滲んでくる。

よかった。良樹は怒っていない。

こんなにサヤカを捜してくれている。

「早く電話しなって。あと、パーティに呼ぶのも忘れないでな？」

倖生に肘でつつかれながら、サヤカは赤い目で笑い、頷いた。

3

「はあ？　パーティ？」

「うん」

久留米《くるめ》に足を預けた魚住《うおずみ》が頷く。

「なんのパーティだよ」

「撮影の打ち上げだって」

「撮影？　なんの」

「さあ？」

「おまえな、情報量少なすぎるぞ。なんでちゃんと聞かないんだ」

「大事なことは聞いたよ。夜の七時からで、『サンクチュアリ』っていうホテルの、『南風《ばいかじ》』っていう名前のヴィラで、飲み放題食べ放題……んん、くすぐったい……」

薄い足の甲だな思いながら撫でると、魚住がわずかに身体を捩《よじ》った。

「じっとしてろ」

「痛いのはやだ」

「痛くねえよ。これっぽっちの靴擦れ」

正しくは、サンダル擦れである。

今回の旅行用に新しいサンダルを下ろした魚住だが、踵《かかと》の一部が擦れて皮が剝けたのだ。自分で絆創膏《ばんそうこう》を貼ろうとしていたが、なにしろ身体の硬い男なので、苦労したあげくベッドの上で変な体勢で転がっていた。仕方ないので、久留米が貼ってやっているわけである。

「おまえ、高いバンソコ使ってんな」

「そう。ハイドロコロイド。高いけど、治るの早いよ。傷の浸出液を利用してドレッシングする湿潤療法は免疫学から見ても理にかなってて……」

「それ以前に、靴擦れしないサンダル買え。……ほら、いいぞ」

「ん。サンキュ」

魚住はあぐらで脚を引き寄せ、久留米が貼った踵の絆創膏に愛おしげに触れる。伏せた睫《まつげ》は相も変わらず長い。くっきりとした、だがいつも眠そうな目のせいか、魚住はいまだ若く見える。もう四十も遠くないというのに、青年、という言葉が似合うのだ。一方、久留米のほうは順調にオッサンになっていた。自分の父から想定するに、白髪《しらが》が出始めるまでそう長くはないだろう。

ドサリ、とベッドに寝転がる。今日は海で泳いだせいか、心地よい気怠さに包まれていた。魚住も寝そべり、ごく自然に身を寄せてくる。島に到着した初日は海水浴どころではなかった。チェックインのちベッドインで、あとはシーツの海で無我夢中だ。

すっかり日も暮れて死ぬほど空腹になり、やっと起き上がって食堂に出向いたわけである。いい歳《とし》をしてがっつきすぎだろうと自分でも思うが、そもそも逢瀬の回数が圧倒的に少ない。日本とアメリカはあまりに離れている。

前回魚住に会ったのは、二月の一番寒い頃だった。魚住が帰国したのではなく、久留米が渡米した。魚住はボルチモアに住んでいたので、わざわざメリーランド州まで赴いたわけだ。魚住には血の繋がらない祖母がいたのだが、三年前に他界し、それ以来あまり帰国しなくなっていた。決して口にすることはないが、誰もいない家に戻るのがさみしい気持ちもあったのだろう。

魚住は実の両親の顔を知らない。孤児として施設で育ち、のちに養父母に引き取られた。数年後、養父母と義兄も事故で亡くなった。魚住だけが、潰れた車に乗っていなかった。

その半生を聞けば、喪失ばかりに思える。

確かに魚住は多くのものを失ってきた。なのに魚住という人間からは不幸の匂いがしない。不運はたっぷり抱えていたようだが、不幸の空気は纏《まと》っていないのだ。

久留米だけがそう思ってるのだろうか？　いいや、そうではないはずだ。それは魚住の周囲にいる友人たちを見ればわかる。渡米後も、魚住には何人かの親しい友人ができた。そのうちのひとりが、魚住をこう評していたのが印象深い。

——マスミは、半分透き通ってるような人だね。だから、禍々《まがまが》しくどす黒いものたちは、マスミの中に留まれない。それらはマスミめがけてやってくるが、通り抜けてしまうんだよ。

画家だか、詩人だか、アーティストっぽい男が言っていたのだ。芸術にはとんと興味のない久留米だが、なんとなく言いたいことは伝わってきた。あくまでなんとなく、だが。

するりと腕が伸びてきて、細い指がぐにぐにと久留米の耳朶《みみたぶ》を弄《いじ》る。

魚住がこうする時は、なにか言いたいことがある時だ。言いたいのに、言えないこと……浮かんだ言葉はたいていそのまま口に出す男だが、稀に言い出しにくいこともあるらしい。今回は旅行の初日から、ずいぶん耳朶を弄られている気がする。

「行く?」

パーティの話だろう。

誘ってきたのは廣田《ひろた》という男で、昨晩魚住がソーキそばの汁を引っかけた相手だ。廣田と一緒にいたのがサヤカという女で、そのサヤカの知人がパーティの主催者らしい。

「なんの関係もないおれたちが行って、タダで飲み食いすんのもな」

「気軽に来てくださいって言ってたけど……」

「おまえが行きたいなら、構わないぞ」

「…………」

魚住が考えている。決して社交的ではないこの男が、ほとんど知り合いのいないパーティに行こうとするなど、珍しい。

もっとも、長いアメリカ暮らしはそれなりに魚住を変えていた。

向こうではパーティはよくあることだろうし、なぜか魚住は英語ならば能弁になる……らしい。久留米自身は英語が堪能ではないので、人から聞いた話だ。魚住いわく『英語は主語の次が動詞だから、結論を先に言えて楽なんだよ』だそうだ。

「行きたいっていうか……でも久留米とここでのんびりしてるのもいいし……ただちょっと気になってることもあって……廣田さんアレ渡せたのかな……タダでごはん食べられるのはいいよな……でもタダほど高いものはないって、昔マリちゃん言ってた……アレ渡せたのかなぁ……あー、なんか眠くなってきた……」

「おい。支離滅裂なままで寝るな」

横を見ると、魚住はすでに目を閉じて、本当にこのまま寝てしまいそうだ。魚住が眠いのは、昨晩あまり寝かせなかった久留米にも責任があるのだが、それにしたって今寝たら夕食を食べ損ねてしまう。

「よくわからんが、タダメシなら食いに行くか」

「うん……」

「ほら、起きろ」

先に身体を起こし、俯《うつぶ》せていた魚住の尻をパンと軽く叩く。小さな尻がピクンと反応して、ついいたずらしたくなった久留米だが、理性を叩き起こして自重する。

一応、久留米は洗濯済みの開襟《かいきん》シャツに着替えた。

魚住が琉神《りゅうじん》マブヤーのTシャツを着ようとするので「それはやめとけ」と止め、花柄のアロハを着せておく。ブーゲンビリアのプリントが妙に似合っていた。

行きがけに『くわっちー』で泡盛を一本買い、それを手土産にする。

手ぶらで野郎ふたりがタダメシを食らうのも格好がつかない。

ホテルのエントランスでヴィラの名前を言うと、わざわざカートで案内された。ゴルフでもあるまいし……と思っているうちにヴィラに到着し、その庭に通された時、久留米は思わず「うわ」と口を開けた。

「……なんだこりゃ。えらい豪勢だな」

「すごいねー。アメリカだとたまにこういう家あるけど」

「あるのかよ」

「うん。よくホームパーティしてる。ほら、今やってるみたいに、プールサイドでバーベキューだとか。アメリカ人ってホントにバーベキュー好きでさあ。みーんな、バーベキューの道具持ってるんだよね。なんかあの人たち、バーベキューに命かけてる。あり得ない量の肉買ってくるし……牛一頭分？　みたいな。まあ、カナダ人も相当だけどね……彼ら、雪降ってても外でバーベキューするって言うから……」

「世界のバーベキュー事情はいいけど、おれたちはどうするんだ」

「んー、まず主催の人に挨拶すればいいんじゃない？　あとは好き勝手だよ、こういう場合」

のほほんとした社交性を身につけている魚住は、近くにいた人に「主催者さん、どこです?」と聞いた。焼きトウモロコシにかぶりついていた男が、

「社長なら、中ですよ。ほら、あの白いシャツの人です」

指さして、そう教えてくれる。

バーベキューは庭だが、前菜やドリンクは庭に面したリビングに用意されており、来客たちは自由に往き来しているのだ。さっそく、中に入ってみる。

「ああ、聞いています。廣田さんのお知り合いの方たちですね。轡田《くつわだ》と言います」

主催者は四十すぎの色男だった。

「うちはモデル事務所でして、この島に撮影に来ていたんですよ。無事撮影も終わりましたし、借りたヴィラがすてきだったので、打ち上げパーティをしようと……ん……? すみません、ちょっといいかな?」

轡田と名乗った男が、スイと一歩前に出る。久留米ではなく、魚住のほうにだ。

いつでもぼんやりした顔を凝視して「眼鏡取ってもらっていいですか?」と聞いた。魚住は「はあ」と答え、眼鏡を取る。あ、ばれたな、と久留米は内心で呟いた。

「……どこかの事務所に所属されてます?」

「いや……所属は大学ですね……」

「えっ、まだ学生さん?」

三十八にして、学生に間違えられるのはどうなんだ、と思いつつ「こいつは教えるほうですよ」と久留米は説明した。轡田は軽く驚いたようだ。

「あ、先生でしたか。これは失礼しました。でも……もったいないな……こんな綺麗な顔をしてるのに、先生ですか……そうですか……」

「ええ、こんなツラなのに大学教授なんですよ、こいつ。ところで廣田さんは来てますか？」

久留米が聞くと「ああ、はい。さっきプールサイドでご挨拶しました」と教えてくれた。

「そうですか。では、本日はお世話になります」

すらすらと告げて頭を下げ、魚住の腕を引っ張りながら再び庭へ戻る。

油断ならねえな、と思っていた。モデルクラブの社長だけあって、美形を見つける目は確かなようだ。眼鏡くらいでは牽制《けんせい》できないらしい。もう少し野暮ったい眼鏡をかけさせるべきだろうかと思いながら、魚住の顔を見る。

「久留米？」

「……いや。おい、そこにビールあるぞ」

途中で、氷の山に埋まっていた缶ビールをひとつずつ手にする。

「いないねえ、廣田さん」

「だな。とりあえず、肉でも食うか」

グリルの近くで肉に齧《かじ》りつきながら、他の客たちを観察する。

なるほど、際だって背の高い美男美女が何人かいる。マスタードを取りに行った魚住が、黒人美女になにか話しかけられ、英語でさらりと答えていた。

「すごい。魚住さん、英語喋《しゃべ》れるんですね」

聞き覚えのある声のほうを向くと、サヤカが缶ビールを片手に微笑んでいた。

「ああ、いた。捜してたんだ。……廣田さんは？」

「今、お手洗いに」

「そうか。お誘いありがとうな」

「いえいえ。ヨシくんも、知り合いぜんぜんいないので、ありがたいと思います」

そう言うサヤカの顔を見ながら、久留米は「なんかいいことあったか？」と尋ねた。

「えっ！　な、なんでですか？」

「いや。なんかこう……雰囲気が。女の人って、そういうの出るだろ。オーラみたいな」

顔を赤くしたサヤカが「そ、そうかな？」と慌てるのが、ちょっと可愛い。

久留米は元来、他人の顔色などどうでもいいと思っているタイプだったが、数年前に女性社員の多い部署の課長に抜擢され、そうも言っていられなくなった。女性の部下が十四人いたら、いやでも観察眼は鍛えられる。

「あの……たぶん、仲直りできたからだと思います」

「ってことは、ケンカしてたのか」

「はい。いい歳して、お恥ずかしいんですけど」

「歳は関係ないだろ。……焼きそば、うまそうだな」

鉄板を見つめながら呟くと、サヤカが「取りますよ」と、自分のビールを久留米に渡した。沖縄《おきなわ》そばを使っているらしき焼きそばを取り皿に載せ、あたりを見回しつつ「あっちで食べましょうか」と言った。ガーデンテーブルの設置してある一角だ。久留米は魚住に目を向けたが、いつのまにか外国人モデルたちに囲まれている。当分戻ってこないだろうと、サヤカと一緒に移動することにした。

「ケンカっていうか……ちょっとしたことで、すれ違っちゃったっていうか。でも、さっきちゃんと話して仲直りしました。あれですよね。小さいケンカって、たまにはいいのかも。お互いの気持ちの深いところを聞くきっかけになるし……。久留米さんは、ケンカとかしません？」

「誰と」

「彼女と。……つきあってる人、いますよね？　久留米さんかっこいいし」

彼女ではないなと思いつつ「まあ、いるな」と答えて焼きそばをすする。麺にコシがあってうまい。これはきっと魚住も好きだろうと思いながら、箸を動かす。

「ケンカします？」

「……あんまり……ほとんど……ほぼ、しない」

「仲良いんですね！」

「遠距離なんだよ。滅多に会わないから、ケンカのしようもないだろ」

「遠距離……もう、長いんですか？」

聞かれて、考える。

「十年くらいか？」

「わ、すごい！」

サヤカが大袈裟《おおげさ》に驚いた。べつにすごくはないだろう。だらだらと、気がついたら十二年過ぎていたというだけの話だ。

魚住と恋愛関係になったのは……二十六か、七か。その頃だ。

その翌々年にはアメリカに渡ってしまい、以降は多くて年に二回、あるいはまったく会えない年もあった。そんな調子で十二年、出会った頃から数えれば二十年という年月が流れている。そりゃあ久留米だってオッサンになろうというものだ。

「遠恋って、続かない場合が多いのに……絆がしっかりあるんですね」

「どうだかな。まあ、よく続いてると我ながら思うけど」

喋りながら、思い出す。

実は——魚住には言わないし、言えないし、言う必要もないと思うのだが、短期間だけ女性とつきあったことがある。三十四の時だ。父親が脳梗塞《のうこうそく》で入院したり、母親がその看病で体調を崩したりと、落ち着かない年だった。会社の同僚に誘われた飲み会である女性と知り合ったのだ。

結論から言うと、思い知った。

もう、他の人間ではだめらしい。プラトニックな部分もだし、フィジカル的にもだ。信じがたいことに、キスすらできなかった。男としてそれはどうよと思ったが、できないものは仕方ない。

これは魚住じゃないと思うだけで、気持ちが思い切り萎《な》えるのだ。

彼女とは三か月も続かなかった。

正直、ちょっと怖いな、とすら思った。

魚住の存在は、驚くほど久留米の中に根ざしているのだ。言ってみれば、自分の中に魚住が住んでいる。なんとも不思議な感覚だった。魚住は明らかに他人であり、久留米は魚住のすべてを知っているわけではないし、向こうだってそうだろう。

なのに、身の内に魚住を感じる。

自分の心の底のほうに、透き通った水たまりがあって、そこに魚住が住んでいる。小さな魚の姿でいつも泳いでいて、時に涼やかな水音をたてて跳ねるのだ。それは魚住の小さな声によく似ている。

だから、距離が離れていてもそうしんどくはない。

困るのは……まあ、肉体的な欲求くらいか。

アメリカの新学期は九月だ。遅くとも八月末には、魚住は日本を離れる。そうしたらまた長い間、あの身体を抱くことができない。

「あの……久留米さんは……結婚とか考えてます？」

そう聞かれ、心の中で『したくてもできねえからなあ』と答える。口にすればその理由を聞かれてしまうので「廣田さんと結婚するの？」と質問に逃げておいた。サヤカは顔を赤くし、それでも「あたしは、したいです」とはっきり答える。

「いっそあたしからプロポーズしたいくらい……」

「すればいいじゃないか」

「だめですよ。ヨシくんからしてくれないと……だって、ヨシくんちゃんと準備もしてるんだし……あと少しだけ勇気を出してくれれば……」

「準備？」

「……ヨシくん、トイレ長いなあ。緊張してるのかしら……」

周囲を見回して廣田を捜しながら、サヤカが言う。準備とはなんの話だ、と久留米が聞くより早く「えー、お集まりのみなさーん」と男の声が響いた。

「ご歓談中にすみません、ちょっと注目！　今夜は撮影の打ち上げということで賑々《にぎにぎ》しくやってますが、ここでひとつイベントがあります」

ガゼボの前で喋っているのは、ずいぶんと見てくれのいい男だった。魚住の顔を見慣れているせいか、久留米は大概の美形を見てもフウンと思うくらいだが、このレベルになるとまた別だ。神様ってのは不公平な仕事をしやがるよなあ、などと思う。

「ユキ……？」

呟いたサヤカに「知ってる人？」と聞く。

「仕事仲間です。あたし、手のモデルやってるので……」

へえ、と改めてサヤカの手を見る。なるほど、白魚のような、とはこういう手なのだろう。指も手首もほっそりと美しく、アクセサリーが似合いそうだ。

「今夜ここにいる人は幸運です。これから行う抽選で、限定一名様にだけ、特別なプレゼントが当たります」

なるほど、そういうイベントか。久留米は魚住を目で捜した。相変わらず外国人に囲まれて、どうやらアナウンスの通訳をしているらしい。外国人たちは拍手と指笛で盛り上がっている。

「さあ、今からワインクーラーとメモが回っていきます。みなさん自分の名前を書いて。ワインクーラーに入れてください。飛び入り参加の方も、どうぞお気軽に！」

こういう時に「おれはいいよ」などと変な遠慮をするのはよろしくない。久留米も長い会社員人生でそれくらいは学んでいる。パーティの景品に興味はないが、自分の名前を書いてワインクーラーにポイと入れた。サヤカは「なにがもらえるのかしら」と楽しそうだ。

数分で、ワインクーラーはユキと呼ばれた男の元に戻る。

「では、いよいよ抽選！　仕込みはなし。一切なし。厳正なる抽選なので、ここはえらい人に引いてもらいましょう。はい、清巳《きよみ》、引いて」

清巳って誰だ、と思ってると、さきほど久留米たちが挨拶した社長が出てきた。モデルが社長の下の名を呼び捨てることに違和感を覚えていると「あのふたり、恋人同士なの」とサヤカが教えてくれる。

「……あのモデルと社長が？」

「そう。ゲイカップル」

「ああ、それでか」

ならば呼び捨ても理解できる。久留米は納得して、缶ビールを飲み干した。

「久留米さん、驚かないんだ？」

「え？　そりゃ……こういう業界は多いんだろ」

「そうですね。わりとカムアウトしやすいし。……あ、社長が引いた。誰が選ばれるのかなあ。

案外、久留米さんだったり」

「おれに当たるなら、ビール券がいい」

本気で、それならもらいたいと思った久留米である。サヤカが笑い、ユキという男が社長からメモを受け取って「発表します！」と笑顔を見せる。

呼ばれたのは、サヤカの名前だった。

「うそ！　あたし!?」

小さく跳ねて、サヤカが喜ぶ。ユキに呼ばれ、ガゼボの前に出る。

「知ってる人もいるよね？　麗《うるわ》しの手の持ち主、サヤカさんです。もちろん、麗しいのは手だけじゃないけど」

その言葉に、また拍手が沸き上がった。サヤカは気恥ずかしそうにしながらもみんなの拍手に手を振って応える。

「さて、ではサヤ姉にプレゼントを。世界でただひとつの、スペシャルなものだよ」

「なに？　ドキドキする」

「本当にかけがえのないものだ」

「……ユキ？」

ユキは意味深に微笑み「ではプレゼンターと交代します」と言って、退《しりぞ》く。

代わりに歩み出たのは——廣田だった。

これ以上なく緊張した面持ちで、サヤカの前に立つ。サヤカは目を見開いたまま、固まっている。これはどういう展開なのだろう。トイレに行っていたはずの廣田がどうして……。

「わ。サプライズだ！」

久留米の肩にドンとぶつかって魚住が言う。この男はいつもそうだ。駆け寄ってくるのはいいが、ブレーキが遅いのでたいていぶつかる。

「サプライズ？　なんのことだよ」

「しー。見てて」

珍しく、やや興奮気味で人差し指を立てる。

廣田は手に黒っぽい箱のようなものを持って、固まったままだ。その緊張が伝染して、パーティ会場全体が緊迫する。見かねたユキが、後ろから廣田の背中をツンとつついた。それに驚いて、廣田が「ひょえっ」と珍妙な声を出す。会場に笑いが生まれ、サヤカの頬も少し緩んだ。

「サ、サヤさん」

いくらか緊張が解《と》けたのか、やっと廣田が口を開く。

「これ、受け取ってください」

黒い箱が差し出された。途端にオオッと場がどよめく。よくよく見ると、黒い箱はビロードのケースだ。指輪などのアクセサリーがよく入っているタイプの……ああ、そうか。ここでやっと久留米も気がつく。

プロポーズだ。

抽選などではない。ぜんぶ仕込みで、これはサヤカへのサプライズなプロポーズだったわけだ。もっとも、廣田は気の利《き》いた演出を考えるタイプには見えない。おそらくは廣田がユキにでも相談し、その結果、こういう形になったのだろう。

「……ヨシくん……」

サヤカが嬉しそうに笑う。

幸せそうな笑顔だった。こんな時の女性は本当に綺麗だと久留米は思う。

そして余裕があるのがすごい。サプライズを仕掛けられたほうなのに、仕掛けた廣田より早く、落ち着きを取り戻しているのだ。女には敵わんなと考えていると、脳裏にマリの顔が思い浮かんだ。東京に戻ったら、一緒に食事でもしよう。

サヤカがケースを受け取った。

みながワッと沸き、プールサイドは大きな拍手に包まれる。久留米も拍手をした。魚住も笑みを湛《たた》えて手を叩いている。

「なに、おまえ知ってたの?」

「うん。ほら、おれたちの部屋で着替えてもらった時、聞いてた」

なんでもその時、廣田はポケットにあのケースを持っていたそうだ。楽園のような南の島でプロポーズをしようと用意してきたのだが、渡すタイミングが難しいと悩んでいたらしい。

「相談されてたのか、おまえ」

「いや、相談っていうか……おれに相談しても、無駄だろうし」

「だよな」

サヤカがケースの蓋《ふた》を開ける。

中から出てきたのは、キラキラと光る婚約指輪だ。幸福の象徴だ。あくまで象徴であって、幸福そのものではないので、本当に幸福になれるかどうかは今後のふたり次第なわけだが、そんな空気を読まない発言をする気はない。今はただ、祝福してやればいい。

……いい、はずだが。

「あれ？」

魚住が小首を傾《かし》げる。

久留米も気づいていた。おかしい。

サヤカの顔から笑みが消えている。

代わりに、戸惑うような表情になり、指輪を見つめている。キラキラ光る……いや、そんなに光ってないか。というか、形がなんかおかしくないか？　まだケースに収まっているそれは、久留米のいる場所からはよく見えないのだ。

「サヤさん……？」

再び緊張を漲《みなぎ》らせた廣田がサヤカを見つめている。

サヤカは一度廣田を見て、それから再びケースに視線を戻し「あの……」と戸惑いを隠さずに言った。

「ヨシくん……。これって……？」

サヤカがケースからそれを出す。

指輪ではない。もっと大きなものだった。ケースから出れば、久留米にもはっきりと形がわかる。なんであんなものが入ってる？　まあ、考えようによってはプロポーズに使えなくもないが、指輪のほうが一般的だろう。絶対に、そのほうが喜ばれるはずだし。

廣田は目を見開いて硬直し、声も出ない様子だ。

自分で渡したくせに、なにをそんなに驚愕《きょうがく》しているのだ?

「おい、あれ……」

魚住ならば事情を知っているだろうと、横を向いた刹那《せつな》だった。

「あーーーーーッ!!」

ものすごい大声に、鼓膜がビリビリ振動する。

おそらく、今まで魚住が出した声の中で一番のボリュームだったはずだ。周囲も度肝を抜かれた顔で、こちらを見ていた。

「ちがう! 違う違う、それ違うからッ!」

「ち、違うんだ、サヤさん、これは違う、間違いなんだよ……!」

騒いでいるのは魚住と廣田だ。サヤカの顔は戸惑いから不機嫌へと変わっていき、ずいぶん低い声で「なにが違うのよ……?」と廣田を睨《にら》みつけたのだった。


「びっくりした。ドキドキした。おれ、学会の発表でもあんなドキドキしたことない」

「びっくりしたのはこっちだ」

夜の砂浜を歩きながら、久留米は言った。

月も星も明るいので、海辺の散歩にはもってこいの夜だ。さきほどヴィラでのパーティはお開きとなり、久留米と魚住は酔い覚ましも兼ねて、歩いてホテルに戻るところである。ちなみに魚住は今夜、この道程を二往復している。

「おまえの声で、鼓膜が破れるかと思ったぞ」

「だって、あんなことになるなんて、思ってもみなかったんだよ。いったいいつ入れ替わったんだろう？　ぜんぜん気がつかなかった……」

廣田がサヤカに渡したケースには、指輪など入っていなかった。

ダイヤの指輪が入ったケースは、魚住が持っていたからだ。ふたりはそっくりな黒いビロードのケースを持っていて、それらが入れ替わってしまったらしい。

あのあと、魚住はすごい勢いで自分の宿泊している『SEA TURTLE《シータートル》』に戻った。

正しくは、魚住と廣田が、ホテルのスタッフの運転する車で至急往復した、だ。約十五分後、廣田は小太りの身体を揺らし、全速力で走りながらパーティ会場に戻ってきた。駐車場からダッシュしてきたのだろう。

汗だくで、ゼイゼイ言いながら、不審げな顔で待っていたサヤカの前に跪《ひざまず》いた。というか、体力的限界で頽《くずお》れた。

ケースのフタを開けて、サヤカに捧げる。

今度こそ、キラキラ輝く、ダイヤモンドの指輪があった。

「ちゃんと……用意し……手違いで………ごめ……サヤさ……これっ……」

まだ呼吸も整っていないのに、必死に喋り、そばで見ていたユキに「深呼吸、深呼吸」と言われ、スーハースーハーと二回繰り返したあと、

「僕と、結婚してください」

一気にそう言った。

硬い表情だったサヤカがプッと噴き出し「はい」と指輪を受け取った。

あとはもう、お祭り騒ぎだ。

打ち上げパーティは、婚約パーティに早変わりした。誰もが廣田とサヤカに「おめでとう」と言祝《ことほ》ぎに行く。魚住はといえば、廣田と一緒に全力疾走して疲れたらしく、室内のソファでへばっていた。それでもしばらくすると「さっき、久留米の食ってた焼きそば食いたい」と、再び宴《うたげ》の中に戻った。

いいパーティだった。

知ってる人間などほとんどいないのに、久留米も楽しく過ごすことができた。琉球舞踊《りゅうきゅうぶよう》を見よう見真似で踊る外国人モデルたちを、笑いながら見ていた。途中から魚住が巻き込まれた時には、もはや腹を抱えて大笑いだ。あんな変な踊りは見たことがない。

「なんでだろうな」

ぽつり、と魚住が言う。

「おれさ、廣田さんたちと親しいわけじゃないだろ？　こっちで偶然会って、偶然ソーキそばひっくり返しただけなのに……ふたりが幸せそうにしてると、おれまで気分がよくなってくる。他人の幸せなのに、自分の幸せみたいに感じる。これって、なんなんだろうな？」

「共感力ってやつじゃないのか？　こないだ、管理職集めたセミナーで習ったぞ」

「そんなセミナーあるんだ？」

「あるんだよ。面倒くさいけど、出ないと怒られる」

怒られるのかあ、と魚住が笑った。

並んで、波打ち際に立つ。

ザザン、ザザン……。

夜に聞く波の音が、久留米の鼓膜をさりさりと擽《くすぐ》るのが心地いい。

「そういや、おまえなんだって、あんなもんをあんなケースに入れて持ってたんだ？」

通常、それはアクセサリーケースになど入れない。なぜなら、アクセサリーではないからだ。

至極当然の話である。

「……えっと……それは……」

「そもそも、おまえがあんなことしてなきゃ、指輪と取り違えることもなかっただろうが」

「そう……なんだよな。でも、まあ……おれにとってあれは……指輪に似てなくもなく……」

「似てねーだろ、ぜんぜん」

煙草《たばこ》が吸いたいなと思いながら、久留米は右の指を擦り合わせる。

現在、四回目の禁煙に挑戦中なのだ。値段はどんどん上がるし、吸える場所は少なくなるし、これはもう禁煙してしまったほうが楽に違いない。魚住は喉が弱いので、もともと一緒にいる時はあまり吸わないようにしていた。とはいえ、残業してひとりの部屋に帰り、ビールなど飲んだ時にはやはり一服が恋しくなるわけで、過去三回の禁煙は失敗に終わっている。

「……大学さ、また替わるんだ」

星々を見上げるようにして、魚住が言った。久留米は「へえ」とだけ答える。アメリカにいるあいだ、三回替わっているので驚くことでもない。

「今度はどこだ。ボストンあたりか？」

「東京」

「え？」

白い喉を反らして夜空を見ていた魚住が、久留米を見て「東京」ともう一度言った。

「……帰ってくるのか」

日本に。東京に。やっと。

最初の三年くらいはじりじり待っていた。次の三年になると、待つのにも慣れてきた。さらに時が経ち、ここ最近は諦観《ていかん》に近い気分になっていた久留米である。

魚住はずっとアメリカにいるのではないかと思っていた。

向こうのほうが研究環境が整っているという話は聞いていたし、魚住の祖母も亡くなった。となると、魚住が日本にこだわる理由など見当たらないのだ。

「っていうか、帰ってきたんだ、もう。九月になっても、アメリカに職場ないし。荷物は船便で届くように手配してるし」

「……なんだよ。早く言えよ。いつもの一時帰国なのかと思ってたじゃないか」

「ごめん」

魚住が笑い、波ギリギリのラインを歩く。酔っ払っているのか、少しふらふらと踊るように進んだ。細い背中を眺めながら、久留米は内心で繰り返していた。

帰ってくる。

帰ってきた。

魚住が戻ってきたのだ。たぶん、今度こそ久留米は禁煙に成功するだろう。

「久留米」

魚住が立ち止まり、振り返った。

ふたりの距離は十メートル弱だろうか。ポイとなにかを放り投げてきた。突然だったし、視認しにくいものだったので受け取り損ねてしまう。それは久留米の手の甲でバウンドしてから、砂浜に落ちた。

「あーあ。なんだよ、急に」

黒っぽい物体を拾う。

例のアクセサリーケースだ。ビロードについてしまった砂を久留米は適当に払った。中に入っているものはもう知っている。

「それさ、もらってくんない？」

魚住が言った。いつもよりわずかに早口だった。

「おまえの会社からだと近くはないけど……でも通勤圏内だと思う。おれの今度の大学からも、あんま近くないけど、通える範囲なんだ」

久留米はビロードの箱を開ける。

銀色の鍵。

ごく一般的な、民家の鍵だ。くすんだ銀色をしていて、やはり銀色のキーリングがついていた。キーリングのほうは比較的新しいようで、光沢がある。これが鍵なのはパーティの時からわかっていたが、どこの鍵なのかは、魚住の今の台詞《せりふ》でわかった。

岸田《きしだ》家の鍵なのだ。

血は繋がらなくとも、血縁以上の絆があった、魚住の祖父母が暮らしていたあの家である。

「……家賃とか、いらないし。おまえがやじゃなかったら。おまえが……もし……それでもいいと思ってくれるなら……」

声は次第に小さくなる。

最後の「一緒にいたい」はほとんど波に掻き消され、聞こえないくらいだった。

なるほどな、と久留米は思った。これはある意味、指輪に似ているのかもしれない。一緒に暮らしたいと、相手に伝える意味は同じだ。

ずっと、一緒に。

朝は一緒に起きて、夜は一緒に眠る。

日中は別々のことをして、別々の場所にいて……けれど、同じ家に戻ってくる。

ザザン、ザザン……。

波音が繰り返すように、日常を繰り返す。見飽きるほど、互いの顔を見る。きっとケンカをする。仲直りをする。そしてまたケンカをして、時が流れていく。一緒に歳をとる。犬か猫を飼うかもしれない。可愛がって、でも動物はいつか死んでしまって、一緒に泣く。

家族になる。

……それにしても、だ。

「魚住」

「う、うん」

「これだけどな。なんだって、こんなケースに入れてたんだよ？　おれにもサプライズ的なことしたかったのか？　おまえってそういうタイプだっけ？」

「……いや、それはホントたまたまで……なくすといけないから、なんか箱ないかなって思ってたら、マリちゃんがくれて……」

「はあ？　マリ？」

ここでその名前が出てくるのか。

「うん。ちょうど、アメリカに遊びに来た時だったんだよ。自分のアクセ買って……箱はもういらないからって」

そのあとずっとビロードの箱に収まっていたわけだ、この鍵は。マリがことの顛末《てんまつ》を聞いたら、手を叩いて爆笑することだろう。

魚住を見る。星々のきらめく空の下にいる。

久留米との距離は約十メートル。アメリカと日本に比べたら、至近もいいところだ。

「久留米」

小さく呼ばれた。魚住は返事を欲しがっている。

なにも考えていないようなぼんやり男だが、その実いろいろと考えているのだ。奴なりに悩んで、それでもこの鍵を久留米に渡すと決めたのだろう。

チャリン、と右手で鍵が鳴る。

鍵本体とキーリングの部分がぶつかって、金属音がしたのだ。悪くない音色だった。

チャリン……軽く上に放り投げて、キャッチする。

ダイヤの指輪なら星明かりにきらめいたりしたかもしれないが、そんなロマンチックなことにはならない。

久留米、と再び魚住に呼ばれる。

困ったような、少し怒ったような、あるいは拗《す》ねた子供のような……魚住にしては珍しい表情を見せていた。出会って二十年。つきあいだして十二年。それでも、まだ久留米の知らない魚住の顔がたくさんあるのだろう。

チャリン。

キーリングを、右手の中指に通した。

その手のひらを魚住に向ける。さらに腕を前方に差し伸べ、「来いよ」と呼んだ。

魚住が歩きだす。なにを慌てたのかサンダルが脱げかけ、つんのめった。

久留米は「バカ」と笑いながら自分も大きく一歩を踏み出す。

ふたりの距離を、ゼロにするために。

One Hundred Thanks

著　者　　榎田尤利

発行者　　山田章博

発行所　　株式会社大洋図書

デザイン　　川谷デザイン

Special Thanks

石原 理
円陣闇丸
小椋ムク
カトーナオ
金ひかる
木下けい子
草間さかえ
湖水きよ
紺野キタ
佐々木久美子
佐々成美
志水ゆき
高階 佑
高橋 悠
鳥人ヒロミ
中村明日美子
奈良千春
蓮川 愛
藤たまき
町屋はとこ
峰島なわこ
宮本佳野
雪舟 薫
ヨネダコウ
ライトグラフⅡ
角川書店
笠倉出版社
光風社出版
徳間書店
マガジン・マガジン
ムービック
リブレ出版

本誌の情報は2013年9月現在のものになります。

分売不可